闇の盾

政界・警察・芸能界の守り神と呼ばれた男

日本リスクコントロール社長
寺尾文孝

講談社

闇の盾

政界・警察・芸能界の守り神と呼ばれた男

プロローグ

雨はますます激しさを増し、視界を遮《さえぎ》るほどの勢いとなって夕闇をさらに濃くしていた。新富士インターの料金所を出ると、路肩にテールランプを光らせる一台の黒いベンツがいた。どうやら、それが「迎え」の車らしい。

私のベントレーを見つけると、どうぞこちらへ、といった様子でベンツは滑るように走り出し、先導役を務めてくれた。

二〇〇二年九月、後藤組組長・後藤忠政《ただまさ》から招待を受けた私は、自宅のある長野・佐久から静岡・富士宮に向かっていた。

「寺尾さん、また電話なの⁉」

同行したのは、佐久では知られた高級スナック「銀」のひろみママで、前髪を長く盛り上げ、銀座の一流クラブ勤めと言われても通用する美貌だが、運転中に繰り返しかかってくる電話に少々むくれ気味だった。出発直前に急な用事が飛び込んで佐久を出るのが遅れたため、予定の時間には間に合いそうもなかった。そのため、後藤の組の者から「いまどちらですか？」と、なんども連絡が入っていたのだ。

後藤はこの地で後藤組を立ち上げ、創価学会の墓苑開発事業に関わったことなどで名を売った。一九九八年には富士宮に豪邸を新築し、小林旭《こばやしあきら》や安岡力也、清水健太郎、天地真理ら有名芸能人を招いて大パーティを催した。

後藤はその後、持病の肝炎が悪化して東大病院の診察を受けた。「放置すれば余命一年」と宣告され、渡米して肝移植を受けることを望んでいた。

現役の暴力団組長、それも国内最大組織山口組の若頭補佐が渡米すること自体難しいのに、肝臓移植の手術を受けることが認められるはずがない。誰もがそう思ったが、どういう力学が働いたのか、後藤はアメリカ合衆国連邦政府の承認を受けて二〇〇一年四月に渡米、肝臓移植手術を受けてその年の一一月に帰国した。

二〇〇二年のこの日は後藤の快気祝いでもあり、私はその主賓格として招かれていた。

富士宮に着いたのは、七時をまわったころだった。

ベンツに先導されて到着した会場は市内の結婚式場で、ざっと見たところ、客は数百人いるだろうか。見るからにその筋とわかる目つきの男たちがそれぞれに女性を伴って会場を埋め、全体が見渡せないほどの盛会だった。

こういう会では、それなりに派手な見た目の女性を同行しないと恥をかいてしまう。ヤクザの論理では、「いいオンナ」を連れているかどうかで互いの格を測る。後藤の秘書から「ぜひ寺尾先生にご出席いただいて」と言われたときはちょっと困ったなと思ったが、ひろみママに「『銀』の一日分の売り上げ以上払うから」と頼んで付き合ってもらうことにしたのだ。

この日は韓国人歌手のキム・ヨンジャのディナーショーで、もちろん後藤の主催だ。我々が着いたとき、ショーの前の食事はすでに終わっていた。入り口両側にずらりと並んだ組員に案内されたのは、ステージの目の前、最前列中央の主賓席だった。

「寺尾先生、今日はどうも！」

中央の円卓は六人がけで、私の左隣に後藤忠政。私の連れのひろみママの右には有名親分、ほかに「姐《あね》さん」と思《おぼ》しき女性が二人。私たちが席につくと、後藤の合図ですぐにショーが始まった。どうやら、到着を待ってくれていたようだ。

「今日はロマネコンティを用意していますから」

耳元で後藤の腹心の一人がそうささやいた。「ワインの女王」といわれ、当たり年なら一本二〇〇万円をくだらない、ブルゴーニュの至宝。それをふるまってくれるという。

「先生、こちらです」

隣の円卓に座る後藤の妻がロマネのボトルを持ち、私とひろみママ、そしてその隣の親分の三人のグラスに「女王」が注がれた。ワイン通で知られる後藤だが、さすがに病み上がりではいつものようにいかないようで、さかんに薬を飲んでいた。私たち主賓席以外の客には、後藤の豪邸の写真をラベルにあしらった特製ワインが用意されていた。

風が風であるように
人間が人間であるように
熱い想い　結び合って
おおソウル　コリア

「朝の国から」「イムジン河」「川の流れのように」など、キム・ヨンジャが次々に代表曲を披露する。後藤も演奏にあわせるように口ずさんでいた。ひろみママは『極道の妻たち』の女優・岩下志麻にも似た雰囲気だったから、きっと我々はどこかの大親分とその愛人と思われていたに違いない。私もいまより少し太ってヒゲをたくわえ、髪もオールバックだった。

「出されたものは飲まないと」と、ひろみママはロマネコンティをおかわりしていた。ただならぬ雰囲気に気圧されてはいたようだが、さすが、肝はすわっている。

ステージが終わるとキム・ヨンジャとマネジャーが我々の席まで挨拶に来た。

後藤という男は、到底ヤクザの大親分には見えない。後藤に取材したことがある作家が、「私がいままで会ったなかで、いちばん風采があがらない親分だった」とどこかで書いていたが、私に言わせればとんでもない誤解だ。頭は抜群に切れる。いざとなれば実力行使に打って出る度胸もある。一時は山口組内でも有数の資金力を誇り、若頭補佐にまで上り詰めた。東京・新宿南口の一等地にある真珠宮《しんじゅく》ビルを一時占拠し、巨額の利益を狙った。金銭感覚の鈍いヤクザが多いなかで、稼いだカネの三分の一は貯蓄するような一面もあり、経営者としても成功するようなタイプだった。

芸能界との付き合いは華やかで、富士宮を舞台に有名歌手のディナーショーをたびたび手がけ、後藤のパーティには毎年多数の芸能人が顔をそろえた。

私が招かれた二〇〇二年は、後藤の絶頂期だったかもしれない。その後山口組が代替わりし、弘道会の司忍《つかさしのぶ》組長が六代目となると、後藤は二〇〇八年に山口組の会議を欠席して歌手の細川たかしらとゴルフに興じていたことが露見して除籍処分を受け、ほどなく引退している。

私は後藤とは以前から不思議と縁があり、交錯することがいくどもあった。後藤が私のところに相談に来たこともあったし、後藤のカネを預かって運用していたとされる相場師の中江滋樹《なかえしげき》が運用に失敗して行方をくらますと、後藤は私が匿《かくま》っていると疑い、しきりに探りを入れられた。もちろん私にいっさい心あたりはなく、後藤からの疑いもじきに晴れたのだが。

キム・ヨンジャのショーが終わると、私は早々に富士宮をあとにした。

「あんな会だなんて、全然知らなかった。驚いちゃったわ」

緊張をほどいたひろみママを乗せて、帰路につく。

晩秋の冷たい雨が降りつづいていた。

一九六〇年に警視庁に入庁、機動隊員として第一線で働いたあと五年半で退職し、秦野《はたの》章《あきら》元警視総監の秘書となり、一九九九年に「日本リスクコントロール」を起こして代表となる過程で、政治家、官僚、芸能人、芸能プロダクション経営者、宗教団体、病院経営者、飲食店経営者、マスコミ人、政府関係者、暴力団幹部などあらゆる人間からあらゆる相談を受けてきた。

暴力団から高利のカネを借り、それを返済できずに追い込みをかけられ、破綻する人間も見てきた。暴力団からカネを借りれば、必ずそういうことになる。いったいなぜ借りるのかと問うと、

「寺尾さん、目の前に、二億円出資すれば必ず三億円になって戻ってくるという儲け話があるんですよ。でもボクらみたいな人間に、その場ですぐカネを貸してくれるのは暴力団

しかないんですよ」

と聞かされて、思わずため息が出た。

池田保次《いけだやすじ》、許永中《きょえいちゅう》、伊藤寿永光《いとうすえみつ》、田中森一《たなかもりかず》、森下安道《もりしたやすみち》、野呂周介《のろしゅうすけ》らバブル紳士との濃厚な付き合いもあった。私自身、バブル崩壊によって大きな痛手を受け、一時は「もうこれまでか」というほど追い詰められたこともある。

違法行為や不正に手を染めたことはいっさいないが、危ない橋をわたったことはなんどもある。すべて墓場まで持っていくつもりだったが、がんを患って二度の手術を受けたこともあって、考えを変えた。

私が走り抜けた六〇年間を、はじめて語ろうと思う。

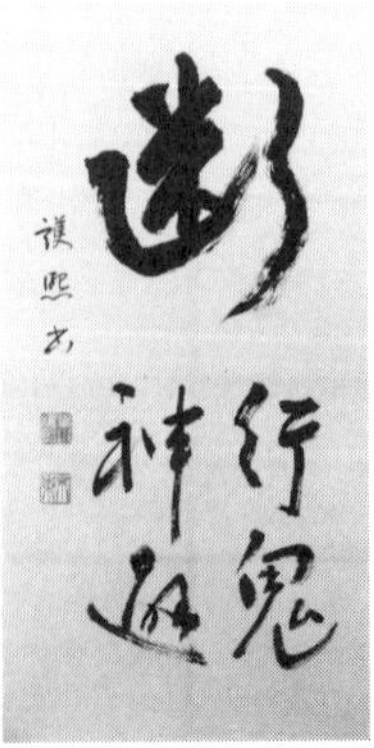

筆者のために細川護熙氏が揮毫してくれた書

闇の盾●目次

第八章　日本リスクコントロール

第九章　墓場まで持っていく秘密

装幀：國枝達也

第一章 渋谷ライフル銃事件

放し飼い

私は昭和一六（一九四一）年、長野の北佐久郡岩村田《いわむらだ》住吉町に生まれた。五人兄弟の次男で、上から三番目、私の下には二人の妹がいる。

父は地元で田畑をつくったり、夏は鮎、冬はキジ、ヤマドリなど狩猟をして生活し、田舎で食べるものには困らなかった。

生家は、私が生まれる前は割に裕福だったようで、まだ町に二〜三軒ほどしか電話がなかった時代に電話を引いた数少ない一軒だった。玄関には大人の背丈くらいの大きな柱時計があり、そのほかにオートバイが二台、空気銃が二丁、猟銃が二丁、日本刀が三振り。大きなスピーカーのついた電蓄もあった。

兄や姉は戦前、半ズボンに革靴を履いて学校に通っていたというが、私は次男坊というともあって、「放し飼い」に近かったといえるかもしれない。子どもが五人もいると一人ひとりに構っていられないし、私は父とはほとんど口をきいた記憶もないくらいだ。

　小遣いを稼ぐために、小学校四年から新聞運びを高校卒業まで続けた。新聞を配達するのではなく、ある程度の部数を近隣の集落まで届けるのだ。朝四時に起きて、雨の日も、風の日も、雪の降る真冬でも自転車で通った。佐久の市内から少し登ったところにある香坂新田という集落への配送は新聞が重くて、自転車から降りて引っ張りながら登った。一ヵ月二〇〇〇円もらって、自分に必要なものは自分で賄っていた。

　私はそれほど身体が大きいわけではないが、小さいころからガキ大将で、同級生や下級生の子分を引き連れて歩いていた。メンコやビー玉、「パッチン」というパチンコ玉などの宝物をミカン箱に入れ、それをカバン持ちの子分に持たせて近隣の村々に行って勝負する。そこでせしめた「戦利品」をミカン箱に入れて持ち帰り、庭に穴を掘って隠すのである。

　アンゴラウサギという毛の長いウサギを多いときは一〇匹くらい飼って、伸びた毛を刈り取って業者に売った。ウサギに食べさせる草を刈るのは、ガキ大将の権力を使って子分にやらせていた。

　当時の同級生（子分）の一人に、宮崎雅之という男がいた。宮崎の父は地元で耳鼻科医院を開業する医師で、彼の家に行くといつも驚くほどうまい菓子を食べさせてくれたものだ。宮崎とは小中九年間、常に同じクラスだった。宮崎の父が校医の立場を利用して、「息子がいじめられないように」と私と同じクラスになるよう先生に頼んでいたのだ。

宮崎はのちに順天堂大学医学部を卒業して佐久の総合病院の院長になる。出会いから七〇年以上が経つが、いまも親しくしている。後述するように、若い頃は二人でしばしば飲み歩き、ときにはヤクザ者とも絡んだ。宮崎は順天堂で現理事長の小川秀興《おがわひでおき》先生と同期で、小川先生との縁もつないでくれた。

このころは、空気銃でスズメやモズを撃ち落とすなんてこともやった。空気銃の弾は三発一〇円で、一発でも無駄にするともったいないから慎重に狙いを定めて撃った。

家の車庫にはオートバイがあって、父と兄の二人が夜中、車庫でそれを修理していた。一時オートバイ屋を経営していたこともある。父は大型免許を持っていたし、兄ものちにサファリラリーのレース車専用工場を持ち、その世界の第一人者となった。私も小学生のときからオートバイにまたがっていたことが、のちに警視庁警察官となってから有利に働いた。

小学校の五〜六年生から剣道の稽古にのめり込んだ。元軍医で剣道経験のあった宮崎の父が佐久警察署の道場に剣道教室を開き、私と宮崎の二人に稽古をつけてくれた。ときには、のちに佐久市長になった神津武士《こうづぶし》さんが師範代として顔を見せ、指導してくれた。剣道は私の性にあっていたようで、小学生のうちに三級、二級と昇級していった。

中学までは剣道に打ち込んだが、残念ながら進学した岩村田高校には剣道部がなかった。実はこのころ、剣道部がない学校というのは結構あった。終戦直後、アメリカが日本の武道を禁じ、とくに剣道を目の敵にしていたが、フェンシングを参考にした「しない競技」という形で昭和二五年に再興し、昭和二七年になってようやく全日本剣道連盟が組織された。私が中学に上がる直前である。

私と宮崎は中学三年で剣道初段となった。長野県の中学生で戦後、初段をとったのは私たちがはじめてで、宮崎と二人で全校生徒の前で免状をもらった。

一方柔道のほうは占領軍の規制がもう少しゆるく、その三年前、昭和二四年に全日本柔道連盟が発足している。岩村田高校で、私は柔道部に入ることにした。

柔道は素人だったが、同級生にも柔道を本格的にやった経験がある者はおらず、私は二年生の後半からキャプテンに指名された。試合では連戦連敗だったが、高校の予算会議で年間八〇〇〇円だった柔道部の予算を野球部並みの八万円にしてもらったのが私の手柄だ。そのカネで畳を張り替え、柔道着を二着ずつ買って、まだカネが余ったので柔道部員で飲んだり食ったりして使い切った。

三年生のときには剣道二段、柔道二段。高校一年で軽自動車の免許をとって、三年のときには大型免許までとり、高校には２５０ccのバイクで通学していた。もちろん、バイクは学校の近くに停めて、そこからは歩いて校内に入っていたのだが。

番長の掟

私のような番長格の人間は各校にいて、そういう連中を集めて番長会と称していた。番長といってもかわいいもので、制服の襟を高くしてみたり、帽子を火であぶってミシンをかけ、そこにグリースを塗ってテカテカにしてみたり、というくらいのことだが、ひとたび自分の学校の生徒が恐喝されたら、そのときは身体を張るしかない。腰に巻いた自転車のチェーンをケンカになるとぶんぶん振り回したり、短刀をちらつかせるような相手もいる。番長を張るのも、なかなか大変なのだ。

タバコは高校一年から吸っていたが、酒を飲みはじめたのは二年生からである。

佐久の駅前に「甲子屋《こうしや》」というラーメン屋があり、そこが不良のたまり場だった。祭りになると店を休みにして露店を出す名物店で、北佐久農業高校や、岩村田高校のワル連中が集まり、高校生にもタバコをバラ売りしてくれていた。タバコは一箱四〇円の「新生」を一本ずつ、二円で売っていた。農家の子どもが家からくすねてきた米を、甲子屋では現金で買ってくれる。そのカネでタバコを一本とか、二本買うわけだ。タバコも酒も、うまいと思ってやっているわけではなかったが、そこは番長としてのカッコつけがあった。店の前にバイクを停めておくと、私が店にいる間に誰といわずピカピカに磨いておいてくれた。

高校時代の思い出で印象深いのは、京都、奈良への二泊三日の修学旅行のときのことだ。朝、岩村田駅を出発し、小諸、東京を経て東海道線に乗り換え、静岡駅を過ぎたあたりで、仲間から「駅で二人帰された」と報告があった。一人は「髪が刈り上げになっている」、もう一人は「白っぽいダスターコートを着てきた」のが校則違反だという理由だった。

「番長」としては黙っていられない話だ。校則係の体育教員にひと泡ふかせることにした。

当時、京都では制服を着た修学旅行生に酒を売らないことになっていたが、同級生の相葉が女子生徒に頼んで、買いに行ってもらった。

「お父さんが酒好きなので、京都に行ったら地酒を買ってこいと言われているんです」と言わせたのだ。そうして手に入れた酒をみんなで飲みはじめ、勢いがついてきたところで体育教員を呼びに行き、教員が部屋に入ってきた瞬間に部屋を真っ暗にしてよってたかってボコボコにしてしまったのである。

いまでも心残りなのは、この件で私の代わりに処分を食らった渡辺という柔道部員のことだ。渡辺は私が生徒会長に指名し、対抗馬を脅して降ろしてまで生徒会長にしていたが、この修学旅行の件で自ら手を挙げて責任をかぶり、その後自主退学してしまった。いまも渡辺には悪いことをしたと、頭を離れることがない。

警察とのつながりができたきっかけは、やはり剣道だった。私は高校のときも柔道部のかたわら警察の道場に通って二段をとっていた。

長野県警剣道部を指導していた小平師範があるとき、岩村田高校に長野県警の機動隊員をつれてきて、剣道の模範試合を見せたことがあった。あとから考えると、これが実質的な県警のスカウト活動だった。

私たちの高校では大学に行く者は珍しかったし、私も高校の進学コースには入っていたが、大学に行くことははじめから頭になかった。長野県警に入って剣道をするのもいいなと思ったが、いろいろ調べてみると、長野県警よりも東京の警視庁のほうが仕事は面白そうだ。なにより憧れの東京で働けるのが魅力だった。

昭和三一年、中学の修学旅行で、東京に行ったときの印象は鮮烈だった。丸の内の堅牢なビル群は戦災にも焼け残り、日本橋の三越デパートでは生まれてはじめてエレベーターに乗った。バスで渡った勝鬨《かちどき》橋は時間帯によって開閉する跳ね上げ式で、そのダイナミックな動きに圧倒された。佐久の田舎しか知らなかった私にはすべてが驚きで、一〇年ほど前に焼け野原になったとは到底信じられないような大都会だった。二重橋前で記念写真を撮ったが、のちにその奥の北の丸公園に駐屯する第一機動隊に勤務することなど、想像もしていなかった。

小学校の修学旅行で生まれてはじめて海を見たときも感激したが、大都会・東京の印象はそれにもまして強烈だった。東京は不死身だ、なにがあっても必ず復興する——その思いが、胸に刻まれた。しかしそれが、三五年後のバブル崩壊時に、傷口を広げてしまう遠因になるのだが……。

昭和三五年、警視庁入庁

「努力次第で警視総監まで!!」

岩村田高校の廊下に貼られた警視庁のポスターには、そう書かれていた。警視総監なんて絶対無理と思うかもしれないが、じつはまったくの嘘でもない。

のちに警視庁に入ってから知ったことだが、高卒、ノンキャリアで入庁した警察官の多くが、夜間や通信制などの大学に通って学位をとっていた。さらにそこから勉強して、国家公務員上級の試験を突破し、警察庁に入庁して順調に出世すれば、警視総監だって夢じゃないのである。

じっさい、のちに私が師とあおぐ秦野章先生は、生家の事業が倒産したあと貧困のなかで生糸検査所で働きながら日本大学夜間部を卒業し、高等文官試験に合格して内務官僚となった。史上はじめて、私大出身で警視総監になった立志伝中の人物である。それどころか、昭和になって東大卒以外で警視総監になったのは秦野章がはじめてだった。

高校三年生の秋、中学時代の同級生で北佐久農業高校柔道部員の上原康徳が「警視庁の試験があるみたいだから、願書を出さないか」と言ってくれなかったら、警視庁を受験することもなかった。願書は出したものの一ヵ月後の試験日のことはすっかり忘れていたが、「東京で試験があるから、一緒に行こう」と上原が誘いに来てくれた。それで私の人生が変わったのだ。

いまでこそ佐久—東京間は新幹線でわずか一時間半で結ばれているが、当時、佐久から上京するためには蒸気機関車を乗り継いで七〜八時間かかった。岩村田の駅から小海線で小諸へ出て、そこで信越本線に乗り換える。信越本線の難所は碓氷《うすい》峠で、この急勾配を越えるためにアプト式と呼ばれる電車が使われていた。線路の中央に歯車レールを敷き、機関車に取り付けた歯車と噛みあわせてのぼっていくのだが、大量の電力が必要で、しかもスピードが遅いことが致命的な弱点だった。

途中駅の横川ではスイッチバックといって、いったん電車が停止して方向を切り換えながらジグザグに勾配を登る。その作業のため長時間停車するあいだに、電車の窓越しに横川名物の「峠の釜めし」を買い、腹を満たすのである。

上原と私のふたりは上京すると上原の親戚の家に泊めてもらい、そこから試験会場に向かった。会場は、九段の警察施設と指定されていた。

昭和三四年当時は就職難で、警視庁の試験も全国から集まった受験者のうち、合格するのは約一〇人に一人である。試験はまず身体測定で身長を測り、それを通過すると一般社会常識と作文試験があった。警視庁は全国でもっとも身長制限が厳しく、最低一六三センチないと試験を受けられなかった。私は身長一六九センチで、無事通過した。

一次のペーパー試験の結果はその日すぐに発表があり、私は合格していたが、肝心の上原は落ちていた。二度も誘ってもらった手前、さすがの私も気まずくて上原の顔をまともに見ることができない。

「もう一泊させてもらってもいいかい」

「いいよ。俺は明日佐久へ帰るけど、このまま泊まっていけばいいよ」

その言葉に甘えて親戚宅にもう一泊し、翌日、二次試験を受けに行った。そのまま、ほかの就職試験はいっさい受けずに警視庁の結果を待っていたのは、とくに自信があったからというわけではない。なんとなく受ける気がしなかっただけで、落ちたら落ちたでまた考えればいい、と思っていた。

当時、警視庁に採用されるためには、内々の身元調査があって、共産党員でないかとか、親戚関係とか、病歴などを調べられていた。私は首尾よく合格したが、修学旅行のときの一件で停学などの処分を食らっていたら、そうはいかなかったはずだ。

私を警視庁へと導いてくれた上原はその後、佐久で「千曲錦」という日本酒の蔵元の杜氏となり、のちに杜氏として県内はじめての「信州の名工」に選ばれている。

警察学校「二等兵物語」

このころ、東京の治安は騒然としていた。安倍晋三前総理の祖父で「昭和の妖怪」と呼ばれた岸信介総理が一〇年に一度の日米安全保障条約改定に乗り出し、これに反対する市民と政権の間で一触即発の緊張状態が続いていたのだ。私が高校を卒業する直前の昭和三五年一月、岸総理、藤山愛一郎外相、石井光次郎自民党総務会長をはじめとする日本側全権団が訪米し、日米新安全保障条約に調印した。

全学連、社会主義学生同盟、共産主義者同盟などの団体は抗議の姿勢を強め、前年一一月に国会乱入デモを敢行、一月一六日には羽田空港不法占拠事件を起こしていた。

総理が帰国し、国会審議が始まるとデモはますます激化したが、岸総理は採決を強行し、五月二〇日に成立させる。これに反発した国鉄労働組合（国労）などの労組がいっせいにストを行い、ついに六月一五日、国会前のデモで機動隊とデモ隊が衝突。その渦中にいた東大生・樺美智子《かんばみちこ》さんが命を落とすという悲劇が起こった。

警視庁はこのころ、年間一二〇〇～一三〇〇人を採用していた。首都の警備のための要員を急ピッチで増強していたのだ。任官は二ヵ月に一度で、私は九月三〇日に警視庁警察官を拝命。同期は四〇人ずつ、四つのクラスに振り分けられた。まず仰天したのは入校時の身体検査である。

「はい、そこへ並べ！」

号令一下、パンツ一枚で並ぶ。

「むこう向け！」

と言われて回れ右するといきなりパンツを下ろされ、尻の穴を覗き込まれる。痔を持っていないかの検査なのだ。かと思うと、いきなりイチモツを握ってしごかれ、これは淋病などの性病を持っていないかの検査だった。梅毒の検査は結果が出るのに一〇日ほど時間がかかったため、入校してから一〇日後に、ひっそりと姿を消した人間もいた。理由がわからない我々は、「アイツどうしたんだ？」と噂したが、どうやら梅毒の検査にひっかかったらしいとあとで知らされた。


テレビドラマのタイトルにもなったが、警察学校ではそれぞれのクラスを「教場」といい、教官と助教が一人ずつ配置される。教官はおおむね三〇歳を少し過ぎたくらいの年齢で、警部補の中でも優秀と評価を得ている人が務めていた。助教になるのは二四〜二五歳くらいの巡査部長から、優秀な者が選抜されていた。

我々のクラスの教官は志田警部補で、教官の名前をとって「志田教場」である。助教は南崎完司《みなみざきかんじ》巡査部長だった。当時、警察学校の宿舎は、東京・九段の旧近衛師団の隊舎をそのまま宿舎として利用しており、明治三八年に日本陸軍で採用された「三八式歩兵銃」を置くための銃架が当時のまま残っていた。この場所には現在、日本武道館が建っている。

入校すると、あいうえお順に八人を一組として同室となり、部屋の真ん中には廊下があって両側の一段高くなったところに畳が敷かれている。両側にそれぞれ四人ずつが並び、だいたい一畳くらいのスペースが自分の寝床だった。その寝床の上の棚に自分の制服や私物すべてを置いておく。

ここで、一年間の警察学校生活が始まった。初任給は八七〇〇円。夏用と冬用の制服、革靴、軍隊式の編み上げ靴が支給された。勤務のときは、いつもこれを履いて行う。

四〇人のほとんどが高卒で、教場のなかで大卒は二人か三人。全国から集まった農家の次男坊や三男坊が多く、同県人は同じ部屋に入れないのがルールになっていた。同県人同士で話していると、いつまで経っても訛りが抜けないからだ。

当時、伴淳三郎《ばんじゅんざぶろう》主演の『二等兵物語』という映画があったが、警察学校での生活はまったくあの映画そのものである。食事はブリキの器に麦飯。箸も塗り箸でなく、金属製だった。刑務所の囚人のような生活とでもいえばいいのか。私はそれまで長野の田舎にいてコメは豊富にあったから、この食事には閉口した。

朝は「起床!」のひと言で飛び起きて全員三分以内に集合する。遅れた者は始末書を書かされた。点呼で集合している間に助教が各部屋を回り、たたんだ布団の隅がそろっていなかったり、崩れているのを見つけると、竹刀の先に引っ掛けて投げ捨てた。

　南崎助教は福岡出身、少年兵あがりで、この人にはとにかくよく怒られた。

「気合が入ってない!!　敬礼は、波打つくらいにやらなきゃダメだ！」

　ぶるぶる波を打つくらい指先に力を籠《こ》めろという。同じ教場の生徒が些細な失敗をすると「全員、グラウンド二周！」である。忘れているのかわざとなのか、二周どころか五周、一〇周と延々走らされた。

　南崎助教は身だしなみにもうるさかった。

「お前、靴磨いてきたのか！」

「ハイッ！」

「これで磨いたのか！　お前のは磨いたんじゃない、拭いただけだ。隣のヤツのを見てみろ！」

　そういわれて隣に立つ佐藤の靴を見ると、鏡のようにピカピカになっている。それを手本にしろというのだ。南崎助教は興奮してくると説教が終わらず、三〇分、四〇分と続いた。後に機動隊に配属されたとき、「警察学校での教練に比べたら、機動隊のほうがまだラクだ」と感じられたものだ。

　それでもなぜか私は、ここでの生活が性にあった。警察学校に入ってすぐに、居心地の良さを感じていた。当時の警察組織は男社会で、まるで高校の延長のようなものだったし、剣道、柔道という必須科目の「術科」で両方とも二段を持っている私にとって初心者を相手に稽古するのはまったく苦にならなかった。もうひとつ、当時私は視力が2・0あって、拳銃の術科でも「上級」の判定を得ることができた。

同じ志田教場、同じ部屋の、深澤守という男がいた。山梨出身、実家が町会議員をしているお坊ちゃんだが、ヤンチャな面もあった。入校早々、夜一〇時の点呼が終わったあと、

「寺尾、ちょっとオモテへ出ろ」

と因縁をつけてきたのである。ヤンチャはヤンチャ同士で匂いをかぎ分けるものだが、深澤は「寺尾を締めないと俺がこの部屋で中心になれない」と思ったようだ。深夜のグラウンドで深澤と一戦交え、勝負はあっさりついた。「実力」では私に敵わないと悟ったようで、以後卒業まで、私のズボンのプレスと靴磨きは深澤の仕事となった。

高校まで真剣に勉強したことはなかったが、警察学校では人生ではじめて勉強にも真面目に取り組んだ。実は警察学校というのはみなよく勉強する場所でもあり、夜一〇時の消灯時間を過ぎても、懐中電灯で勉強している者がたくさんいた。田舎を出るとき、「警視庁警察官に合格した」と村の期待を背負い、なかには日の丸に激励の言葉を寄せ書きしてもらって、それを持って来ているような生徒もいた。

一生懸命勉強するのにはもうひとつ理由があって、成績次第で配属が決まるからである。

「クラスで三番以内の成績であればどこでも希望の警察署に行かすぞ！　努力せい」

と教官から言われているのである。みな田舎者ばかりで、東京の繁華街、銀座や新宿、池袋のような華やかなところで仕事をしてみたいという強い願望があった。もちろん私も、配属の希望は「銀座、池袋」だった。成績は柔剣道の術科、射撃、それから試験の成績で決まる。この成績（席次）が、警察官人生で一生ついてまわる。ノンキャリアの警察官といえども、試験の成績が出世に大きく影響するという意味では官僚社会なのだ。

海の最前線

私の配属先として内示されたのは東京水上《すいじょう》警察署だった。

入学時点で剣道二段、柔道二段だった術科は、一年の警察学校生活で剣道三段、柔道三段に昇段していた。拳銃訓練も上級、警察学校での私の成績は相当上位だったのになぜ配属が水上署なのか。話が違う。

「希望した配属ではないのはどうしてですか」

「君は、水上署の署長から特別指名されているんだ」

助教の答えを聞いても釈然としなかったが、内示は内示だ。実際、水上署配属になったほかの同期生がトラックに乗せられたのに対して、私ひとり署長車に乗るよう言われたから、やはり特別待遇ではあったようだ。

水上署には「剣道三段、柔道三段の猛者が来る」という話が伝わっていたようで、配属のとき、横尾署長がひときわ身体が大きい同期生に「君が寺尾君か」と声をかけていた。

こうして、私の警察官としての第一歩が始まった。


水上署は現在、湾岸署に統合されているが、当時は浜離宮恩賜庭園の南側の竹芝桟橋にあり、別名「国境警備隊」ともいわれる海の最前線だった。竹芝桟橋からは毎日、三宅島や大島に向かう東海汽船の船が発着していた。

わずかな身の回り品を行李に詰めて、築地・明石町の東水寮《とうすい》という独身寮に入った。ここは旧海軍の兵舎を再利用したものである。警察学校の校舎は旧近衛師団のものだったが、このころの警察には、戦前の軍隊の名残があった。六畳一間に三人という生活だが、寮内には風呂もあり、賄いつきで、居心地は悪くなかった。

寮のすぐ南隣に、つきじ治作という大きな料亭があり、夕方になると人力車で芸者衆が吸い込まれていくのを見ていた。粋な黒塀に囲われ、妖しく輝く料亭に通うのはどんな人だろうと思っていたが、まさか数十年経って自分が治作の相談に乗り、顧問として上席に座らせてもらう日が来るとは、そのときは想像すらできなかった。

最初の三ヵ月は、臨港派出所での交番勤務である。

当時、水上署には舟艇課という部署があり、舟艇課員はダブルの背広に金ボタン、腕には二本の金線まで入って、帽子には白いカバーをかけ、まるで旧海軍の高級将校のような洒落た出で立ちだった。船を出すときはこの舟艇課員が操船し、警察官は舟艇指揮官として出動する。各交番には一艘ずつ警備艇が配備され、舟艇課の人間が交番に一緒に寝泊まりしていた。普段は舟艇課員が交番内の掃除をし、夕食をつくってくれた。

水上署管内には築地市場の交番もあった。東水寮で宴会があるときは、市場の人たちが「お巡りさん、ご苦労さん」と言ってマグロを一本くれた。そのときは必ず一升瓶をお返しに持って行った。

通常は三年ほど派出所勤務を経験するのが一般的だが、私は三ヵ月で海上警ら隊に配置転換された。海上警ら隊には「あづま」という大きな警備艇が配備され、船長以下、機関長など五名程度の乗組員、約一〇名の警察官がおもに港湾地域の警備にあたっていた。

このころ遭遇した大事件が、釣り船転覆事故である。

配属から三ヵ月後の昭和三六（一九六一）年一二月七日、東京湾でハゼ釣りなどをしていた釣り船一〇隻が次々に転覆、遭難し、船頭、釣り客あわせて一一名が死亡した。この時期の東京湾では、江戸前の形のいいハゼが釣れるため、ハゼ釣りが一種のブームになっていた。

この日は朝から穏やかな日差しで風もなかったが、釣り客が一休みして弁当を食べはじめたころからにわかに風が強まり、いわゆる「三角波」が立った。水面が三角形に立ち上がるように見える三角波は、海が荒れる予兆といわれる。案の定、波の高さはあっという間に人の背の高さほどになった。船頭たちはあわてて船のエンジンをかけ、港に戻ろうとしたが、時すでに遅かった。釣り船は木の葉のように揺れ、船の中には水が入って、せっかくの釣果を捨てて魚籠《びく》で水を掻き出すしかない。濡れネズミになりながら必死で水をすくうが、波はどんどん高くなる。バランスを崩し、転覆する船が続出した。

近隣を航行中のタンカーから「東京湾で釣り船が転覆している」と水上署に連絡が入ったのは、午後〇時半ころである。「あづま」をはじめとする四隻が現場へ急行、私にも緊急出動の命令がくだった。その日、私は非番で東水寮の部屋にいたが、寮の隣に常時停泊していた小型の警備艇に乗り込み、一一号埋め立て地の先、夢の島近くの遭難現場へと急行した。

波はまだ猛烈な勢いで、釣り船を救助しようとしても、互いの船が上下動して手を摑むことができない。もう少しで、というところで手が離れ、そのまま海に流されてしまう人もいた。横転した船腹にしがみついている人や、ノリを養殖するための「ノリ篊《ひび》」という竹組みにしがみつき、浮かんでいる釣り人もいた。

「あそこに浮いてるぞ！」

遭難者を警備艇に引っ張り上げようと必死で近づいていくが、波が壁のように行く手を阻んで近づけない。あまりの波の高さに、捜索中の「あづま」は釣り船に激突、船腹に一〇センチの穴が開いていったん港に引き揚げることを余儀なくされた。

生きようともがく人と、力尽きて波にさらわれる人。生と死のあわいに立った人間の分かれ目を見た。その光景が、脳裏に焼き付いて離れない。

溺れた釣り人をなんとか警備艇に上げることができても、それで安心したのか、身体が冷えてしまってそのまま命を落とした人もいた。当時の警備艇には、毛布の用意さえなかったのだ。一一名が命を落としたこの海難事故以降、警備艇にはようやく毛布が用意されるようになった。

沖仲仕と「黄色い血」事件

昭和三六年当時、沖仲仕《おきなかし》と呼ばれる日雇いの港湾労働者の手配を仕切っていたのは、阿部重作総長率いる博徒組織・港会（後の住吉会）であった。

港に船が入ると、沖仲仕が短時間で船から積み荷を降ろす。沖仲仕が日当を手にすると手配師をしているチンピラが群がり、さっそく丁半バクチが始まる。サイコロ二つとツボさえあれば、どこでもできるのが丁半バクチだ。ツボは新聞紙を丁寧に細工して作ることができ、極端な話、サイコロ二つあればバクチができた。

バクチで勝てばいいが、負けるとその日のメシ代に困り、血を売るしかなくなる。芝浦には買血車が来ていて、一度血を売るとコッペパンや焼きそばで三食腹を満たしたうえ、焼酎を一杯飲むくらいのカネにはなった。仕事をしないでもメシが食えたのだ。しかし、五日ほど連続して血を売ると赤血球が減って「黄色い血」になり、買血を拒否されてしまう。この「黄色い血」事件が国会で問題になり、売血行為はまもなく禁止された。

当時、浜離宮の横の運河には何十艘という伝馬船が停泊し、そこで生活している水上生活者の一家の家になっていた。伝馬船の船内でもよくバクチが行われていたが、負けたほうの奥さんが警察に一一〇番通報してきて、我々水上署の出番となる。

ところがいざ逮捕しても自分の名前も書けない者がいるのには驚いた。このころにはまだ読み書きのできない人がいたのだ。その後、美濃部《みのべ》亮吉《りょうきち》都政の時代に水上生活者の子どものための小中学校ができ、読み書きを教えた。

一方、沖に泊まった二万トンクラスの「本船」で開かれる賭場は住吉一家の仕切りで行われるいわゆる鉄火賭博で、賭け金の額も比較にならない。客は沖仲仕とは段違いのカネ持ちばかりで、モーターボートで乗り付けてきた。海上警ら隊としても、ここに手入れをするときにはそれなりの覚悟を持って向かうことになる。音を立てないよう、一〇名ほどの警察官が手漕ぎの伝馬船や警備艇に分乗して近づく。怖いというより、いよいよだなという身震いするような思いに包まれていた。拳銃は携行せず、丸腰だ。

賭場が開かれているのは五階建ての建物くらいの高さがある大型船だ。一斉に乗り移ると、「警察だ！　そのまま動くな！」と叫んだ。

現場に踏み込むと、そこにいる連中を次から次へと現行犯逮捕し、捕縄《ほじょう》という細い綱を使って数珠つなぎに七〜八人つなぐ。しかし、なかには鳶口《とびぐち》をもって向かってくるような見張り役もいた。機敏な者は賭場のカネを鷲づかみにして腹巻きに入れ、そのまま海に飛び込んで逃げた。

キャバレー美人座

警察学校を卒業しておおよそ一年後にあるのが、「現任補修科」である。いったん警察学校に戻って約二ヵ月間、研修の最終課程を受講する。新人警察官としての緊張の毎日から束の間解放され、警察学校時代の同期生たちと再会する機会でもある。

「おい、美人座知ってるか？　キャバレーの。俺、顔が効くんだよ」

「ほんとかよ。ほんとに大丈夫なんだろうな」

「大丈夫だって。美人座行こう」

現任補修中の土曜、同期の深澤守、山本芳美の二人を引き連れて、神田のガード下にあるキャバレーに入った。因縁の深澤守は、隣の中央署の配属となっていた。

美人座は銀座や大阪、名古屋にもあったキャバレーのチェーンで、中央のステージで生バンドが演奏し、周辺の数十のテーブルで女性が接待してくれる。新米警察官にはいささか敷居が高かったが、同期三人で勇躍乗り込んだ。

日頃の生活では絶対に会うことのない、化粧の匂いのする女性たちにドギマギした。夢のような時間だったが、実は勘定のときにひと騒動あった。三人あわせても手持ちのカネが足りず、その日は有り金を置いて逃げるようにして帰ってしまったのだ。後日、たまたま大金（たしか五〇〇〇円だった。現在の価値にすると五万円くらいか）を持っていた山本が、「警察官と知られてるからまずい」と払いに行ってくれたので助かった。もし店から「踏み倒された」と上司に訴えられたら、危ないところだった。

時代は高度経済成長期のとば口だった。警察官の収入も徐々に上がっていたとはいえ安月給に変わりはなく、酒を飲むのもままならなかった。私は当時、二〇歳になるかならないかだったが、タバコも酒も欠かせず、そのせいか、カネはいつも足りなかった。トリスウイスキーが一番安く手軽に手に入る酒だが、私は酒が強く、ボトル三分の一くらい飲まないと酔えない。

この現任補修のとき、深澤と同じ中央署に配属になった青木俊一とも知り合っている。青木は後年、野方署長になり、則定衛《のりさだまもる》東京高検検事長の騒動のとき、力を貸してもらうことになる。

青木や深澤ら、都心に配属になった同期生たちのほとんどが警察で勤務しながら夜間大学に通って学位をとっていた。「大学ってすげえんだ。本を書いてるような先生が教えてくれるんだぞ」というので私も二度ほど学生を装って講義を聞きに行ってみたが、それほどの内容とは思えず、大学に通う気にはなれなかった。

水上署では、隅田川を流れてくる死体を発見し、処理すると一体あたり三〇〇円という手当が出た。荒川や隅田川の上流から流れてくる死体は、どこの所轄も扱いたくないからそのまま流してしまうので、もっとも下流にある水上署で処理することが多かった。

遺体は腐乱が進んでいるものも多く、ものすごい悪臭で処理には難渋した。水中から引き上げて陽の光に当てた途端にワーと膨らんだり、色が変わってガスが発生したりする。ふやけきった遺体の指紋をなんとかしてとり、身元不明遺体として処理する。タオルや日本手ぬぐいで顔を覆って「自衛」しても、腐乱死体の臭いを嗅いだ日は、まともに夕食も摂れなかった。

死体は水上署内にある「死体安置室」へ運び込んだ。六畳くらいの広さのタイル貼りの立派な部屋で、そこに遺体を入れると、次に鑑識に連絡する。

本庁の鑑識課の岩田政義警視は鑑識の大家で、別名「死臭を嗅ぐ男」と言われていた。黒塗りの車で水上署に乗り付け、死体の状態を見て「あ、これ事故死」と一目で判定してしまう。その判定に安堵した水上署長が、「本日はご苦労様です」などと岩田警視にお礼を言っているのを聞いたことがある。「他殺」と判定されれば捜査本部を立ち上げて多数の捜査員を投入し、身元割り出しなど本格捜査にかからなければならないからだ。

首都高速でフルスロットル

当時はまだ警察官の利得がわずかに残っていて、パチンコ屋に行って「おい、出ねーぞ！」と叫ぶと、店員がパチンコ台の上からガラガラと玉を入れてくれるような「特別サービス」もあった。

自分のいる警察署の管内であれば警察手帳で映画館にも入れたが、残念ながら水上署の管内には映画館がない。映画館が集中している銀座は築地署管内で、警察手帳を示しても「（手帳の）中を見せてもらえますか」と言われてしまう。築地署には同じ志田教場の中浦という同期生がいたので、一度だけ中浦の手帳の「中身」だけを借りて映画を見たこともあるが、私は映画館の決めたこのルールにどうも納得がいかなかった。

水上署は、海、河川を管内とする警察署である。そのため海、河川に面した数十の警察署を「隣接署」とし、パトカーの巡回対象としていた。築地ももちろん隣接署である。水上署のパトカーは海上にいる警備艇と通信するため、無線網も独自のものを使っていた。

私は銀座を巡回中、映画のフィルムを運ぶバイクを呼び止めた。次のロードショー館にフィルムを急いで届けるため、バイクはしばしば歩行者用の横断歩道を突っ切って走る。

私はそれを見て、声をかけた。

「おいそこのバイク、歩行者妨害だろ！　右折の際はどうやるか、もう一度やってみろ。ブレーキ踏んでみろ」

当時のバイクにはウインカーがないものが多く、右折、左折の際は手で意思表示する。ブレーキランプがちゃんと点くかどうかもチェックした。その間、次の上映館が待っているから運転手も気が気でない。一〇分ほどねじを巻いて名刺を渡した。

「私は、水上警察署海上警ら隊の寺尾という者だ」

すると予想どおりその翌日、映画館の支配人が一升瓶を二本、ぶら下げて水上署の受付に姿を見せた。

「海上警ら隊の寺尾さんって、どなたですか……」

署の先輩たちは、「また寺尾がなにかやったよ」と渋面をつくっている。私は支配人にこう伝えた。

「支配人さん、水上署の寮にいる警察官が、非番の日に映画見たって迷惑にはならないでしょう。映画館のなかで強制わいせつや、淫行があればすぐ検挙するんだし、立ち見が出るような大入りの日に入るようなことはしないよ」

以降、水上署の警察官たちは堂々と警察手帳で映画館に入れるようになった。

東京オリンピック開催を前に、警察手帳で電車や都電に乗る行為が禁じられ、定期代が支給されるようになっていた。それでも定期代をケチって警察手帳で通勤する警察官がいたため、水上署では出勤時に警務係が入り口に立って一人ひとり定期の有無をチェックしていた。

築地市場近辺には毎朝、市場に買い付けに来たトラックが群がり、周辺の道路に違法駐車している。その取り締まりも仕事のひとつだった。あるとき、長野ナンバーのトラックが停まっているので声をかけたら、佐久から来たという。

「佐久なら同郷だ。今日は見逃しておいてやる」

と言ったら、喜んで飛んで帰った。数年後、軽井沢のガソリンスタンドに入ると奥から見知らぬ男が飛んできた。「あのときのおまわりさん！　ありがとうございました。今日のガソリン代はタダでいいです」と言われたのには驚いた。聞くとガソリン販売店の二代目で、あとを継いだのだという。

水上署に配属になって二〜三年が経ち、東京オリンピックの開催が目前に迫ってくると、社会の変化が目に見えて感じられるようになっていた。オリンピックに間に合わせようと、交通網の整備も進んでいた。突貫工事で首都高速道路が建設され、海上警ら隊にも新型のパトカーが配備された。

高校時代からバイクを乗り回していた私には、願ってもない環境である。一般向けの営業が始まる直前の首都高速道路を、配備されたばかりのパトカーを運転して、大森の鈴ヶ森から汐留までフルスロットルで走った。トランクの中に巨大な無線機と二〇キロの巨大なバッテリーをふたつ積んでいるパトカーは、エンジンがオーバーヒートして白煙をあげたが、真新しい首都高を爆走する爽快感は素晴らしく、警察官になった喜びを感じさせた。

昭和三九年一〇月、華やかに開催された東京オリンピックでは、晴海埠頭に停泊するソ連選手団の船周辺の警備を命じられた。ロシア語はおろか英語もできないのに「Interpreter（通訳）」の腕章を巻いて待機し、競技はひとつも見ることができなかった。

「貴族の一機」

水上署での勤務が二年、三年と続くうち、私は次の進路として、機動隊勤務を希望するようになった。こんな破天荒な巡査だったが、三〇〇人いる水上署員のうち検挙成績は常に上位三番以内に入っていた。巡査を拝命して四年の実務経験があれば巡査部長の昇任試験を受けられる。長時間の駐在のうえ夜勤もある交番勤務と比べて、機動隊はメリハリがあり、昇任試験のための勉強時間を確保できることがメリットだった。そんなある日、同期生の一人から機動隊の選考試験が翌日あると聞き、あわてて次長（現在の副署長）のところに駆け込んだ。

「どうしても機動隊に行かせてください、お願いします」

「そうか、たしかに君は機動隊に行ったほうがいいかもしれんな……」

次長はそう言うと、私の内申書を封筒に入れて封をし、「明日の試験にこれを持って行って、試験官にそのままわたせ」と言ってくれた。

翌日の試験は、簡単な面接だけだったと記憶している。内申書の点数には自信があったし、試験に通らないはずがない、と思っていた。

第一機動隊の第四中隊に配属されたのは、東京オリンピックが終わって半年後の昭和四〇（一九六五）年二月である。

第一機動隊は旧近衛師団が駐留した皇居・北の丸公園内に本拠を構えたことから、「貴族の一機」「旗本の一機」と呼ばれた。通常時の主な任務は警視庁の庁舎警備や国会議事堂の警備などである。警杖《けいじょう》という一メートル五〇センチくらいの細い樫の棒を手に、同僚とふたりで警視庁本庁の正面玄関前に立つのだが、深夜になると暇で、人っ子一人通らない。

「おい、次に通る車のナンバーは偶数だと思うか、奇数か」

と一回一〇円の賭けをして気分を紛らわせた。

「次に通りかかるのは男か女か」

なんていう賭けもあった。無表情で通行人を見送りながら、「勝った、負けた」をやっていたのである。

この時代は、大規模なデモが頻発していた。前述したように岸総理の日米安全保障条約の改定強行以降、学生運動の熱気は高まっていた。大規模なデモが起きると、機動隊の出番となる。

当時、私は二三歳。まさに同年輩の学生たちと、真正面から対峙することになった。機動隊とデモ隊が正面からぶつかると互いに後ろから押され、挟まれて身動きがとれなくなり、しまいには足が浮いてしまう。地に足がつかないとはこのことだ。

最前線で衝突すると、警棒を両手で斜めに持ち、下手を振り上げてみぞおちをガン！と殴りあげる。派手に警棒を振り下ろすのでなく、揉み合いのなかで見えないように攻撃すると一発で沈むのだ。ところがなかには手慣れた奴もいて、藁でできた米俵のフタを腹に巻き、みぞおちをガードしていた。それでも、鍛え抜いた機動隊員と学生では体力がまるで違い、一対一では勝負にならなかった。デモ隊は口々に、

「ポリ公！　どうせお前ら農家の次男坊だろう！　田舎者」

と憎まれ口を叫んでいる。もっとも腹が立つのは女子学生にツバを吐きかけられることで、警棒を振るうわけにもいかず、やられてもにらみ上げるしかなかった。

機動隊というとジュラルミンの盾や堅牢な鉄カブトなどを想像される方もいると思う

が、当時は盾といっても木製の粗末なもので、ヘルメットはプラスチック製、まともな防弾チョッキもなく、薄いブリキの入ったジャケットがあるくらいだった。制服に至っては、青い木綿の作業着である。支給されていた拳銃は45口径のスミス&ウェッソン、米軍の払い下げ品で、かなりの年代モノだった。「熊でも倒す」というほどの威力があったが扱いが難しく、相当な訓練を受けた者でないと五メートル先の的でも当たらない。引き金にかけた人指し指に力を入れすぎて硬くなってしまうために銃口が落ち、大きく的を外す「ガク引き」という状態になる者がほとんどだった。しかも、何十年も使用していない火薬は硬化し、どのくらいの威力があるのか、不安もあった。

デモ隊、立川基地に乱入

その貧弱な装備でデモ隊と真正面からぶつかった事件が、「立川事件」である。

立川は戦前、陸軍飛行第五連隊が置かれ、陸軍航空部隊の中核拠点とされていたが、戦後、広大な敷地はすべて米軍に接収され、アメリカ空軍立川基地として運用された。

昭和三二（一九五七）年七月には、立川基地の拡張工事をめぐって基地内にデモ隊がなだれ込み、七名が起訴される「砂川事件」が起きた。この事件は全共闘運動の先駆けとも言われ、立川の基地前では、しばしば米軍の駐留に反対するデモ隊が集まっていた。手をつないで道路いっぱいに広がり、行進する「フランスデモ」や、渦巻き状になって行進するなどの行為を繰り返した。

　その日も我々機動隊に出動要請があり、二十数名の一個中隊にも満たない規模で、全員がトラック一台に乗って出かけることになった。実はこのとき、地元警察署の公安部から内々に、「デモ隊とは話がついているから、機動隊はあまり刺激しないでください」と伝えられていた。「基地前で渦巻き行進をして、そのまま流れ解散することになっている。機動隊は車のなかで待機していてください」と言われていたので、それほどの緊張感はなかった。

　指示に従ってしばらく様子見をしていると、デモ隊の勢いが思いのほか激しくなってきた。

「わっしょい、わっしょい」

　と掛け声をかけながら渦巻きはどんどん大きくなっていく。ついに立川基地に迫り、門を破って、デモ隊の一部が基地の内部に入り込んでしまった。本来基地を守っているはずの米軍はなだれ込むデモ隊に反撃しないばかりか、トラブルを恐れて逃げてしまった。

　その段階で、「機動隊出動！」と号令がかかった。わずか二十数名で、デモ隊を基地から排除せよというのである。大群衆のデモ隊に対して、我々の装備は警杖だけ。拳銃は持っていたが弾は入っていなかった。

　対するデモ隊は「米軍撤退！」などと書かれたプラカードを掲げている。プラカード部分を外すと釘の飛び出た長い棒で、殴られると大怪我をする可能性もある。とにかく多勢に無勢、相手は機動隊と見るといっせいに襲いかかってくる。

私は基地内に入ると、塀の近くにあった松林のなかに逃げ込んだ。塀の前に立って背中側の安全を確保し、寄ってくる相手を警杖で一人一人、剣道の要領でなぎ倒す。

デモ隊のなかには女性もいたが、私が相手にするのは、もちろん男だけだ。相手の脳天に警杖を打ちおろすと、バタッと倒れた。二〇人くらいは倒しただろうか。

「弱ったな、これで死人が出ると大変な事件になっちゃうな」と思ったが、手加減すれば自分が危ない。「これは正当防衛にあたる」と信じて戦っていた。

見ると、仲間の機動隊員が大勢のデモ隊にもみくちゃにされ、袋叩きにされている。私は「警棒抜け、行くぞ！」と仲間に声をかけ、群衆のなかに分け入って救出に向かった。命からがら、なんとか撤収することができたが、出動した二十数名のうち六名がデモ隊の攻撃で負傷するなど、被害は甚大だった。翌日、学生の中に重傷者や死者が出たと新聞に載るのではないかとヒヤヒヤしていたが、幸いそういうことはなく、胸をなでおろした。

このときに限らず、貧弱な装備で最前線に立った機動隊員のなかには脊髄を損傷して歩行が困難になった者や、目を負傷して視神経に障害が残った者もいた。

投石と一口にいうが、大きなレンガが飛んでくる恐怖は経験した者でないとわからないだろうと思う。火炎瓶のなかにはガソリンが入っていて、瓶が割れて飛び散ると周辺一帯が燃えた。一つ間違えば死に至る、戦争のような現場なのである。ああいう修羅場だと、年次や階級の上下は吹き飛んでしまう。そういうギリギリの場面でも動ける人間が自然にリーダーになり、声をかけて指揮していくことになる。

国家の緊急時に、死地に飛び込む機動隊員、自衛隊員が一定数いれば、国の秩序は保たれると私は考えている。東日本大震災のあと、福島第一原子力発電所が爆発したとき、まっさきに現場に入ったのは自衛隊員であり、現地の警備に当たったのは警視庁をはじめとする全国の警察官だった。放射能汚染のリスクを顧みず、現場に飛び込む人間が、この国の安寧を守っているのである。

銃砲店に立てこもった男

警察官時代、私が経験した「死地」のなかでもっとも「死」と隣り合わせだったのが、渋谷ライフル銃事件である。

昭和四〇（一九六五）年七月二九日午前一一時、神奈川県・座間町（現・座間市）で、一八歳の少年・片桐操が声をかけてきた警察官にいきなり発砲した。所持していたライフルのマスターボルト銃で胸を撃ち抜き、悶絶したところを七度、八度と殴りつけて絶命させたうえ、拳銃と警察手帳と手錠、捕縄のほか、ズボンやバンドを奪った。

片桐は応援に駆けつけた巡査にも発砲したあと、現場から二〇〇メートルほど走ったところに居合わせた軽自動車を停めた。奪った拳銃で運転手を脅し、東京・町田の原町田へと向かわせた。さらに次々と車を乗り換え、東京西部・多摩地区へと向かった。「神奈川県下で警察官一名を殺害、一名は重傷。殺害した警察官から銃を奪っている。犯人は東京方面へ逃走」という一報は、神奈川県警本部からただちに警視庁にもたらされた。

主要な幹線道路には検問が設けられ、怪しい車を一台一台停めて警察官が尋問を始めたが、犯人の片桐の動きはそれよりも早く、すでに小金井方面へとすり抜けていた。私が所属する警視庁第一機動隊第四中隊にも出動命令が下り、情報に基づいて小金井方面へと急行した。

我々の中隊は片桐が小金井カントリーに潜伏している可能性が高いという判断でゴルフ場内に入った。中隊長の命令で五メートル間隔を保ちそのまま前進する。ゴルフ場に足を踏み入れたのはこのときが生まれてはじめてだったが、だだっ広いゴルフ場は遠くまでよく見通せ、五メートル間隔を保てという中隊長の指示には、思わず首をひねった。

そのころ犯人の片桐は、すでに都心方面へと向かっていた。小金井公園でそれまで乗っていた車を乗り捨て、男女二人連れを脅してセドリックに乗り換えると、以前に何度か訪れたことのある渋谷のロイヤル銃砲火薬店（以下ロイヤル銃砲店）へ向かうよう指示した。

片桐は幼いころから銃マニアで、一六歳のときに自衛隊に入隊しようと志願し、試験で落とされていた。その後は国内航路の貨物船の見習いコックとなったが、一年あまりで退職して以降は定職につかず、射撃場に出かけるのが唯一の楽しみだった。当時、後楽園ゆうえんちに「エアライフル」という空気銃競技の練習場があり、そこに通っていたという。いつか機会を見つけ、バイオレンス小説のように銃を撃ちまくってみたいという欲望に取り憑《つ》かれていた。

片桐は、午後六時頃、車から降りロイヤル銃砲店に入った。店内には男女二人の店員と、たまたま女性店員の妹が居合わせていた。

「射撃の帰りですか?」

片桐と顔見知りだった男性店員が声をかけると、片桐は「そうです」と言いながら、顔には汗がにじみ、そわそわと落ち着かない様子だった。いったん店の外に出たが、蒼い顔をしてふたたび店内に戻り、店員に拳銃を突き付けた。

「冗談は止めてくださいよ」

「冗談じゃない。俺はいま、警官二人を殺してきた。いまにパトカーが来る。騒ぐと撃つぞ!」

その言葉が終わるか終わらないかのうちに、パトカーのサイレンが聞こえ、片桐はさらに焦りを募らせた。店にあるライフル銃を出すよう店員に命じると、弾丸を詰めさせ、銃口を店員に向けた。店外にはパトカーのサイレンだけでなく、ヘリコプターのローターが回る音や、集まった群衆の声が聞こえはじめた。

現場となったロイヤル銃砲店は、山手線の西側を渋谷駅から原宿方面へ三〜四分進んだところに立地していた。銃砲店に立て籠もった片桐は、群衆が集まる様子に気づくと、店の電話を使って警察に電話をかけた。

「パトカーとヘリはうるさいからすぐ止めろ！　さもないと店員を撃ち殺す。いま音を聞かせてやる！」

そういうと店の天井に向かってガン！　とライフルを一発、ぶっ放した。さらに男性店員を「盾」として店外に出ると、周囲を囲んだパトカーに向かい、ライフルを発砲しはじめた。向かいの渋谷消防署の階段には野次馬が鈴なりになっていたが、片桐はその野次馬に向かって、

「危ないからどけ！」

と大声をあげ、空中に向かってガン！　ガン！　と数十発、発砲した。店員の証言によると、ふたたび店内に入った片桐は店の冷蔵庫を開け、ビールをグビグビ飲んだという。

この騒動によって周辺が通行止めになっただけでなく、山手線までストップした。事件はテレビ、ラジオによって速報され、テレビ局の中継車が駆けつけて現場をナマ中継し

た。こののち、あさま山荘事件などが起こるが、テレビによる事件現場のナマ中継が行われたのは、この渋谷ロイヤル銃砲店事件がはじめてである。

犯人を撃ってもいいのか

小金井カントリーにいた我々第四中隊は、遅まきながら情報を得て渋谷へと向かっていた。途中、さらに無線連絡が入り、先発した第一中隊が催涙ガスを撃ち込んだということがわかった。「それなら犯人も間もなく投降するだろう、解決は早い」と肩の荷をおろす思いで無線を聞いていた。我々が現場についたのは、夕闇が迫りはじめた午後七時過ぎだったと思う。すでに片桐が銃砲店を占拠してから一時間が経っていた。

現場には、第一機動隊の谷川正年隊長が先着しており、興奮した様子で我々を迎えてくれた。第一機動隊長だけは階級が警視正で、他の部隊より一階級上である。

中隊長の「全員降車！」の号令で下車、整列すると、期せずして群衆から拍手が起こった。

「拳銃の選手、前へ！」

第一機動隊長の指示に、私を含め、五人が隊列の前に出た。その場で中隊全員に弾が配られ、拳銃に銃弾を装塡《そうてん》した。私は同僚からさらに五発の弾丸を借り受け、それをポケットに突っ込んだ。そのとき谷川隊長が、「俺が責任を持つから撃て！」と口にしたが、その瞬間、ふと疑問が湧いた。

〈警察で、上官が「俺が責任を持つ」っていうことはあるのかな……〉

小隊長以下、私を含め五人が狙撃班として現場に向かった。群衆の間を抜けて、銃砲店向かいの渋谷消防署へと向かう間にも、「ババババ」とライフルを発射する音が聞こえる。消防署の二階に上ると、八メートルほどの道を挟んでちょうど向かいにロイヤル銃砲店を見下ろす形になった。

そのとき、催涙ガスが効果を発揮し、犯人の片桐が銃砲店から外に出てきた。人質の男性店員ひとりと女性ふたりを従え、男性店員にライフルの弾丸を装填させながら、女性店員ひとりに前を歩かせて盾とし、もう一人を脅しながら歩かせている。左手にライフルを握り、腰に拳銃を下げていた。二人の女性は寄り添うようにして密着していた。次の瞬間、男性の人質が片桐の隙をついて殴りかかり、ひるんだところを走って逃げた。

ガン！　ガン！　ガン！

片桐はとっさに七～八発発射したが、幸い男性には当たらず、物陰に逃れることに成功した。残る人質は二人。苛立った片桐は、女性店員とその妹に、自分たちの足をヒモで縛るように命じた。

私たちは、二階にあった机をひっくり返し、それを盾にする形で陣取った。下を覗こうとしたとたん、ガン！　と発砲音が響き、「これは本物だ」と首をひっこめた。その姿勢で犯人の位置を確認すると、近い。きちんと狙って撃てば、百発百中、眉間を狙って撃ち込むことができるほどの距離だ。拳銃を構え、照準を合わせようとして、また疑問が湧いた。

軍隊と違い、警察官が上官の命令によって発砲することは本来、想定されていない。発砲はあくまで正当防衛のため、やむを得ないとき個人の判断で行うだけだ。ナイフなどの凶器を持っている相手と対峙し、自分自身の命が危険にさらされたときでないと正当防衛は認められなかった。

警察学校で、「血染めの警笛三度鳴らず」と教わったこともあった。襲撃されて重傷を負っても警笛で救援を呼ぶことが第一で、そのまま殉死することも致し方ないという考え方だ。まして片桐はまだ、我々の存在に気づいてさえいない……。

「ダメだ、やめろ！」

私はそう叫ぶと、非常階段を駆け降りた。何人かが私と行動をともにしたが、小隊長は二階に残った。後で聞くと、小隊長は装塡した五発すべてを発射し、三発が不発弾、残りの二発も外れたという。

非常階段を降りると、片桐は私のすぐ目の前、わずか三〜四メートルの距離にいた。さあどうするか。一歩間違えれば自分の命ばかりか、人質の命が危ない。

すると突然、原宿署の私服警察官・緒方保範《おがたやすのり》刑事が飛びかかり、片桐に体当たりした。

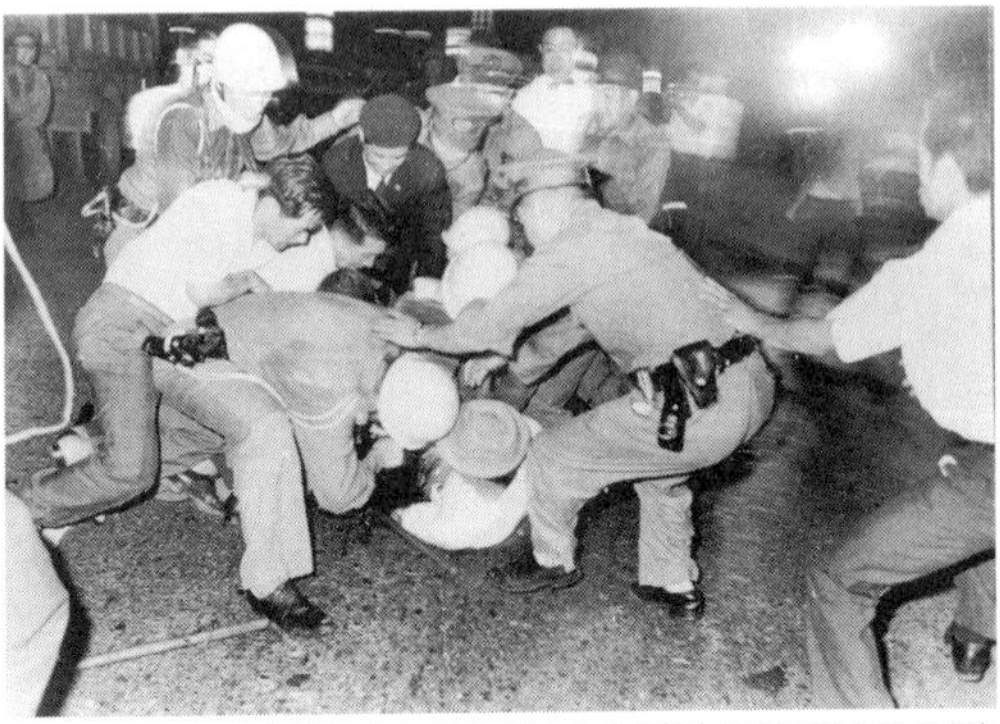

渋谷ライフル銃事件犯人を取り押さえた瞬間（朝日新聞社提供）

片桐はバランスを崩しざま、緒方刑事に向かって発砲した。緒方刑事は背中に被弾し、もんどりうって倒れた。それを見た片桐はライフルを捨ててその場から走りだした。

　その瞬間、私の身体が自然に反応していた。片桐に向かってタックルすると、そのまま足をつかみ、押し倒して馬乗りになった。片桐の身体は思ったより華奢で、細身だった。無我夢中で腕をとり、手錠をかける。気づくと上から多くの警察官が私の身体の上に覆い被さり、犯人の行動の自由を奪った。

「銃とった！」

　と叫ぶ別の警察官の声が聞こえ、片桐が最後まで所持していた拳銃を奪取したことを知った。その瞬間はただ本能のままに飛び込み、気づいたら馬乗りになっていた。私が特別勇気に溢れていたわけでも、反射神経に優れていたわけでもない。自然に身体が動いたのだ。あの現場に、あの距離で居合わせれば誰もが同じ行動をとっただろうと思う。のちに石原慎太郎はこの事件を題材とした小説『嫌悪の狙撃者』で、犯人検挙の場面をこのように描いている。

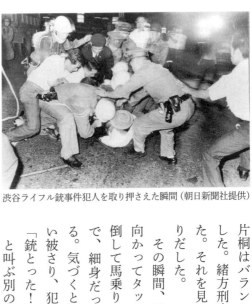

〈電話ボックスに着く五米手前で、今は手に武器持たぬ若い狙撃者（筆者注・片桐のこと）に警官が殺到した。誰かが男の足に飛びつき、倒れる男の肩を誰かが押しつぶし、争うように誰かと誰かが、一本ずつ腕と肢を抱いた。彼が車道に倒れた時、合計十四人の警官がその上にいた。そして、どこから飛び出したか、それを上回る数のカメラマンが一斉にフラッシュを焚いた〉

この、一番はじめに片桐に飛びついた警官が私である。ただし、その後の逮捕手続きなどは機動隊の先輩たちに任せた。

この事件に関わったことから、私の人生は大きく変転していくことになる。

賞詞二級と警視総監

事件後、警察ではもうひとつの「取り調べ」が始まった。犯人を取り押さえたのはどういう経緯だったのか、誰がどういう働きをしたのかを検証し、報償を与えるための調べである。報道機関などから事件現場の写真を集め、犯人の片桐に銃を向けた原宿署の緒方刑事などを特定していった。

最初に取り押さえたのが私であることははっきりしている。片桐にかけた手錠の個人番号を見れば、どの警察官のものであるかは間違えようがないのだ。

私は警視庁本庁の警備部に呼び出され、報道陣の撮った写真を見せられて「これは誰、こっちにいるのは誰」と「事情聴取」される羽目になった。あまりにしつこいので、私は「もう、勝手に書いといてくださいよ」と逆ギレ気味になったほどだ。こっちは命がけで、返り血を浴びながら必死に手錠をかけてきたのに、ああでもないこうでもないと聞き取りされるのには閉口した。

この事件のあと、NHKの人気番組「私の秘密」からの出演依頼もあった。「事実は小説より奇なりと申しまして……」という司会の高橋圭三アナウンサーの名調子から始まり、珍しい体験をしたり、特殊な才能を持つ一般人が次々登場して、回答者がその秘密の内容を言い当てる番組だ。ここに「犯人に飛びついて逮捕した人」として出演してほしいということなのだが、もちろん断った。機動隊員として職務を果たしただけという思いもあったが、防弾チョッキも鉄カブトもなく、携行しているピストルは年代モノという、装備の貧弱さを知られたくなかったというのが実際のところだったかもしれない。

片桐は、事件の四年後の昭和四四年に最高裁で死刑判決が確定し、その三年後にまだ二五歳の若さで死刑執行された。

警察官一人の命を奪い、大勢の人の命を危険にさらしたとはいえ、犯行時にはまだ一八歳の少年であり、あまりにも重刑すぎるという報道もあった。この議論が、のちの永山則夫事件の公判に影響を与えていくことになる。

結局私の報償は賞詞《しょうし》二級と決まった。警視庁には、警視総監の行う表彰として上から警察功績賞、賞詞、賞状、賞誉、感謝状がある。賞詞は「職員として多大の功労があると認められる者に対して行う表彰」とされ、特級から三級までがあるが、そのうちの二級に該当すると認められたのである。表彰は、警視庁本庁で行われた。緒方刑事はじめ、調査の結果表彰に該当すると認められた捜査員が大勢並んで、それぞれの賞状を受け取った。

「第一機動隊第四中隊、寺尾文孝巡査！」

私も名前を呼ばれ、賞状と、桐箱に入った一輪挿しを受け取った。総監からの賞金はなかった（第一機動隊長からは組織始まって以来という賞金一〇〇〇円が出た）。

はじめて間近に見る中原《なかはら》𦙾《ただし》警視総監は制服の袖に五つの星をつけ、帽子には金の二本線が入っていた。不思議なことにあれだけの星をつけていると、誰でもそれなりの威厳のある人物に見えるものだ。

ただ、この表彰式で私は、どこか醒めた気持ちを捨てきれなかった。報償を決定するために何度も聞き取りをするような「取り調べ」に、うんざりしていたのだ。警察という組織は、階級社会だ。巡査、巡査部長、警部補、警部、警視、警視正、警視長、警視監という階級が絶対だ。来年には昇任試験を受けて巡査部長を目指さなければならない。その後もずっと勉強と、昇任試験の連続である。

捜査一課や二課などの刑事になる気はまったくなかった。機動隊は勉強時間が確保しやすかったし、隊内でも毎月成績発表をしたり、互いにノートを融通しあったりして「上」を目指そうという空気に溢れていたが、私はそれにもいまひとつ馴染めなかった。

たまの休み、遊びに行った上司の係長の住む家族寮での暮らしぶりを見て、「今後、警察に残ってもこんな暮らしぶりか……」という幻滅も感じていた。剣道の指導を専門とする武道小隊に誘われ、心が動いたこともあったが、警察署道場の先生といっても階級では巡査部長だ。範士となると警部待遇にはなるが、あまり魅力的には思えなかった。

警察組織の文脈に乗って出世の道を目指すか、いっそ新しい世界へと踏み出すか——。私の心中に、迷いの気持ちが芽生えはじめていた。

第二章 秦野章と田中角栄

三億円事件の「被疑者」

「警察の者ですが、ちょっとお話聞かせてもらえますか」

東京・世田谷代田の自宅に、見知った声と顔の刑事が訪ねてきたのは、昭和四四（一九六九）年はじめのことである。

「おう、なんだお前か」

警察学校時代の同期生・須藤だった。須藤は警察署勤務を経て本庁の捜査第一課所属の刑事となり、先輩刑事とともに聞き込み捜査にあたっていた。

「なんだ、寺尾か」

「三億円事件か？」

「……」

昭和四三（一九六八）年一二月一〇日、東京・府中の府中刑務所裏の通称「学園通り」を通りかかった現金輸送車が白バイ警察官を装った男に呼び止められ、車に爆弾が仕掛けられていると言われた行員が車を離れたすきに、東京芝浦電気府中工場の従業員の年末ボーナス三億円を積んだ車が奪われた。

偽装した白バイや現金の運搬に使った車など、多数の遺留品が見つかったにもかかわらず捜査は難航した。犯人が巧みに白バイ警察官を偽装し、言動も堂に入っていたため、警察関係者の関与が事件発生当初から疑われていた。

警視庁は総力を挙げた捜査を開始した。車を奪われた行員らの証言をもとに犯人のモンタージュ写真を作成し、これをもとにしらみつぶしに聞き込みを進めていた。このモンタージュ写真は、作成の過程で行員の記憶を混乱させた可能性が高く、のちに警視庁によって破棄されている。

私は当時、二七歳。年齢と、元警察官ということから、聞き込みの対象となったようだ。しかもその当時、私は貧乏生活から脱して、高級車に乗り、世田谷の高級マンション住まいだった。「急にカネ回りが良くなった」と思われたようだ。そして、その捜査にあたったのが警察学校同期の須藤だった。

「あんな事件、俺がやるわけないだろう。なんでも聞いてくれよ」

「……もういい、わかった」

結局その後の呼び出しはなく、事件当日の詳しいアリバイを訊かれることもなかったが、私は三億円事件の被疑者として、条件が揃いすぎるほど揃った男でもあった。警察官としてのキャリア、バイクや車の運転技術、年齢、モンタージュ写真との人相の類似、金銭的状況の急転などである。

当時、警視庁は東京都内の運転免許を持っている男性すべてをリストアップしたというほど大規模なローラー作戦を行っていたが、私は相当濃度の高い「被疑者」と思われても仕方がない位置にいた。

実はこのころ、私は警察を退職し、不動産や婦人服用生地の卸《おろし》などの仕事をしていた。「天職」とまで感じていた警察官を退職することを考えはじめたのは、前章で詳述した渋谷ロイヤル銃砲店事件のあとからである。警察という組織が厳しい階級をもとに成り立っていること、国家公務員上級職試験を突破して警察庁に入庁したキャリア警察官がいて、彼らは三〇歳そこそこで警察署長を経験すること、などを遅まきながら理解しはじめていた。

ロイヤル銃砲店事件の翌年には、はじめての昇任試験受験が迫っていた。これに合格すると、警視総監から巡査まで一五階級あるうちの、下から二番目、巡査部長ということになる。そうなったら、もう組織を離れられなくなる。

我々昭和三五（一九六〇）年入庁組は大量採用で何度かに分けて入庁していることは前

章で触れたが、四月入庁者のなかには、すでに巡査部長に昇任している同期生もいた。私が翌年に巡査部長になっても、一年遅れなのである。私はずっとガキ大将で通してきたから、いくら階級が上だといわれても、年齢が下の人間の指示には従えないという面もある。今後、警察組織のなかでおとなしくやっていけるのかどうか自信がなかった。

水上署にいるころ、交通事故のけが人を東京・三田の済生会中央病院に運び込んだことがあった。事故の状況などを担当医に説明するうち、私があまりに車の車種や装備、中古車の値段に詳しいので、「あんた、警察には長くいないね」と言われたことがあった。そのころは警察官を天職だと思っていたような時期で、辞めることなど頭の片隅にもなかったが、なぜかその一言がその後もときどき、頭をよぎることがあった。

型破りの巡査

渋谷ロイヤル銃砲店事件が解決した二ヵ月後の昭和四〇（一九六五）年一〇月、私は第一機動隊の第四中隊から、特科車両隊へ移った。特科車両隊は機動隊のエリートコースである。ふつう、中隊勤務は三年が平均だから、半年での異動は異例中の異例で、ロイヤル銃砲店事件の功労によるスピード出世だった。

このころ、警察学校時代の「志田教場」の助教・南崎完司さんが特科車両隊の小隊長を務めていて、ふたたび南崎さんの指導を仰ぐことになった。

特科車両隊には放水車やクレーン車があり、通常はその整備に従事する。変わったものだとトイレットカーなんていうのもあった。

こういった装備は、のちに一九六九年の東大安田講堂事件のときや、あさま山荘事件で活躍することになる。あさま山荘事件では、放水車の指揮を執っていた警視庁特科車両隊の高見繁光中隊長が被弾、まもなく死亡している。のちには核兵器や化学兵器の攻撃が行われた現場を想定した化学防護車も配備し、これは一九九五年のオウム真理教による地下鉄サリン事件の際、はじめて出動した。

しかし、昭和四〇年当時に主に活躍していたのは鉄板で囲われた警備車両だった。当時特科車両隊には約二〇台の警備車があり、操車係がこれを運用していた。大規模なデモが起きると、この警備車をずらりと並べて、デモ隊の侵入を阻止するのである。血気盛んな学生は警備車両の上に登ってくる者もいたため、警備車の天井部分は丸くなっていた。車両の上に学生が登ることができないようグリースをベタベタに塗って出動したこともあった。

そうした警備の職務にあたりながら、私は徐々に、警察を退職することを考えはじめていた。

もともと、警察官としては型破りなところもあった。

水上署に配属された当初から、管内の古物商で買ったビュイックというアメ車のオープンカーを乗り回し、署長車のシボレーの隣に置いていた。

初任給のだいたい三倍、二万円くらいで買った中古車だが、とにかくボロボロで、あちこち穴が開いたところに布を当てて接着剤でふさぎ、床にも穴が開いていた。

署長は配属当初の横尾さんから清水栄治郎さんに交代していたが、いつも自分の車の横にビュイックが停まっていることに気づいて、課長に「あれは問題だ」と言いだした。パトカー用のガソリンを勝手に自分の車に給油したり、不正をする可能性があるから、という。

私は署長室に呼びだされることになったが、やましいことはなにもない。ガソリンだって、独身寮の同僚に車を一日貸して、ガソリンは満タンにして戻せというルールでやっていたから、そんな悪さをする理由もない。二一歳の生意気盛りで、署長室に呼び出されても臆するところはなかった。

「ここで天井に向かって拳銃を撃ったらどうなりますかね」

と言ったくらいである。

機動隊に入隊してからは、東水寮を出て赤坂の独身寮に入ったが、警察学校の同期生から「なんだあの汚い派手な車は！」と呆れられながら、相変わらずビュイックに乗って北の丸の機動隊本部まで通勤していた。

その車を売るときにも、ひと騒動あった。スポーツ新聞に一行一〇〇〇円の小さな広告を出し、寮の電話番号を書いて、買い手を募ったのだ。当時アメ車の中古車は珍しく、寮に次々電話がかかってきて、当日の電話番の船山は「また寺尾か！」と呆れ顔だった。

警察官としての正義感がないわけではないのだが、どうもそこに収まりきらないというか、なにかもっと大きな仕事をしたいという気持ちを抑えきれなくなっていた。

「辞めたい」という思いは、渋谷ロイヤル銃砲店事件の直後に、上司に伝えていた。しかし、警察官を殺害した犯人に手錠をかけ、賞詞一級の表彰を受けたバリバリの機動隊員が、そう簡単に辞めさせてもらえるはずもない。

「君たちの身体に、いくらかかってると思ってるんだ！」と叱られたが、私としては、ロイヤル銃砲店事件で命を懸けて仕事したから、もう警察に借りは返したと思っていた。

佐久から東京に出て六年半、警察官としての勤務は五年半。様々なことを経験し、不思議と「自分には、なにかできるな」という自信もあった。

「小隊長、やっぱり自分は辞めたいと思います。せっかく育てていただいて心苦しいですが」

警視庁を退職することに迷いはなかったが、自分が辞めることで上司に迷惑をかけることは、気になった。上司の南崎さんの人事査定にマイナス点がつき、今後の出世に響くかもしれない。それは申し訳ない、という気持ちがあった。

「円満に退職するにはどうすればいいですかね」

「そうだな、長野の実家の親父さんが病気で、家業の自動車修理工場を継がなければならなくなった、ということにでもするか」

「そうですね、自分は次男ですが（笑）、それなら誰も傷つかないですかね」

実は私はこの年の秋、知人の紹介によって、結婚・入籍していた。そのときに仲人を務めてくれたのが、水上署の清水署長である。清水署長は定年間近の五七～五八歳くらいで、ノンキャリとして異例の警視正まで昇進していた。「ビュイック事件」以降、ひときわ生意気な私になぜか目をかけてくれるようになり、ときには署長官舎で食事をご馳走になることもあった。清水さんには私と同い年の歯学部に通う息子がいたし、清水さん自身も長野・小諸の出身であることがわかって、余計に親しくなっていった。

結婚式を挙げたのは半蔵門会館、現在の「ホテル　グランドアーク半蔵門」である。警察の関連施設のため、警視庁の職員であれば安く利用することができた。一人五〇〇〇円ほどの会費で、警察学校時代の同期生など三〇人ほどが出席してくれた。

結婚からほどなくして、退職へ向けて具体的に動きはじめた。南崎小隊長につづき、仲人をしてくれた清水署長にも相談したところ、署長はしばらく上を向いて考えたあと、

「寺尾君は、ほかの道のほうがいいのかもしれないな……」

とポツリ、つぶやいた。清水署長は私を配属当初から見ていて、「このまま警察官とし

て勤め上げる男ではない」と感じたのかもしれない。南崎小隊長、清水署長というふたりの「理解者」を得て、なんとか退職にこぎつけることができた。昭和四一（一九六六）年の、二月のことである。

銀座デビューと「B反屋」

警察を退職した直後の生活は、つましいものだった。

妻とふたりで住んでいたのは中野坂上のトイレ付き、風呂なしアパートである。普通、警察官は家族寮に入るのだが、戦前の古い建物がイヤで、民間のアパートに入居することにしたのだ。家主が長野の同県人で、家賃は六〇〇〇円と市価よりは好条件だった。

警察官を辞めて、何をするか。それまで学生を「おい、こら」と叱り飛ばしたことはあっても、人に頭を下げた経験はない。

昭和四〇年代に入り、池田勇人総理の「所得倍増計画」によって、日本は高度成長の波に乗りはじめていた。私が警察官として働いていた五年半の間にも物価はどんどん上がり、それに伴って八七〇〇円だった給料も二万円を優に超えるくらいまで上がっていた。警察官でさえそれだけ昇給したくらいだから、日本全体が豊かになろうという熱気に燃えていたのだ。

そういう時代に、何をしてカネを稼ぐか。

不動産の仲介、ブローカー業には、もともと興味があった。勉強にはなる仕事だったが、元手がなければ大きな物件を仕込むのは難しい。業界で実績を積み、資金力をつけて大型物件を手がけるようになるには時間がかかりそうだった。佐久時代の友人と、家電製品の小売りをやってみたこともあるが、あまりカネにならなかった。

そのころ、一〇歳年上のSさんという人物の紹介で手がけるようになったのが、レース生地の転売業である。

当時、レース製品のブームが起き、とくに婦人服用のレース生地に需要があった。銀座や赤坂などの繁華街に勤める女性がレースを着用したため、レースを洋服に仕立てる工房が都内のあちこちにあった。Sさんは繊維業界出身で、業界の仕組みに精通していた。

とくにカネになったのは「B反」といわれるB級品のレース生地で、「事故反」と言われることもあった。B級といってもごく小さなシミがあるとか、ほつれがあるくらいである。

呉服の卸し問屋から事故もののレースを安く買い受け、シミの部分を避けるようにうまく型紙をとると、高級レースの洋服になり、仕入れ値の五～六倍で売れた。

仕事は非常に順調で、そのころ、荒庄鳴河という呉服問屋の専務と知り合い、「香港に雑貨を売る店を出すから、そこの店長をやらないか」と声をかけられたこともあった。

荒庄は日本橋に立派なビルを構える老舗企業で、取締役会の面接まで受けたが、「Sさんを香港に同行したい」という私の条件が受け入れられず、結局お断りした。その後、荒庄鳴河は二〇〇〇年に自己破産した。

このころ、「銀座デビュー」も経験している。私は後年、そしていまも銀座に通いつづけ、ビルが三棟建つくらいのカネを使ってきたが、その一番はじめはこの「B反屋」の時代である。

「三万円くらいの値段になりますが、よろしいでしょうか」

黒服のボーイが、人を値踏みするような目つきで私を見た。はじめて入った銀座の店は、銀座六丁目のクラウンというクラブである。いわゆるレストランシアターで、内部は吹き抜けの、二階建て。客席は中央にあるステージを囲むように配され、二階にも客席がある。ステージ上では生バンドをバックに歌手が歌い、ときにステージ自体がせり上がって二階席の客を楽しませた。

女性が接待をしてくれる店には、警察官時代の同期と現任補習科時代に神田の美人座に行ったことがあったが、クラウンは、美人座より二つ、三つ格が上の店だ。

私は自分の手持ちのなかで一番いい背広を着て、B反の卸で稼いだカネ一〇〇万円を胸にクラウンの扉を押した。

せっかくの背広だったが、ボーイは一目で「遊びなれていない客」と見抜いたようで、

私の懐具合を確かめた。私は持参した一〇〇万円をかざして、

「これで間に合うかい」

と精一杯粋がってみせたが、はじめての高級クラブの豪華な内装と女性の匂いに心臓はこれ以上ないほど高鳴っていた。このときのことは、生涯忘れることはないだろうと思う。ほどなくクラウンで会った女性の一人に夢中になって、週に一回、ときには週に二回通うこともあった。だから私の「銀座歴」は、五〇年を超える。

B反で儲けたカネは、銀座でどんどん消えていった。退職後に住んでいた中野坂上のアパートも出て、世田谷代田のマンションに移った。念願の車も買い、マンションの駐車場に置いていた。周囲からは「あいつ、急に金回りが良くなったな」と思われたかもしれない。

前述の三億円事件の聞き込みを受けたのは二七歳のときだった。警察に関する知識もあり、年恰好もモンタージュと似通っていて、さらに急に金回りが良くなったわけだから、疑われても仕方がなかった。

立志伝中の警察官僚

女性用の生地で稼いだカネが、銀座の女性で消えていく——警察官時代と一変し、常に女性に囲まれる生活となって、このころの私は明らかに浮ついていたと思う。警察を辞め

てからも剣道の稽古は続けていたが、夜中一時、二時まで飲み歩くようになって道場からも足が遠のいた。直毛の髪を角刈りにし、口ひげを生やして、パッと見には「その筋」の人のように見えたかもしれない。

昼は不動産や女性用生地のブローカー、夜は銀座という毎日である。機動隊時代に結婚した妻の待つ家には帰らなくなった。

そして、このころ、私の生涯を左右する重要な出会いがあった。元警視総監の、秦野章先生の知遇を得たのである。

前章で述べたとおり、秦野先生は立志伝中の人である。生家はもともと神奈川の素封家だったが、旧制中学時代、父の経営する秦野製糸が倒産したことで、困窮の道を歩むことになった。中学を退学して知人の製糸工場や食料品店、ドイツ人の経営する画商などを転々とし、その間に家出して東京の新聞社で使い走りをしたり、警察官に口ごたえをして一晩留置場に留め置かれるなど、波瀾万丈な青春時代を送ったと自伝につづっている。

「住み込みで働いていた鎌倉の商店主に将棋を教わった。たちまち強くなって、あるとき、将棋で勝ったら店主にぶん殴られたんだ。それでイヤになって飛び出した」という話を、のちに私も秦野先生から聞いている。

職を転々とした少年・秦野章は、生糸検査所に落ち着く。ここで朝九時から午後四時まで働き、夜間高校を経て夜間大学の日本大学専門部へ進んだ。空き時間には、図書館にこもって深夜まで勉強を重ねたという。秦野先生の座右の銘は「一日生涯」で、一日、一分、一秒を生涯のように全力で生きよというものだが、まさにその通りの生い立ちなのである。

通っていた日大専門部には、高等文官試験を目指す同級生が数多くおり、切磋琢磨《せっさたくま》していた。秦野先生もその影響を受け、超難関の試験突破を目指して勉強を開始した。しかも秦野先生のすごいのは、行政科を目指したところである。

高等文官試験には行政科、司法科、外交科の三つがあり、行政科は大蔵省、内務省、農林省などの省庁の高級官僚へと進むコースである。司法科は弁護士、判事、検事など法律の道を進むコース。外交科は外務省へ進み、外交官となる。日大専門部の同級生のほとんどが司法科志望で、弁護士を目指していた。

行政科、外交科に進むのは東京帝大、京都帝大などのエリートがほとんどで、私大の出身者が組織のなかで出世を望むのは難しい。まして日大専門部のような夜間部から、行政科、エリート官庁へと進むのは例外中の例外だった。

しかし秦野先生は、もともと成績抜群。父の会社が倒産し辛酸を嘗《な》めたが、それが秦野少年を一回り、ふた回り大きく育てた。とにかくスケールの大きい、破格の人物だった。

秦野先生は高等文官試験を突破すると、比較的私大出身者に門戸を開いていた内務省に入省、昭和一四年一二月に高級官僚としての第一歩を踏み出した。

当時の内務省は現在の総務省、警察庁、国土交通省、厚生労働省、文化庁の機能の一部を担う巨大官庁だった。内務官僚出身者には、後藤田正晴元官房長官、中曽根康弘元総理、原文兵衛元参院議長ら錚々たる面々がいる。

秦野先生は二八歳でこの組織の一員となり、入省四年目の昭和一八年からは、警察畑を歩むこととなった。以降の活躍は目覚ましいのひと言だ。

終戦直後の兵庫県警刑事課長時代には、のちに山口組大幹部となる「ボンノ」こと菅谷《すがや》政雄《まさお》率いる組織と対峙し、自ら拳銃を握って菅谷の事務所に乗り込んだ。ちなみに、「ボンノ」という通名は菅谷が若いころ、あまりにあれこれ欲深で煩悩が多かったためについたともいうが、定かではない。

秦野先生はとんとん拍子に出世を重ね、大阪府警刑事部長、警視庁刑事部長、公安部長、警務部長と主要な役職を歴任した。警察庁の警備局長を経て、昭和四二年に私大出身者としてははじめて警視総監に就任したことで、さらに注目を集めるようになった。

ギョロッとした目で睨むと、小柄だが迫力があった。口を開けばべらんめえ調で、「政治家に徳目を求めるのは、八百屋で魚を求めるのに等しい」と語ったこともある。

警視総監在任中に起こった東大紛争では、安田講堂に立てこもった学生たちに放水するよう指示した。警官隊に投石する学生たちが、都内の歩道に敷き詰められた四角いコンクリートの敷石を割って投石の材料として使っていると知ると、敷石をすべて剝がすよう指示し、その後、都内の道路がアスファルト敷きになるきっかけをつくった。

じつはこの指令は、本来警視総監には法律上の権限がいっさいない。警察庁の部下からその点を諫《いさ》められた秦野総監は、「俺が責任をとるからすぐやれ！　これ以上機動隊員に怪我人が出るのは忍びない」と言ってやらせた。

アイデアマンとしても知られ、白バイ隊の使用するバイクに夜間でも目立つよう蛍光塗料を塗り、隊員には白く長いマフラーをつけさせた。これによって見た目のカッコよさが数段上がり、白バイ志願者が急増した。ただ、ときにはやりすぎもあって、秦野総監の指示でなぜか全機動隊員にバナナを配ったことがあった。この話は佐々淳行《さっさあつゆき》（警察庁から初代内閣安全保障室長）から聞いた。

「明治生まれの秦野先生にとってバナナはご馳走だから、機動隊員に配れば喜ばれると思ったのかもしれないが、もうバナナはそれほど珍しいものじゃなかったんだ。むしろ警察の買い占めで市場のバナナが底をついちゃった」

佐々はそう苦笑していた。秦野先生は昭和四五年に警視総監を退任し、翌年の東京都知事選に出馬したものの、美濃部亮吉知事に完敗した。昭和四九年の参議院選挙で神奈川選挙区から出馬して当選し、二期一二年にわたって参議院議員を務めた。

秦野章の私設秘書として

私がはじめて秦野先生にお会いしたのは、先生が参議院議員になって間もなくのころである。私はといえば、相変わらずB反のブローカーや不動産の仲介に精を出していた。引き合わせてくれたのは、警察庁キャリア官僚の島本耕之介さんである。

島本さんは、警察官僚のなかでも苦労人で、韓国駐在を長く経験した。日韓国交正常化の昭和四〇（一九六五）年に在韓国大使館駐在を命じられ、以降足掛け六年にわたって韓国にいた。韓国から帰ってきたときは、実の娘に「おじさん誰？」と聞かれたほどで、のちに「自分は三十数年の勤務のうち、六割は警察官じゃなかった。警察の仕事がしたくて入庁したのに」と嘆いていたこともあった。

島本さんを紹介してくれたのは警察時代の上司だったと思うが、記憶が定かではない。私は警察組織を離れてからも、かつての警察学校時代の同期生や、上司との連絡を保ち、定期的に会うようにしていた。年に一度は同期生会もやって、旧交を温めていた。同期生にはいつも、「俺は本籍・警視庁。現在出向中なんだ」と言っていたくらいだ。

島本さんは長い韓国勤務を終え、昭和四六年に帰国し防衛庁に出向、陸上幕僚監部第二部別室長となっていた。

「昨日、元警視総監の秦野章先生と飲んだんだ。そのときに君のことを話して、『あのロイヤル銃砲店事件でホシに最初に手錠をかけた男がいるんです』と話したら、ぜひ会いたいというんだ。どうだい、君。本来は私が案内するところなんだけれども」

もちろん私のほうに異存はない。さっそく教えられた事務所を訪ねた。意外なことに、秦野先生は満面の笑みで歓迎してくれた。

「ロイヤル銃砲店事件、大殊勲じゃないか。君があのときの機動隊員か」

事件当時、秦野先生は警察庁の警備局長を務めており、事件のこともちろん報告を受けている。私はかなり緊張していたが、秦野先生は階級の上下など気にされる様子もなかった。

なぜ警察を辞めたのか、いまどんな仕事をしているかも話した。秦野先生とは三〇歳年が離れているが、意気投合したと言っていいかもしれない。

「警察官を途中で辞めた人間は、たいがいタタキ（強盗）とか、コロシ（殺人）とか、そんなのをやる奴が多いんだよ。もちろん君はそんなことはないけどな」

おそらく秦野先生は事前に私の警察在職当時の記録を取り寄せて、目を通していたんだろう。別れ際には、「寺尾君とは、これから月に一度はメシを食いたいな」と言ってくれた。そこから私は、秦野先生の「私設秘書」として、政界、官界、そして実業界のウラ表を見ることになるのである。

秦野先生の事務所に出入りするようになると、二〇～三〇人くらいの人間が「秘書」と称して出入りしていることに気づいた。まだ、いまのように公設秘書、政策秘書といった制度のない時代のことである。大物政治家には大手ゼネコンはじめ企業が社員を派遣し、秘書として働かせていた。それによって入札情報をはじめ様々な機密情報にアクセスできるし、政治家を通して官庁とのつながりもできるからだ。

なかでも秦野先生にもっとも信頼されていたのが、時事通信政治部出身の豊嶋典雄《とよしまのりお》秘書である。能力も高く、人間的にも我慢強い人で、さすがの秦野先生も「豊嶋君、豊嶋君」と言って頼りにしていた。

秦野先生は参議院当選一回とはいえ、警視総監を経験し、国民的な人気も高いことから、幅広い支持者に支えられていた。横浜の「港湾のドン」として知られる藤木企業の代表・藤木幸夫氏も支持者のひとりで、その縁で秦野先生は、山口組三代目・田岡一雄組長の葬儀にも出席している。藤木氏は田岡三代目と親交が深く、田岡組長が一九八一年に亡くなったとき、その葬儀委員長を務めた。その縁で、秦野先生も顔を出したのである。元警視総監が山口組組長の葬儀に出席するなど、いまでは到底考えられない話だ。

その当時、国会議員の事務所に支持者から持ち込まれる相談といえば、第一に子女の就職先の斡旋《あっせん》、次いで多いのが、交通事故や交通違反のもみ消し、取り消しだった。

私が担当したのは交通事故や違反のもみ消しと、罰則を軽いものにすることだった。支持者から交通違反の連絡があると、「おい寺尾君」と秦野先生に呼ばれる。それを受けて、神奈川県警、警視庁はじめそれぞれの違反を処理した警察署に電話をするのである。

「こちら秦野章事務所ですが、お宅の○○署で先日、××さんという方の免停処分をされていますが、これちょっとなんとかならないですかね」

各県警も心得ていて、有名政治家から連絡があると、免停六ヵ月の処分を三ヵ月にするなんてことは常識だった。罰金の額そのものは変わらないが、処分の期間を短くするわけだ。

秦野事務所の名前を出せばだいたいはそのまま、話が通ったが、なかには一徹者の署長もいる。そういうときは各県警のトップである本部長に連絡を入れて、そこから署長に話を下ろしてもらう。

各県警の本部長はほとんどが融通を利かせてくれた。警察庁の大物OBの秦野先生に逆らうと、今後の出世に響くかもしれないからだ。はじめのころは、それが秦野事務所での仕事のほとんどだったが、正直言って、私にとってはこれが一番イヤだった。元警察官として、現場の制服組が摘発した交通違反に介入して「値下げ」を要求するのは気分のいいものではない。

叱責、叱責、また叱責

秦野先生という人は抜群に頭が切れるだけあって、秘書に対する要求も高く、厳しかった。官僚が政策の説明に来ても、秦野先生の質問は実に細かい。

「最近、拳銃事故が多いらしいな」

「はい、昨年比で○パーセント増加し、そのうち○割は暴力団関係者によるものです。最近の傾向としては……」

官僚が、ほぼ完璧と思えるような説明をしても、秦野先生は不満顔だ。説明を終えて部屋を出ようとする官僚を必ず「おい、ちょっと待て」と呼び止め、二の矢を放つ。

「拳銃の事故は、西と東のどっちが多いんだ」

いきなり、西、東と言われても、東西で分けた統計があるわけがなく、官僚の答えがしどろもどろになる。

「おい、どうなんだ」

「申し訳ありません、すぐに調べてあらためてご報告します」

佐々淳行が防衛施設庁長官を務めていたとき、秦野先生にこっぴどく叱られたのも、目の当たりにした。

当時、防衛施設庁の一番の懸案は、神奈川・逗子の旧日本軍弾薬庫跡に、日本側が経費を負担して米軍将校用の住宅を造るという案件だった。地元は当然大反対だが、神奈川選出の参議院議員だった秦野先生は佐々を側面支援する意味で自費で説明ビラをつくり、新聞の折り込みチラシにして配った。その直後、秦野先生のところに佐々から電話が入り、豊嶋秘書が秦野先生に電話をつないだ。

「先生、佐々長官から電話です」

おそらく、先日のビラのお礼だろう。秦野先生が受話器をあげると、電話口は佐々の秘書だった。「ちょっとお待ちください、いま長官に代わります」と言ったようだ。その途端、秦野先生の顔色が変わった。

「誰に電話してると思ってんだ！」

そう一喝すると、バサッと電話を切った。自分から電話してきたのに、人を待たせるとは何ごとだ、と秦野先生の怒りは収まらない。

「寺尾君、こういうことはな、一番気をつけなければいけないことなんだよ」

その約一〇分後、秦野事務所に、佐々が走り込んできた。すぐに秦野先生の部屋にこもって、必死で謝罪したのだろう。私は佐々が怒られたことよりも、その腰の軽さに感嘆していた。防衛施設庁長官の立場なら分刻みでびっしり予定が入っているはずだが、それを全部キャンセルしてすぐさま永田町に飛んでくるのは大したものだ。

私は秦野先生から、社会人としての行儀作法のすべてを教わった。何度も何度も怒鳴られ、叱られながら、局面に応じた口の利き方や礼儀などを少しずつ、身につけていった。たとえば、「秦野先生、これは絶対こうですよ」と軽々しく口にすると、

「君、絶対なんて言葉は軽々しく使っちゃいけない。絶対なんてのはまずありえないんだから」

れた。

と咎《とが》められれた。それでもついつい、「絶対」と言ってしまって、何度も同じことで叱られた。

秦野先生のお供で、料亭での会食に同行する機会もあったが、料亭という場所そのものがはじめてで、どうしていいかまるでわからない。会食相手と会って挨拶を交わして、食事という順番になるが、秦野先生は話しながらだから食べるのがゆっくりになる。一方私は会話についていけず、さっさと食べ終えてタバコに火をつけようものなら、「おい、寺尾君。君はなんだ！」とやられた。

「おい寺尾君、今日は口悦《こうえつ》へ行くぞ！」

と言われたこともあった。口悦は赤坂を代表する格式の高い料亭で、岸信介、佐藤栄作、田中角栄ら歴代総理が贔屓《ひいき》にした。

赤坂の裏通り、黒塀に囲まれた向こうに瓦屋根の見える、華麗な日本建築。口悦の玄関は背の低い木戸で、この木戸をくぐった向こう側が、いわば日本の政財官界の「奥の院」である。噂には聞いているが、どんな店なのか想像もつかない。ともあれ会食の時間よりかなり早めに行って口悦の玄関先で待っていると、秦野先生がやってきた。

「おい、君はなんでこんなところにいるんだ！」

おたおたしていると、

「料亭ってのは、誰が来るかわからないからみんな料亭を使うんだろう。君みたいなのが

恩師・秦野章先生（北野アームス内の事務所で）

ヒゲ生やして立ってたら、目障りでしょうがないよ！」

と叱られる。「はい……」秦野先生の後ろについて、ションボリと店に入った。

秦野先生が、有名作詞家の川内康範《かわうちこうはん》さんと会食する予定が入った。このときも場所は口悦だったので、前回の反省を生かし、先に部屋に入って待っていると、今度は「君はなんで出迎えてないんだ！」と叱られた。

「そもそも今日は、君が川内康範さんに会いたいといったからつくった席じゃないか。出迎えているのが当然だろう！」

そのときはひたすら詫びるばかりだったが、あとから考えると、スラリと背の高い川内さんと秦野先生では身長差があるから、私を横に従えてすこし虚勢を張りたいという気持ちもあったのかもしれない。

口悦では、下足番の男性からも教わることが多かった。

「寺尾さん、靴だけはいいのを履いたほうがいいですよ。靴で人柄を見られますからね」

それまでは、靴にカネをかけるなんて発想さえなかったから、そういうものかと驚いた。当時はイタリア製の「ア・テストーニ」というブランドが流行っていて、あるとき会食が終わってふと見ると料亭の玄関に並んだ全員の靴に「ア・テストーニ」の赤いタグがついていたことさえあった。

万事この調子で、とにかく神経を使う。早めに料亭に着いておいて事務所待機の秘書に「先生が事務所を出たら電話してください」と頼んでおくようになった。事務所から料亭まで車でどのくらいの時間で着くかはだいたい想像がつくから、その直前に出迎えればいい。そんなときも、豊嶋秘書が「五分前に出た、そろそろ着くから」と助けてくれた。

秦野先生には、毎日毎日、とにかくよく叱られた。

ふつうならそれでメゲてしまうところかもしれないが、私は秦野先生から離れようとはまったく思わなかった。叱られるということは、自分の知らないことを教えてもらっているということである。秦野先生を通じ、ふつうではけっして会えないような人たちと会うことができたし、ふつうではけっして入れないような場所に足を踏み入れることができた。

知り合いになった人への礼状の書き方、贈り物の選び方、届け方など、社会人としての基本はすべてと言っていいほど、秦野先生に教わった。

「よく我慢できたな」と言われることもあるが、私としては秦野先生には感謝の気持ちしかない。秦野先生との出会いで、私の人生は一変したのだ。

田中派大集会

「寺尾君、今日角さんに呼ばれたから君ついてきてくれ」

あるとき、秦野先生にそう命じられた。

赤坂のみすじ通りから一本東側の路地「エスプラナード赤坂」という通り沿いに、口悦に勝るとも劣らない高級料亭「川崎」があった。ここは衆議院議長を務めた栃木選出の船田中氏が通ったことで知られ、その後は田中角栄元総理が贔屓にしていた。田中元総理はその資金力を背景に着々と派閥を拡大し、八〇人近くを集めて党内最大勢力となっていた。

この日の川崎での会合は、その面々を一堂に集めた大集会だという。私はカバン持ちとして随行することになった。大広間に入ると、上座の元総理の周りを固めるのは二階堂進、山下元利らの側近。金丸信はいちおう上座にはいたが、上座の末端といった位置取りだった。

下座にあたる縦に並んだ席には、竹下登、羽田孜、小沢一郎、そして石破二朗（石破茂元幹事長の父）らがいた。田中元総理は建設省次官の石破を高く買って政治家にし、自分の派閥に入れて将来を嘱望していた（石破は一九八一年、若くして亡くなってしまう。その葬儀委員長は、田中元総理が務めた）。

秦野先生が入ったのを目にとめた田中元総理は後藤田正晴氏を呼ぶと、「後藤田君、あそこに秦野さんがお見えじゃないか！」と大げさな口ぶりで伝えた。

後藤田氏は、秦野先生と同じ内務省の出身。年齢は秦野先生より三歳年下だが、東京帝大を卒業して内務省に入ったのは秦野先生より一年早い。「カミソリ」と形容されたほどの頭脳の持ち主で、昭和四四（一九六九）年に警察庁長官に就任、あさま山荘事件など数多くの大事件に対処した。

この時代、後藤田長官＝秦野警視総監というコンビが日本の警察組織のトップに座っていたのである。

その後、後藤田氏も政界転身を目指すが、地元・徳島の選挙区には衆議院に三木武夫元総理、参議院には三木最側近の久次米《くじめ》健太郎氏がいて、「阿波戦争」と呼ばれるほどの激戦を繰り広げた。二度の落選を経て、一九七六年にようやく衆院選で当選を果たしている。この会合のときはまだ衆院当選一回生で、田中派のなかでは「若手」というポジションだった。

「秦野さん、今日はどうも。角さんがお呼びです」

後藤田氏は丁重にそう言って田中元総理のところに導いてくれた。

「おうおう、秦野先生」

元総理は自分の座布団をパッと外すと、秦野先生にその座布団を使うように言った。

「まあひとつ」

そう言いながら元総理は自ら酌をする。秦野先生の隣に控える私にも目をやり、

「こちらは先生の秘書さんかな」

と聞いた。

「はい、警視庁の機動隊で活躍しておった元警察官ですが、現在は私のところにおります。渋谷のロイヤル銃砲店事件で、犯人に手錠をかけた殊勲甲です」

そのころの私は剣道、柔道で鍛え上げた上半身は筋肉で覆われ、角刈りにヒゲ面。いかにもいかつい男に映ったに違いない。

「秦野先生はいいなあ、こういう若い衆がいて。私にもほしいもんだ」

田中元総理がそう言ってくれて、私は大いに恐縮し、また感激した。

その後一九八二年に、田中派の支持を受けたやはり内務省出身の中曽根康弘氏が総理になると、後藤田氏が官房長官、秦野先生は法務大臣に就任した。

ミスター検察への怒り

「寺尾君、今日ちょっと行こうか」

いつも政治家や官僚を引きつれ、料亭やクラブへと繰り出す秦野先生から、珍しく二人きりで食事に誘われたことがあった。秦野先生が法務大臣になって二年目、昭和五八（一

九八三）年一一月のことである。秦野先生は七二歳、私は四二歳だった。秦野先生についている警視庁のＳＰが、ほぼ私と同年齢の連中である。銀座の裏通りの地下にある料亭「松島」の座敷で向き合い、熱燗をあおった秦野先生はいつになく険しい顔つきだった。

「寺尾君、俺がなんでもできると思ったら大間違いなんだぞ。君はそういうふうに思っているかもしれないけど」

「…………」

秦野先生がなんでへそを曲げているのか、いまひとつわからない。夜が更けるにつれ、秦野先生のピッチはさらにあがり、何本もの徳利が空になった。

「法務大臣だなんていったって、なんにもできないんだよ。人事ひとつ、自分の思う通りにできないんだから。法務大臣の力なんてそんなもんだ」

話を聞くうち、秦野先生の怒りの原因が少し、見えてきた。実はこの直前、伊藤栄樹《いとうしげき》最高検次長検事が、東京高検検事長に昇格することが決まっていた。東京高検検事長は、確実に検事総長となる「待機ポスト」である。つまりこの人事は、伊藤栄樹の検事総長昇格を意味していた。

伊藤はロッキード事件当時、法務省刑事局長を務めた検察のエースだが、秦野先生は、伊藤の検事総長就任をなんとしてでも阻止しようとしていた。

秦野先生は、昭和四九（一九七四）年に参議院議員に当選した当初から、ロッキード裁判に批判的だった。検察が使った「嘱託尋問」という手法を正面から批判し、国会に検察幹部を呼び、厳しい質問をぶつけた。検察を目の敵にしていたのだ。

とくに伊藤は、過去に書いた論文をまとめた著書『検察庁法逐条解説』で、〈不当な指揮権発動があった場合、検事総長の対処は従う、従わない、辞任するの三つがある〉と書いて、秦野先生の怒りを買っていた。

秦野先生は法務大臣に就任すると、伊藤を東京高検検事長に昇格させないよう主張したが、検察の抵抗は強固で、結局秦野先生の意向は通らなかった。「大臣なんて、なんにもできない」という秦野先生の嘆きは、そのことを言っているのである。

秦野章と田中角栄は非常に強く、濃い関係である。秦野先生は田中元総理に、「知事選に落ちても、閣僚にするくらいはわけなくできる」と言われたと著書で明かしている。秦野先生は参院議員当選後も「隠れ田中派」としてロッキード裁判を批判し、田中角栄擁護論を唱えつづけた。

「直角内閣」と言われるほど角栄色が強かった中曽根康弘内閣が成立すると、田中元総理は秦野先生を法務大臣に押し込み、ロッキード裁判への直接、間接の影響力を狙った。

秦野章は、田中角栄を無罪にするために法務大臣になったのである。田中元総理は昭和五八（一九八三）年一〇月一二日に有罪判決を受けたが、秦野先生はその前も、そのあとも、指揮権発動を狙いつづけた。政治生命を懸けて、指揮権発動に踏み切れなかったことには、長く後悔の念を口にしていた。

「角栄は日本の宝です！」

昭和六一（一九八六）年の衆議院議員選挙の前年、田中元総理は脳梗塞で倒れ、満足な選挙運動を展開することができなくなっていた。日本中で高まる金権批判を意識して、選挙戦が始まっても、田中元総理の新潟三区で応援演説をしようという議員はまるでいなかった。隣県長野の田中最側近議員・羽田孜でさえ新潟入りを尻込みしたのだ。

これに怒ったのが秦野先生である。先生は政界引退を決めていたが、応援演説を買って出た。そのとき、秦野先生から私に指令があった。

「寺尾くん、明日俺が新潟に入るけれども、人が集まらなかったら困るから、誰か人寄せパンダが要ると思うんだ。君は顔が広いから、誰かいないか」

携帯電話がない時代、私は慌ててあちこちに電話をいれ、ようやく元阪神の江本孟紀《えもとたけのり》が大阪にいるところをつかまえた。次章で詳述するとおり、私は江本と飲み友達だった。

「おまえ、明日新潟入れないか」

「大丈夫ですよ。なんですか？」

「田中角栄の応援演説に行くんだよ！」

当時、江本は首脳陣批判をして阪神を退団、『プロ野球を10倍楽しく見る方法』というベストセラーでかなり顔が売れていた。江本が行ってくれれば、人は集まる。

「でも私、政治家の応援演説なんてしたことないですよ」

「うん、いいよ。一〇分だけ俺がレクチャーするから、あとは野球の話だけしていればいいから。政治の話なんてする必要はない。私も現地に行っているから」

翌日、会場に到着すると、

「秦野章先生　江本孟紀先生　田中真紀子先生」

と三人の名前が大書された大きな垂れ幕がかかっている。会場は人でいっぱいで、入りきれない人が会場の外に溢れていた。江本が到着すると、支援者のオバちゃんたちに囲まれ、たちまち握手攻めにあった。角栄後援会の幹部は、「マスコミ、テレビカメラは入れない」と言っていたが、秦野先生は「そんなの必要ない。テレビカメラも全部入れろ！」と言って、堂々と角栄応援演説をした。

「皆さん、私は警視総監をやって、法務大臣もやって、法律についてはいささか詳しいと思っています。その私から見て、田中角栄先生の裁判は絶対に無罪、角栄は新潟で生まれた天才政治家で、日本の宝なんです！」

会場は、大拍手である。なかには、涙を流して感激している人もいた。

次に江本が登壇した。

「私は法政大学の出身なんですが、監督とウマが合わなくて、すぐ野球部は辞めたんです。それで大学卒業したんですけどプロには行けなくて、社会人野球の熊谷組に行き、東映フライヤーズという球団に拾ってもらって、その後南海、阪神でようやく芽が出たんです。だから皆さん、人間辛抱です」

これまた大拍手で、溢れんばかりに詰めかけた聴衆はみな大満足である。この調子で三ヵ所ほどの会場を回ったが、どこも支援者で溢れ、演説会は大成功だった。田中元総理は、このときの選挙で過去最高の得票数で当選している。日本中が田中角栄元首相を批判的に見ていたときに新潟に乗り込み、堂々と「日本の宝だ」と言った秦野先生の度胸、元総理との絆の強さはすごい、とつくづく思った。

三田のビルと平和相銀融資

秦野先生との交流が始まって、もう一つの大きな変化は、金銭面である。

「寺尾君くらいなんとかしておかないと、俺がラクできないからな」

私は以前から不動産に興味があり、仲介業を手がけてはいたが、秦野先生と出会う前は、それほど大きな利益をあげることができなかった。

知り合って四年ほどが経った昭和五一（一九七六）年、秦野先生は私を伴って平和相互銀行の小宮山英蔵会長と面会した。小宮山会長はくず鉄屋から身を起こして相互銀行のオーナーとなった立志伝中の人物で、銀座の繁華街の真ん中に店舗を構え、夜九時まで窓口営業を続けたり、いち早くクレジットカードを発行するなどして利便性を高めた。とくに銀座の飲食店主やホステスら、深夜に働く人たちが顧客の中心だった。

銀行業で利益をあげるかたわら、多数の会社を買収、設立して一大企業グループをつくりあげていた。小宮山会長は金融業界の異端児で、大蔵省と激しくやり合うことも辞さなかったが、警察出身の秦野先生のファンを自称し、親しくしていた。

銀座で深夜営業の店舗を構えている以上、事件のリスクは格段に高まる。小宮山会長としては、警察とのパイプを重視していたのかもしれない。実際、のちに小宮山会長から「警察庁OBを娘の婿にほしい」という話があり、キャリア官僚の池田勉が警察庁を退職して小宮山家に入り、平相銀グループの経営に加わっている。

私は秦野先生に導かれ、東京・西新橋の日比谷通り沿いにあった平和相銀本店へと向かった。時代はちょうど不動産値上がりの兆候が見えはじめたころで、ある程度の資産を都内の不動産に投入して開発すれば、儲けが見込めた。

「君ね、いまだいたいいくらくらいあるんかね」

「資本金一〇〇万円で会社はつくってありますが……」

秦野先生の遠慮ない問いに、戸惑いながらも正直に答えた。実は同じ日比谷通り沿いの東京・三田に目を付けた土地があり、買いたいとは思っていたが、一〇億円以上の資金が必要で、とても手が出ない。秦野先生は小宮山会長に会うと、こう直談判してくれた。

たのである。

「なんとか、寺尾君を面倒見てやってくれないか」

小宮山会長はさっそく担当部長を呼び、「この者を担当につけますから」と言ってくれ

オーナーのツルの一声があれば、話は早い。本来、私のように資金力もなく、事業を手がけた経験もなく、ろくな担保もない者に、一〇億の資金を融資してくれる金融機関はない。小宮山会長の指示によって融資された金額は、土地代とその上に建てるマンションをあわせ、一六億円もの巨額で、設定された金利は七パーセントだった。

平和相銀は金融機関でありながら、小宮山会長が一存で融資先を決定する「小宮山商店」でもあった。一九七九年に小宮山会長が亡くなると、反社会的勢力などへの多額の融資が不良債権化していることがわかり、金融界を揺るがす大問題に発展した。結果、平和相銀は住友銀行に吸収合併されるのだが、策略を弄して平和相銀を手に入れた住友銀行に対し、秦野先生は生涯敵愾心《てきがいしん》を燃やすことになる。

話を戻すと、私が購入した三田の土地はもともと三田警察署の署員用の寮があった土地の一部、二〇坪くらいが端緒だった。升屋という商店の店主が資金繰り難のため土地を売ってもいいということになり、その店主が周辺の地主を説得してくれて、五〇坪、三〇坪、六〇坪と増やし、二二〇坪までまとめることができた。これなら、そこそこの大きさのビルが建つという目算が立った。

一九七六年一〇月、私は資本金一〇〇〇万円で「エーデル・パレス」という会社を設立し、代表取締役となった。エーデルはドイツ語で、「高貴な」という意味である。パレスは英語で宮殿。英語とドイツ語の組み合わせで本来はおかしいのだが、響きがいいし、意味合いも素晴らしいので私は気に入っていた。

平和相銀からこの会社に融資された一六億円を元手に、三田の国道一号線沿いの土地約二二〇坪を購入し、一四階建てのマンションの建設計画を立てた。設計・施工は当時最先端の高級マンション・秀和代官山レジデンスを手がけていた鉄建建設である。

私はB反のブローカーから、ビルオーナーへ「華麗なる転身」を遂げることになった。

昭和五三（一九七八）年一二月、念願の「サニークレスト三田」が竣工した。一階から一二階までで総計六〇ほどの部屋数があったが、そのうちの半分を全日本空輸の子会社・全日空ビルディングに、幹部用住宅やフライトアテンダント用の借り上げ社宅として売却した。そのおかげで平和相互銀行から借りた一六億円は三年も経たないうちに完済することができた。土地をまとめるきっかけになった升屋の松永さんには一階の店舗を提供し、一〇階にも部屋を持ってもらった。

マンション内に「エーデル・パレス」の事務所と自宅をもうけ、入ってくる家賃を管理しながら、新たな不動産投資の計画を練るという生活に変わった。毎月の家賃収入だけで数百万円あり、私はカネに不自由しない身分になった。

四年後の昭和五七（一九八二）年、三田通りの反対側の土地二六〇坪をまとめ、「クリエート三田」という地下一階、地上一四階のふたつ目のビルを建てた。設計は、建築学会賞などを受賞した建築家・山下和正に依頼した。山下は東京・銀座のシンボルとなっている数寄屋橋交番の設計も手掛けていたが、私が元警察官ということで、交番としてどのような機能、形状が求められるか相談に乗っている。あの三角屋根は、遠くからでもよくわかるようにと私が提案したものだ。

秦野先生の知遇を得、二棟のビルオーナーとなったことで、私の世界は一挙に広がった。三田のマンションにはプロ野球選手や警察官僚、税務署幹部、デベロッパーらが出入りし、毎晩のように赤坂、銀座のクラブに通い、芸能界の大物ら著名人と親しく交わるようになった。

私はこの後、バブル崩壊まで全力疾走することになる。

第三章　トラブル・シューター

壱番サロンに集う面々

皇居にほど近い東京・一番町は、広壮なお屋敷が立ち並ぶ高級住宅街だ。「政商」と呼ばれた北海道炭礦汽船社長・萩原吉太郎《はぎわらきちたろう》は一九七三年、ここに「一番町セントラルビルディング」を造り、オーナーとなった。翌年、このビルの一階、赤い絨毯を敷いた奥に、「壱番サロン」と称する高級会員制クラブがオープンした。

「ママ」としてこの店を切り盛りしていたのは、西村具子《にしむらともこ》という女性だった。

京都・同志社高から同志社大に進学して中退。間もなく結婚したものの離婚し、以後、大野伴睦《おおのばんぼく》の知恵袋と言われた水田三喜男《みずたみきお》代議士の事務所に出入りするようになった。

「京都芸者の娘」という触れ込みで、やわらかい京都弁を話し、ふっくらとした身体つきで、政治家や財界人の心の隙間に入り込んだ。西村は、水田代議士を通じて萩原社長とも面識を得て、一番町セントラルビルという一等地に店をオープンしたのだ。

西村は、水田代議士の有力後援者だった同和火災の細井倞《ほそいりょう》会長といつのまにか「きわめて親密」な仲になり、多額の資金援助を受けていた。クラブで使っているコースターには細井氏の書いた「一期一会」という言葉が印刷され、西村は店を「永田町の政治家と財界人が歓談するための会員制クラブ」と称していた。

しかし、開店から一年後、「店のマネジャーに売り上げを横領された」ことから秦野先生のところに話が持ち込まれ、私がこの店の経営を任されることになる。機動隊の警察官だった私が、夜の店、それも会員制高級クラブの経営者に収まることになったのである。

この店に集まる顔ぶれは、まさに多士済々だった。

水田代議士、秦野先生をはじめとする政治家、財界人、歌舞伎役者の岩井半四郎ら芸能人も顔を見せ、知己を広げることができた。岩井半四郎が俳優の伊吹吾郎を伴って来店したこともある。伊吹はこの当時、すでに映画『仁義なき戦い』シリーズや、大河ドラマに出演する売れっ子だったが、のちにドラマ「水戸黄門」の「格さん」こと渥美格之進役を演じ、すっかり知られた顔になる。壱番サロンでは大先輩の岩井半四郎に遠慮したのか、終始おとなしくしていた。

店には簡単な食事のメニューがあるくらいで、あくまで限られた会員向けのバーレストランとして営業していた。私が引き継いでからは従業員も落ち着き、まもなく半年ほどで別の経営者に引き継いだ。私はこのころ、連日のように入る秦野先生の会食のお供で忙しく、毎日サロンに顔を出すことができそうになかったからだ。

実はこの直後、サロンをオープンした西村具子と細井会長が、とんでもない事件を引き起こす。

西村と親しい横浜市内の運送会社社長の男が家屋と高級車を焼失する事件があり、同和火災から合計八〇〇〇万円もの保険金を受け取っていた。火事には不審な点が多かったが、細井会長の側近として同社の顧問になっていた西村が、「はやく保険金を払ってください」と指示していた。同和火災の社内でも細井会長と西村の親密な関係は有名で、背後に会長の存在を感じ取った社員は、保険金をほぼ満額払ってしまった。

しかしのちにこれが保険金詐欺と判明し、西村の知人の男が逮捕され、細井会長は引責辞任した。しかも、保険金支払いの責任者だった前横浜支店長が「良心に誓って、やましいことはしていない」と書いたメモを残し、自殺するという痛ましい事件も起きている。

君は心の妻だから

ともあれ、サニークレスト三田、クリエート三田という二棟のビルが完成し、そこからの家賃収入が入ってくるようになると、私は月に数百万円の小遣いができ、秦野事務所秘書という肩書もあって、人脈は一挙に広がっていた。

秦野先生は平河町の北野アームスに事務所を構えたが、ここも私の会社「エーデル・パレス」名義で借り、秦野先生に事務所として提供していた。北野アームスは自民党本部から青山通りをはさんだ向かい側で、政財官界の大物が事務所を構えるビルとして知られていた。現在は改装されてザ・キタノホテル東京となっている。

この超一等地に構えた秦野先生の事務所の家賃を負担しただけでなく、応接セットやデスクなど、家具もすべて私が提供した。秦野先生が乗る車も提供し、運転手の給料は私が払った。運転手は私が面接し、警察や自衛隊出身者を採用した。なんでそこまでと思われるかもしれないが、私としては、自分がいまあるのはすべて秦野先生のおかげなのだから、当然のことなのである。

ここを舞台に、昼は多数の政治家や警察をはじめとした官僚と会い、夜は銀座、赤坂へと繰り出す毎日が始まった。

前述のように、秦野事務所には連日たくさんの秘書が出入りし、官僚や政治家が打ち合わせや説明に訪れた。秦野先生はそうした政策面での打ち合わせには時事通信出身の豊嶋典雄秘書を同席させ、「夜の打ち合わせ」には私を同行した。夕方、連絡が入り、今日はどの店と指示がある。そこで先生と合流し、連日食事と二次会、三次会に同席させてもらった。そういった場に同席していた多くの警察官僚、法務官僚と飲み、語り、知己を広めることができた。高級料亭、高級クラブでの支払いはすべて私持ちである。

はっきりいうと、秦野先生はそのために私を呼び出していた。キャッシュディスペンサーというか、要するに「支払い係」である。毎晩五万、一〇万とカネを使ったが、もったいないとも無駄だとも何とも思わなかった。何度もいうが、私が今日あるのはすべて秦野先生のおかげなのである。秦野先生と出会っていなければ、いまごろまだ機動隊員として過激派学生と向き合っていたか、B反のブローカーでしのいでいたか、佐久の田舎に帰るくらいしかなかった。

秦野先生は恐妻家で知られていたが、その分、銀座、赤坂では羽を伸ばしたいという気持ちも強かった。先生は戦前、香川県庁経済部で商工課長を務めていた時代に高松の資産家の娘であるカヨ子夫人を紹介され、結婚した。夫人は小さい頃からお手伝いさんに囲まれて育ったというお嬢さまで、秦野先生も家では夫人には頭が上がらない分、息苦しさも感じていたのか、毎晩のように銀座、赤坂の夜の街へと繰り出した。

ニューラテンクォーター、コパカバーナ、ゴールデン月世界……華やかな女性たちが迎えてくれる「夜の店」に私も夢中になった。

コパカバーナはのちにデヴィ夫人と呼ばれるようになる根本七保子さんが在籍していたことで知られる。彼女はインドネシアのスカルノ大統領に見そめられ、その第三夫人となった。コパカバーナでは、デヴィ夫人以前に別の女性も大統領の夫人候補としてインドネシアに渡ったが、それきり消息不明になったという話も聞いたことがある。

赤坂、ホテルニュージャパンの地下にあったニューラテンクォーターは、さらに豪華な店だった。いきなり数十段にも及ぶ長い長い階段に迎えられ、それを降り切った先に六六〇平方メートルにも及ぶホールがあった。東京、いや日本中から集まった選りすぐりの美女が、常時一〇〇名以上在籍。外国人の客も多く、その場合には英語の話せるホステスが対応した。ニューラテンクォーターでは店に入ると馴染みの女性を指名するか、いわゆる「同伴」で女性と食事をしてから、一緒に店に入る。

日本を代表する高級ナイトクラブ、ニューラテンクォーター（共同通信社提供）

客からの指名や同伴のない女性は、別のホステスに「ヘルプ」として声をかけてもらわなければ席につけず、ずっと別室で待機しているしかない。ホステス同士の連携も必要というシステムだった。

店の中央にある舞台ではアメリカの超一流ミュージシャンが演奏し、客を圧倒した。料金も破格で、オープン当初の昭和三〇年代、ニューラテンクォーターで二時間遊べば大卒の初任給に近い一万円前後の料金を請求された。いまでいうと、十数万という感覚だろうか。文字通り、日本一のナイトクラブだった。

安倍晋太郎、大野伴睦、川島正次郎、中尾栄一、中

川秀直、水田三喜男、山中貞則ら大物政治家だけでなく、三船敏郎、勝新太郎、石原裕次郎、萬屋錦之介らの芸能人、長嶋茂雄、力道山らスポーツ選手、三菱商事、三井物産、住友商事、丸紅、伊藤忠、東日貿易などの商社、銀行、証券会社、航空会社など日本を代表する企業の経営者・幹部らがつどい、ステージの周りに設置された席を埋め尽くしていた。

なかには女性たちと「特別な関係」を持つことを目当てとした客もいたし、手っ取り早くカネを稼ぎたいホステスのなかにはそうした客の求めに応じる女性もいた。

食事は、赤坂の料亭「口悦」が多かった。当時、向島で活動していた三人組の「ケンちゃんバンド」を口悦の座敷に呼んで、ギターで伴奏させた。

秦野先生は自分の持ち歌を名刺の裏に書いていて、銀座や赤坂のスナックで流しのギター弾きをバックに持ち歌をひとつずつ、朗々と歌った。

「君は心の妻だから」という曲がある。鶴岡雅義と東京ロマンチカの昭和四四年の流行歌で、

愛しながらも　運命《さだめ》に敗けて
別れたけれど　心はひとつ
ぼくの小指を　口にくわえて

涙ぐんでた　君よ
ああ　今でも愛している
君は心の　妻だから

と続く歌詞なのだが、秦野先生はいくら機嫌が悪いときでもお気に入りの赤坂芸者の前でこれを歌うとご機嫌が直った。その若い芸者は秦野先生が歌っているあいだ、瞳を潤ませてじっと聴き入るのである。その時間が、秦野先生にとっては至福のときだった。「君も歌くらい歌えるようになっておかなきゃ」と秦野先生に言われ、不調法の私まで歌うようになった。

毎夜毎夜、普通にはどう逆立ちしても会えない、対等に口をきけないような人たちと酒席をともにした。

政治家では、一九七六年に結党した新自由クラブの創設メンバーのひとり、山口敏夫。「カネの匂いのするところ、山口あり」と言われた男で、この後もたびたび関わりを持つことになる。当時、日本一の高級マンションと言われた三番町マンションの最上階に部屋を持ち、バブル紳士として知られたイ・アイ・イ・インターナショナル代表の高橋治則の「お隣さん」だった。

「北海のヒグマ」と言われた中川一郎も、秦野先生と親しかった。中川の持ち歌は、千昌夫の「星影のワルツ」一曲だけ。酒癖が悪く、飲むとかなりベロベロになってしまうタチが悪い飲み方だった。中川の息子、昭一ものちに睡眠導入剤と飲酒がもとで若くして亡くなっている。

同席した政治家のなかでは、宮澤喜一もひどかった。後年、総理の座についたが、あれでよく総理になれたもんだというくらいの酒癖だった。

「寺尾くん、選挙区に帰ったら電信柱にまで頭を下げるのはもうイヤになったよ」と秦野先生も日々ぼやいていたが、政治家という人種が抱えるストレスは凄まじいものがある。そのストレスが夜の銀座や赤坂で、歪んだ形で発散されるのである。最近も、東大卒で官僚出身の女性議員が秘書を罵倒する音声が週刊誌に流出し、世間を唖然とさせたが、秘書という「身内」にパワハラを働く議員は多い。

寺尾に頼めば、なんとかしてくれる

連日銀座で飲み食いをするようになるうち、付き合いの範囲が広がり、私には様々な「相談ごと」が持ち込まれるようになった。元警察官という経歴に加え、秦野先生の秘書を務めて政界の人脈ができていたし、「壱番サロン」で芸能関係にも顔が広がっていた。

「寺尾に頼めば、なんとかしてくれる」と思われたのかどうかわからないが、このころの飲み友達だった日動画廊のオーナー・長谷川徳七のお母さんから、「ウチの徳七をよろしくお願いします」と頼まれたほどだ。

長谷川徳七からは、新日本観光興業の社主・佐々木真太郎さんを紹介してもらった。

佐々木さんは、国会議員も務めた資産家の糸山英太郎の実父で、国内にスキー場やゴルフ場を多数所有していた。一九八一年に佐々木さんの会社がよみうりランドの大株主になると、すかさず糸山が同じくよみうりランドの株を買い、乗っ取りを仕掛けた。父子戦争の形になったのだが、この件で佐々木さんについた弁護士が、元札幌高検検事長の安田道夫さんである。私は安田さんとは古くから親しくしていた。安田さんは札幌高検検事長になる前、横浜地検の検事正を務めていたが、この時代はとくによくゴルフにご一緒した。

私がアメ車を運転して、横浜にある検事正の公舎まで迎えにいくのが常だったが、いまでも冷や汗が出るような、大失敗をしたことがある。

当時、検事正公舎は小高い丘の上にあり、安田さんは人目につくのを避けて、丘を降りたバス停のところで私の車に乗るようにしていた。このときも早朝、バス停に迎えに行きますと約束をしていたのだが、前日銀座で深酒をして、前後不覚に寝入ってしまったのである。

安田さんは約束通りバス停前に立っていたが、待てど暮らせど私の車が来ない。仕方がないのでもう一度丘を上って公舎に戻り、私の自宅に電話した。なんと、私はまだその時間自宅で寝入っていたのだ。人生でもこれ以上ないくらいの大失態だった。飛び起きて車に乗り、三田から大慌てで横浜を目指した。三〇分ほどで到着して安田さんに平謝りし、猛スピードでゴルフ場に向かった。高速の出口が渋滞していたので隣の車線を走り、先頭の車の前に強引に横入りしたが、どデカいアメ車を角刈りヒゲ面の男が運転しているから誰も文句を言わない。安田さんは私の遅刻に怒ることもなく、「アメ車はいいですねえ」と言っていた。

このころは、とにかくよく飲み、よく遊んだ。

一九七六年にオープンした銀座のクラブ・グレは、座って一人一〇万円という高級店だ。私はこのころ、どの店でもボトルナンバーを「1」にすることにこだわっていた。はじめて「グレ」に行ったときもそう言ったのだが、ママに断られてしまったのだ。

「すみません、先週、巨人軍の王貞治選手が来られて1番にされたんです……」

「お前ら、バカだな。王選手なんて年に何回も来ないだろう。1番なんて何人いたっていいじゃないか。二度とお前らの店には来ないからな」

私はそう捨て台詞を吐いて席を立った。その後、ママと支配人が私の三田のビルまで詫びを言いに来て、そこから本格的に通うようになったのだ。多いときは週三回のペースでグレに通った。

小中時代の同級生・宮崎雅之と地元・佐久の飲み屋街で飲んでいて、フィリピン人女性を救った武勇伝もある。この日、帰郷した私は地元で医師になっていた宮崎と佐久の飲み屋街をハシゴし、締めのラーメンを食べるためにラーメン屋に入った。そこへ、フィリピン人の女性が駆け込んできたのだ。

「ヘルプミー！」

私たちの顔を見るなりそう懇願する。時をおかず、ドカドカと三人の男が入ってきた。見るからにチンピラ風情だ。このころ、佐久にも何軒かフィリピンバーができていたが、そこのホステスがなにか不始末をして逃げ出したということのようだ。

三人のチンピラは店に入るなり「なんだお前らは！」と因縁をつけてきた。私たちも酒が入っていたし、なにより売られたケンカだ。「表へ出ろ！」という話になった。

宮崎も、中学まで剣道で鍛えたはずだが、こんなときはビビってしまってどうも頼りにならない。私がチンピラの一人をつかまえ、柔道の体落としでぶん投げた。

「テメエらみたいなのの来るとこじゃねえんだ！」

と一喝すると、三人はそのまま消えた。すると驚いたことに、しばらくして、チンピラの親分がラーメン屋に現れたのだ。これにはさすがに身構えた。

親分は私の顔を見るといきなり片膝を折り、右手を前に差し出して、

「手前、生国《しょうごく》発しますところ群馬でございます」

と、任侠映画でよく見るような仁義を切った。私の人相風体《ふうてい》を見て、どこかの組の親分

が佐久に飲みに来たものとすっかり誤解しているのだ。「いいよ、そんなの」と相手にしないでいたら、「すみませんが握手してください」と言われたので、握手して帰ってもらった。

陸奥嵐と江本孟紀

銀座を飲み歩くなかで知り合ったひとりに、「東北の暴れん坊」として知られた青森出身の幕内力士・陸奥嵐《むつあらし》がいる。もともと相撲好きだった私とはすぐに親しくなって、一緒に飲み歩く飲み友達の一人になった。

陸奥嵐は中学卒業後ガソリンスタンドや運送業などで働いていたが、生来の気性の荒さから職を転々とし、宮城野《みやぎの》部屋にスカウトされた。一八歳で初土俵を踏むと十両、幕内と駆け上がり、最高位は関脇まで到達した。とにかく酒が好きな男で、いくら飲んでも酔うということがない。

ヤクザとケンカになることはしょっちゅうで、飲食店のテーブルを持ち上げてぶん投げたり、タクシーに乗れば運転手の頭を後ろからつかんで「赤信号でもまっすぐ行け！」と言ったり、私と飲んでいるときもメチャクチャ、ハチャメチャで愉快な力士だった。

飲み屋で暴力団組長と口論になり、その組長が持っていた拳銃を店の天井めがけてぶっ放したこともあったと聞いている。

相撲の取り口も型破り、力任せの天才肌で、親方に将来を嘱望《しょくぼう》されてその養女と結婚していた。つまり、そのままいけば宮城野部屋の後継者になることが決まっていたわけだ。

ところがしこ名の通り「嵐」のような陸奥嵐は親方の養女と離婚してしまう。引退後は宮城野部屋も離れて、一九七九年五月に自らの部屋「安治川《あじがわ》部屋」を起こしたのである。そのときに資金面で支援したのはある地方紙のオーナー一族の娘だったと聞いている。陸奥嵐は親方の養女と別れたあと、この女性と付き合っていて援助を受けたのだが、結局籍を入れることはなく、別れてしまった。

私は陸奥嵐に頼まれて、その後援会長になった。私ではまったく知名度がないから、後援会の全国組織の会長として、「月光仮面」で有名な俳優の大瀬康一《おおせこういち》にも名前を連ねてもらった。大瀬も、私もまだ四〇そこその若さである。場所後の打ち上げパーティのときなどは、もっぱら大瀬が表に出て人集めをしてもらった。

相撲部屋から、今度は野球界にも人脈が広がった。とくに親しくなったのは、当時阪神の江本孟紀である。江本も同様に相撲が大好きで、陸奥嵐のファンでもあった。

江本は陸奥嵐と対照的に、酒は一滴も飲めないが、どこへでも何軒でも付き合う。陸奥嵐と三人で飲み歩いたことも数多くあったが、阪神の現役投手と、相撲取りと、元警察官のトリオは不思議と馬があった。

最近の野球選手は高給取りだが、当時はスター選手でもせいぜい年俸一〇〇〇万円程度のもので、球界最高年俸の王貞治さんでさえ、一億円には届いていなかった。

あるとき、江本が後楽園球場の巨人戦に先発するというので、球場に招待を受けたことがあった。当時の巨人‐阪神戦は黄金カードで、村山、江夏といった阪神の誇る豪腕投手と、長嶋、王の巨人打線の対決がファンを熱狂させていた。私は野球にはまったく興味がなく、試合を見たこともなかったが、江本から、

「社長、一回見に来てくださいよ。明日の巨人戦の先発決まってるから。席を用意しておきますよ。私は巨人と相性がよくて、巨人は全然打てないんですよ」

と言われ、ネット裏の席に出向いたのである。言葉どおり江本が先発したのだが、三回が終わったくらいのところで、いつの間にか背広に着替えて私の席まで来た。

「なんだお前、さっきまであそこで投げてたのに」

「いや、まあ、あんまり社長を待たせるのも申し訳ないから、早く切り上げてきたんですよ」

と苦笑いしている。なんのことはない、ノックアウトされて降板しただけのことである。当時はまだ、先発投手が試合途中で帰宅することが許されていた。江本と私はそのまま、赤坂へ繰り出したことはいうまでもない。

江本という男は身長一九〇センチくらいの長身で、毒舌でもあり、豪快な男に見られが

ちだが、実は「夜眠れない」と言っていたこともあるくらい、神経質な一面があった。酒はもともと飲めないが、煙草もはじめヘビースモーカーだったのが割合早く禁煙したと記憶している。

法政大学時代は控え投手で、一年上のスター・田淵幸一と比べれば地味な選手だった。社会人野球を経て東映フライヤーズに入団し、その後名将・野村克也に見込まれて南海に移籍、さらに阪神に移籍して、偶然、田淵と同じチームになったのである。

江本と親しくなるうち、阪神の選手たちとゴルフに行ったり、試合後に三田の私の自宅に寄ったりするような関係になった。田淵や、江夏豊らスター選手が来て、酒を飲んで帰っていった。高校、大学時代からスター選手として騒がれつづけ、ドラフト一位で阪神に入団し、豪快なホームランで人気選手になった田淵と、社会人、パ・リーグを経て阪神に来た江本ではどことなく肌が合わないように私の目には映ったが、私の家で飲んでいるときは和気藹々《わきあいあい》だった。

「自分たちより、自分の成績に詳しいようなファンもおるんですよ」

そう選手が言っていたことがあった。試合が終わって、街で飲んでいても、「今日の試合はどうだった」とか、「こないだのバッティングは良かった」と年中野球の話をされて、気が抜けない、ともこぼしていた。

私は野球のことなんて何もわからないし、見てもいないから質問のしようがない。それがかえって、阪神の選手には気が楽だったようだ。

その後江本は一九八一年に「ベンチがアホやから、野球ができへん」の名言を残し、阪神を退団してしまう。翌年、刊行した『プロ野球を10倍楽しく見る方法』がベストセラーになり、現役選手時代の年俸の一〇倍以上、一億円近い印税が入って、大森税務署から連絡を受けて慌てた江本の納税の相談に乗ったこともあった。以後解説者として長く活躍しているのはご存知の通りだ。

歌が苦手な私を見かねて、江本が助けてくれたこともあった。「君、事業家になるつもりだったら、歌のひとつも歌えなくてどうするんだ」と秦野先生に言われて困っていた私に、

「寺尾さん、歌がうまく聴こえる店があるよ」

と誘ってくれたのだ。六本木の地下にある店で、ピアノの伴奏でどんな曲でも歌わせてくれる。私が「くちなしの花」をリクエストすると、ちゃんと私のキーに合わせて、巧みな伴奏をつけてくれた。音が外れてもピアノをそれにあわせてくれて、実に気分がいい。

「とにかく、なにかひとつでも持ち歌をつくればいいんだ」と言われて取り組んだのが「くちなしの花」だった。人の三倍、五倍努力したつもりだが、なんとか人並みにはなれただろうか。江本には、歌手の前川清を紹介してもらったこともある。なんと前川本人に直接歌を教わって、一緒にゴルフもラウンドした。

江本の父親は高知県警の警察官で、交番の駐在さんだったという。江本は少年時代、駐在所で育ったと聞いたことがある。

高知出身の鎌倉節《かまくらさだめ》さんが昭和六〇（一九八五）年に警視総監になったとき、私が二人を引き合わせた。警視庁の高知出身者でつくる「うずしお会」という会で江本に講演してもらったこともある。

巨大宗教団体御曹司の醜聞

私の持ちビル「サニークレスト三田」は全日空の機長や客室乗務員の社宅としても利用されていたが、「店子」にはほかにも、いろいろな人がいた。とくに印象深いのは、新興宗教団体・霊友会の第二代会長となった久保継成氏である。

久保氏は霊友会の創立者・久保角太郎の次男で、私より五歳ほど年上の昭和一一年生まれ。名門、麻布中学・高校を経て、東京大学に進学、文学部印度哲学科を卒業した。新興宗教の後継者で、はじめて東大を卒業したことが話題になった。昭和四六年に三五歳で第二代会長となると、「ＩＮＮＥＲＴＲＩＰ　人間の心にかえろう」などのキャンペーンを始め、世間に名前が売れていた。

なんと、その久保氏が、私のマンションに出入りしている姿を目撃したのである。久保氏のような立場の人が私のマンションの店子になるはずがなく、どうもおかしい。

実は私は銀座でも、久保氏の姿をときどき目撃していた。久保氏は東大時代、コーラスをやっていたということで、歌を得意にしていた。銀座のクラブでも専属のギター弾きに伴奏させて歌っていた。クラシックギターで有名なアントニオ古賀をかわいがって、銀座には彼を連れてくることもあった。

「いまの、霊友会のボンボンの二代目じゃないか。なんであいつがここにいるんだ？」

サニークレストの管理人に聞くと、「しょっちゅう来てますよ」というので、二度びっくりした。

「五階の〇号室に、週に一度くらいの割合で来るんですよ」

なるほど……それでわかった。その部屋には、銀座の高級クラブ「グレ」のホステス、陽子（仮名）が住んでいる。久保氏はグレに通ううち、馴染みのホステスと深い仲になったということなのだろう。

しかし、天下の霊友会の会長が銀座のホステスと不倫中なんてことが発覚したら、大きなスキャンダルになる。私のマンションも巻き添えを食うかもしれない。ここはとにかく、穏便に収まるようにしなければ、と考えた。私は陽子を呼び、率直に話すことにした。

「陽子さん、この部屋の大家は、私なんだよ。昔から大家と店子といえば親子も同然という言葉があるくらいだから、私の言うことをしっかり聞いてもらいたいんだけど、あんたの部屋に通って来ているのは霊友会の久保さんだろう」

「………」

「しかも、それ以外に、バイクに乗った若いアンちゃんも来ているそうじゃないか。これはちょっと考えてもらわないと困るよ」

「……わかりました」

ほかにも男がいるというのは、管理人から得た情報である。いまならプライバシーとかなんとかで、許されない話だろうが。

その後陽子は、久保氏からもらったカネで出身の千葉に喫茶店を開業したと聞いている。

久保氏は一九九三年に隠し子がいたことが発覚して、霊友会会長を辞任した。これを機に霊友会は分裂、久保氏も二〇一九年に亡くなっている。

「芸能界のドン」を助ける

芸能事務所・バーニングプロダクションとそのグループを率いる周防《すほう》郁雄社長はいまや「芸能界のドン」とも言われる存在だが、私とは年齢が近く、早くから親しくしていた一人である。

酒は一滴も飲めず、タバコも吸わず、食事の席でも極端なきれい好きで、いつも神経質にテーブルを拭いている。話しぶりも割合おとなしく、むしろモジモジして臆病な印象さえ与える男なのである。

その一方で、「これは」と思った相手に対する贈り物は驚くほど豪快で、高級な果物を年に何度も贈るのでもらうほうはびっくりしてしまう。とくに有名なのは周防社長の出身地のスイカで、冷蔵庫に入りきらないくらいの大きさである。周防社長にいい印象を持つ者も、そうでない者もいるが、何度も贈り物をもらううち、妻が「こないだのスイカ、美味しかったわね」と次のもらい物を期待するようになってしまう。そうなると、夫のほうも周防に悪い気持ちは持たない。

自分の事務所の所属タレントが出演するドラマの撮影現場を訪れて、ひと口餃子を大量に置いてパッと帰ってしまう。撮影スタッフは餃子をもらって帰れば、家族は喜ぶ。芸能界で、あれほどきれいにカネを使う人はいないと思えるほど、カネの使い方がうまいのである。

周防社長の誕生日は一月一一日だが、毎年一月、ハワイで行われるアメリカプロゴルフツアーと同時期で、毎年ハワイで盛大な誕生パーティを開いていた。そこに招待される客の飲み代、食事代はすべて周防社長持ちで、ビンゴ大会の景品も豪華だった。おそらく、一晩に数千万円のカネを使ったのではないだろうか。

周防社長は新橋にあった高級料亭「京味」の席を常に一席、押さえていた。一人最低三万円、それでも何年も先まで予約できないといわれる名店に、周防はいつ行っても座れる常連中の常連だった。あるテレビ局の社長は、京味で頻繁に食事をしていたが、そういった飲食代もすべて周防社長が負担していた。周防社長が芸能界のドンといわれるようになったのは、こうした「名人級」のカネ遣いもその一因だと思う。

周防社長は千葉・市原の出身で、若いころはそれなりにヤンチャもしたと聞いている。バーニングは昭和四六年、野路由紀子と本郷直樹をデビューさせたところからスタートした。はじめはまったく鳴かず飛ばずで、周防社長が放送局に二人のレコードを持って営業に行っても、そのままゴミ箱に捨てられるくらいの弱小プロダクションだった。それが沖縄出身の南沙織のデビューと、郷ひろみがジャニーズから移籍してきたことで波に乗り、大手プロダクションとして認知されるようになっていった。

昭和五九（一九八四）年の秋、その周防社長が連絡をしてきたことがあった。周防社長の経営するバーニングは南沙織、郷ひろみに次ぐ、大スターを輩出しようとしていた。小泉今日子である。この二年前に「私の16才」でアイドル歌手としてデビューし、石川秀美、松本伊代、早見優ら「花の八二年組」の一人として人気に火がつく。

この年には「渚のはいから人魚」という曲で三三万枚を売り上げ、年末のＮＨＫ紅白歌合戦への出場が確実視されていた。まもなく紅白出場歌手の発表という時期になって、小

泉今日子の足を引っ張る情報が流れた。品川警察署が、

〈小泉今日子の熱心なファンが、万引きを繰り返しながら交通費を稼ぎ、小泉がコンサートをする大阪まで移動した。小泉が所属するバーニングプロが関与しているようだ〉

と発表したという内容だった。

「寺尾さん、ひどい話なんですよ。同業者からの嫌がらせでしょう。このままいけば紅白出場が消えてしまいます」

私はこのときまで周防社長とは面識がなかったが、警察関係者から私の名前を聞いて訪ねてきたようだ。

「そりゃひどいですね。そんなこと実際あったんですか」

「あるわけないでしょう！」

周防社長の頼みを聞いて、私なりに動いてみることにした。偶然だが、当時の品川署長は私が懇意にしていた人物だったので、さっそく電話を入れた。

「こんな話が出ているけど、おたくで発表したの？」

「いや、そんなことはない。ウチじゃ発表してないですね」

「承知しました。ではもし、ＮＨＫの紅白担当プロデューサーから連絡がいったら、そういう事実はありませんとしっかり言ってやってください」

そのうえで周防社長に、「ＮＨＫのプロデューサーに、品川署長に直接電話して確認す

るように言ってください。署長と話はついているから」と伝えたのである。

結果として、小泉今日子のこの年大みそかの紅白初出場が実現した。多くのファンが喜んでくれたと思うが、周防社長もずいぶん恩義に感じてくれたようで、以降今日まで長い付き合いが続いている。

「警察マニア」の映画評論家

一九八〇年ころに顔を出した警察関係のパーティで、映画評論家の水野晴郎さんと知り合った。

水野さんの顔と名前を記憶されている方も多いと思う。日本テレビ系の「金曜ロードショー」の解説を長く務め、「いやー映画って、本当にいいもんですね」のひと言ですっかり有名になった人である。もともと映画会社の宣伝マンを務めていたが、日本テレビの小林昴プロデューサーに「水野さん、あんた出てよ」と口説かれ、洋画劇場の解説を務めるようになった。角刈り、口ひげにふっくらとした体格だったが、実はこのころ、私も同じ、角刈りにヒゲ、小太りで、水野さんとは見た目がそっくり、「双子みたいだ」「そっくり」とよく言われていた。そんなこともあって水野さんとは初対面から意気投合し、その後長く付き合うことになる。

水野さんが警察関係のパーティに顔を出していたのは、「警察マニア」とでもいうほどの警察好きだったからだ。おそらく、警察関連の映画やドラマを見たことから強いあこがれを持ったのだと思うが、警察官の制服や帽子、バッジなどを嬉々として集めていた。現役の警察官には多少の気後れがあっても、私のように退職した者には話しかけやすいということもあったかもしれない。

知り合ったばかりのころ、「寺尾さん、私、警察研究家をやってみたいんですよ」と相談されたので首を傾げた。

「警察なんて研究したってなんのいいこともないよ」

「いやいや、そういわず、ご指導ください。警察はやっぱりすごいですよ」

あまり気が進まなかったが、仕方なく警視庁の広報課を紹介し、窓口になってもらうように頼んだ。警察サイドでも、テレビでよく知られた有名人が警察の宣伝をしてくれるのは、悪い話ではない。そこから水野さんは「警察研究家」を名乗り、全国を回って各都道府県警の活動を視察したり、ときには自ら「体験入隊」するようになった。しまいにはアメリカまで行って保安官の体験勤務をしたいと言いだして、私も一緒に渡米したこともあった。

警察の制服を着るのが大好きだった水野さんは、はじめは警部、警視クラスのバッジをつけて喜んでいたが、そのうち警視総監、警視監につぐ上から三番目の警視長級のバッジをつけるようになり、さすがにそのときは警察の組織のなかでも顔をしかめる者がいた。

昭和五八（一九八三）年、その水野さんから、便箋五枚にも及ぶ、長い手紙が届いた。「政治の世界に挑戦してみたい」というのである。水野さんは映画解説で名前を売った知名度を生かし、この年六月に予定されていた参議院議員選挙に出馬したいという。ついては、どこか引き受けてくれる政党を探してほしい、という依頼だった。

私は「壱番サロン」で面識のあった東邦生命の太田清蔵会長を通じて竹下登大蔵大臣を紹介してもらい、水野さんを売り込みに行ったが、「申し訳ないが自民党の全国区の枠はもういっぱいだ」という。そこで、次に河野洋平代表率いる新自由クラブに話を持っていくことにした。毎回、選挙で候補者不足に悩んでいることを知っていたからだ。水野さんのほうも、「どうしても自民党でなければ」というこだわりはない。新自由クラブのほうも、知名度のある候補者を求めていたこともあり、全国区の第三位の候補者とすることで話がついた。新自由クラブは、前回、一九八〇年の参議院選挙のときに三人を当選させている。この順位なら、水野さんも可能性があると思ったのだ。

このとき私が相談したのが、山田忠孝さんだった。警察庁キャリア官僚には珍しく大阪大学卒の山田さんは、非常に真面目で緻密な人で、三重県警本部長のあと、内閣情報調査室の国内部門主幹を務めていた。内閣情報調査室は国内外の情報を集めて首相官邸に報告するのが仕事だが、とくに国内部門は選挙情勢の分析を大きな仕事としている。その山田さんに、不吉なことを言われたのを覚えている。

「寺尾さん、新自由クラブは今回はダメだと思いますよ。全国区で通るのは一人だけだと思う。水野さんは、難しいんじゃないですか」

結果は、まさに山田さんの言うとおりになった。水野さんは落選後、勝手に選挙に出たことを詫びるため、当時、日本テレビの副社長を務めていた氏家齊一郎《うじいえせいいちろう》の自宅を訪ねた。私と新自由クラブ幹事長の山口敏夫が同行し、早朝、杉並・阿佐ヶ谷にある氏家の自宅に行ったのだ。

驚いたことに氏家副社長は我々を自宅にも上げず、水野さんの話を玄関先で簡単に聞いただけだった。公党の幹事長である山口の顔を見ても、なんとも思わなかったようだ。テレビ局の副社長というのはそれほど偉いのかと思ったが、その後しばらくして水野さんはテレビ画面に復帰した。

NHKで紅白歌合戦の司会を何度も務めた有名アナウンサー・山川静夫とも親しくしていたことがある。元警視庁四谷署長の大谷好近の紹介で何度か食事をする機会があり、そのときに山川が剣劇にのめり込んでいることを知った。山川は静岡で神主をしている家の出で、國學院大學を卒業してNHKのアナウンサーになった変わり種だ。歌舞伎など古典芸能に精通し、当時は剣劇をマスターしようとしていた。「あの浅香光代が教えてくれるんですよ」という山川の話に、心が動いた。

山川に同行して足を運んだ浅香の稽古場は東京・浅草の三階建ての小さなビルで、ここで剣劇と、黒田節を教えているという。

浅香は評判通りのキップの良さで、往時は色気を売り物にしたこともあったようだ。私も剣道なら心得があるし、宴会の座興として身につけるのも面白いかなと思ったのだが、剣劇と剣道では基本のキからして全然違う。刀の握りひとつとってもどうにもしっくりこなくて、二回通っただけでその後は足が遠のいた。

山口組五代目にもらった返礼

山口組の五代目・渡辺芳則《わたなべよしのり》組長からの頼まれごともあった。吉嶋覺《よしじまさとる》弁護士から相談を受けたのである。吉嶋弁護士は「将来の検事総長」とも目された法務省のエリートだったが退官し、関西で開業していた。弁護士としての評価も非常に高く、テレビ番組にコメンテーターとしてレギュラー出演したり、新聞の取材を受けることもしばしばだった。

渡辺組長もそうした活躍を見ていたのだろう、一九八六年に突然、山口組から吉嶋弁護士の事務所に連絡が入った。渡辺組長の弁護を依頼したい、というのである。渡辺組長はこのとき、山口組の二次団体、山健組の組長で、前年一月に射殺された四代目・竹中正久《たけなかまさひさ》組長の後継候補筆頭とみられていた。

渡辺組長はこの約二年前、ゴルフ場であるトラブルを起こしていた。神戸市内のゴルフ場でプレーしていた渡辺組長らの一行は、プレー中の前の組にボールを打ち込んでしまった。渡辺組長の前を回っていた面々は、大阪で会社を経営する社長たちの一行だった。相手が誰かも知らず、「失礼なヤツだ」と渡辺組長らを待ち構えていたという。

「おい、失礼だろう」

そう言ったとたん、組長の警備のため周囲に潜んでいた組員が社長たちに殴りかかり、重傷を負わせてしまったのである。

兵庫県警はこの件を慎重に捜査していたが、四代目射殺事件後の山口組と一和会の抗争(山一戦争)が激化するにつれ、渡辺組長の身柄を押さえる必要を感じたようだ。ゴルフ場でのトラブルから二年近くも経ってから渡辺組長を指名手配した。このとき、渡辺組長が頼ったのが、吉嶋弁護士だった。

山口組には顧問弁護士もいたが、保釈等には役に立たないことを知っていた。元検事の、一流どころの弁護士に依頼したいと考えたようだ。

「吉嶋さん、それは受けてあげなよ。日本の法廷は殺人事件でも弁護士がいなければ裁判も開けないわけだし、今回の件、私は報道でしか知らないけど、警察もちょっとやりすぎな気もするよね。あんたがいいと思ったら、やってあげたら」

私のひと言だけが決め手でもないだろうが、吉嶋さんも踏ん切りがついて、渡辺組長の依頼を受けることに決めた。渡辺組長は指名手配から約三週間で兵庫県警本部に出頭し、逮捕された。暴力団の現役組長の逮捕ではほとんどの場合が実刑となり、刑期も短縮されず満期を勤めるが、驚いたことにこのときは、吉嶋弁護士の奮闘によって翌日、保釈されたのである。

望外の事態に、渡辺組長は大いに喜んだ。私もそれで一安心していたら、吉嶋弁護士から再度、連絡があった。

「寺尾さん、組長がぜひ、寺尾さんにお礼を言いたいっていうんですよ」

「いいよいいよそんなの。勘弁してよ。吉嶋さんが頑張った結果なんだから、俺なんて関係ないよ」

「いや、先方からしつこく連絡がきて、それじゃ収まんないんですよ。ぜひ口添えをしてくれた寺尾社長に組長が直接、お礼を言いたいってことで」

「そこまで言われたんじゃ……仕方ないな」

私はいくつか条件をつけて、神戸へと向かうことにした。ひとつは、指定された店には行っても、同じ席にはつかないということ。私は警察ＯＢで、渡辺組長とは反対の世界にいるのだから当然のことだ。もう一つは、ご馳走になるわけにもいかないということである。

組長が指定したのは、神戸のＮという老舗クラブだった。吉嶋弁護士とふたり、夕方の早い時間に到着すると、店の下には大勢の組員たちが鋭い表情で立っている。山一戦争がまだ終結を迎えていないときで、組員たちの緊張感も高かった。

店は思ったより広く、奥の席に一組だけ、三人の男たちが座っていた。渡辺組長だ。

私は吉嶋弁護士の案内で逆側の席に腰を下ろした。ホステスが酒をつくり終わると、向かいの席の渡辺組長と目を合わせ、グラスを高く掲げて「乾杯」した。

渡辺組長ら三人は突然立ち上がると、こちらに向かって頭を下げた。私はとっさに、持っていたグラスを掲げただけだったが、ちょっとカッコつけすぎたかもしれない。吉嶋弁護士が、あちらのテーブルとこちらのテーブルを行ったりきたりして、なにやら話し込んでいた。

そんな場で、とにかく長居は無用だ。店のママに「勘定は？」と訊くと、

「あちらさまからいただいています」

と組長のほうに目をやった。ここでカネを払うのも義理を欠くし、払わないとヤクザに奢られたことになってしまう。封筒に入れていた一〇万円を出し、「これ、チップだから」とその場に置いた。

渡辺組長の誘いはありがたい話ではあったが、私にしてみれば往復の交通費とチップと、散財して帰ってきただけの話である。帰りも何十人もの組員に見送られ、とにかく居心地が悪く、逃げるようにしてタクシーに乗り込んだ。

第四章　警察官僚の落とし穴

三田署の問題警察官

私は警視庁を退職して以降も、かつての仲間や上司たちとの関係は長く維持していた。それは秦野先生の秘書としての仕事に役立つからという面もあるが、「本籍・警視庁、現在出向中」と言っていたように、たとえ退職しても警察という組織は好きだったし、そこで奮闘している人たちとの仲間意識はずっと持っていたのである。ノンキャリアの警察官だけでなくキャリア官僚たちとも親しく、深く付き合ってきた。

のちにともに「日本リスクコントロール」を立ち上げる保良光彦《やすらみつひこ》さん、秦野先生を紹介してくれた島本耕之介さんはもちろん、斉藤明範《さいとうあきのり》さん、山田忠孝《やまだただたか》さん、佐々淳行らである。

保良さんは昭和九年生まれ、三一年入庁、山田さんは昭和八年生まれ、三一年入庁、佐々は昭和五年生まれ、二九年入庁の同世代。年齢的には私より一〇歳ほど年上だが、すぐにそれを意識しない、盟友のような関係になっていった。徳宿恭男《とくしゅくやすお》、阿南一成《あなんかずなり》は昭和三八年入庁の同期生。私とは年が近く、酒席だけでなく一緒によくゴルフもやった。私のゴルフ「デビュー戦」は徳宿、阿南と一緒で、そのときは二人に歯が立たなかったが、その後猛練習で二人に負けないスコアを出せるようになり、六ヵ月後には常に二人を上回るようになった。

のちに警視総監になる鎌倉節さんとも「寺尾にゴルフを教えたのは俺だ」と言われるくらいよくご一緒した。

そんな濃密な付き合いのなかで、数々のトラブルを目にし、耳にしている。そのいくつかは、私が「トラブル・シューター」として解決したのである。

一九八一年ころ、三田署のAという巡査部長がサラ金に多額の借金を抱えていることが発覚した。調べてみると、サラ金だけでなく、住宅ローンもまだ残債があり、離婚問題まで抱えていて、八方ふさがりのような状態になっていることがわかった。

三田署の藤原浩一署長から相談を受け、私はこうアドバイスした。

「こんな案件は、次の署長に申し送るしかないですよ。藤原さんの署長の任期からしたら、来年の春には交代なんだから」

藤原署長はノンキャリだが、今泉正隆警視総監の秘書を務めたこともあり、三田署長のあとも警視庁本庁の部長クラスまで昇るコースに乗っていたほどの出世頭だった。私としてはこの件でつまずいてほしくない、と思ったのである。巡査部長が借金を抱えたのはいまに始まった話ではないし、藤原署長の監督責任になるのはちょっとかわいそうだ。

いずれにせよ、この巡査部長を懲戒処分にする前に、留置場係に転属して外部と接触させないようにし、その間になにかできることがないか、私のほうで動いてみることにした。

まず、本人の親戚で誰か一時的に借金を肩代わりしてくれる人がいないか探してみた。警視庁職員信用組合から退職金を担保にカネを借りて、退職金が出たらすぐに返済することができる。

ところが前にも一度、サラ金で多額の借金をつくり、自衛隊に勤務している兄が救った経緯があるという。離婚問題も、多額の借金が原因になっていることがわかった。仕方がないので、A巡査部長の上司の刑事課長と相談し、私が一時的に借金の五〇〇万円を立て替えることにした。

「課長さん、悪いけどこの五〇〇万円で、サラ金の業者と話をつけてきてもらえませんかね。向こうだってすねに傷のある業者なんだから、三田署の刑事課長が来れば、ガタガタ言わんでしょう」

巡査部長が借り入れをしていたのは三つの業者だったが、刑事課長が行けば金利分は免除して、元本だけを返済することで話をつけられるはずだ。そのうえでAを依願免職扱いとし、退職金を受け取って、そのうちの五〇〇万円を私に返済してもらい、残りを警視庁職員信用組合に返済する。これでなんとか借金にかたをつけ、藤原署長にも傷がつかない形で穏便に収めることができた。藤原署長はそのあと、無事警視庁の第三機動隊隊長に栄転した。

実はそのあと、警察学校同期の山本芳美が第三機動隊の中隊長で藤原さんの部下になった。警察学校時代、一緒にキャバレー美人座に繰り出したあの山本である。

「藤原さん、山本を機動隊本部付の中隊長にしてくれないかな」

「寺尾さんの頼みだけど、山本は六人いる中隊長のなかで一番成績が悪いんだよ。いまはちょっと難しいけど、私が機動隊を出るときにはなんとかするから、ちょっと待ってて」

実は山本は巡査時代、警察手帳をなくすという失態をして、人事評定では×がついていたのだ。しかし藤原さんは二年後、約束を果たしてくれた。山本はそれまで、警視庁本部での勤務もしたことがなかったのに、異動先は警視庁の人事二課という中枢中の中枢だった。山本は東北出身、私のお古のゴルフセットを大事に使っていたような純朴な男で、いまも付き合いが続いている。部下から仲人を頼まれたとき、「人前で話すのが苦手で……」と弱りきっていたのを、

「地位が人をつくるという言葉もあるけど、みなはじめはうまく話せないのを、テープに

録って聞き返したりして陰で練習しているんだよ。階級が上がるにつれてうまくなるから」

と励まし、引き受けさせたこともあった。

警察官僚とカネ

青森県警本部長、新潟県警本部長、中部管区局長などを務めた斉藤明範さんは、私にとって思い出深い人である。

斉藤さんは長身、端整な顔立ちで、銀座ではホステスさんが腕を摑んで離さないほどの人気者。歌もうまく、飲み方も実にきれいで、官僚とは思えないほど洒脱な人だった。私が知り合ったころの役職は「警備局公安第一課長」で、日本共産党をはじめ、極左暴力主義団体の警備、取り締まりにあたる全国の公安警察の元締めである。しかし銀座や赤坂では、そんなことは微塵も感じさせなかった。達筆で、いまも私の自宅には、斉藤さんが揮毫してくれた額がある。字は、「積善余慶」である。

昭和五八（一九八三）年八月、青森県警本部長に栄転したが、本部長の辞令が出た直後から、「寺尾さん、ぜひ青森に遊びに来てよ」と言われていた。社交辞令かと思っていたら、しばらくして県警の秘書課から、実際に航空券が送られてきたのには驚いた。

斉藤さんは、「東京で世話になったから。ぜひ来てくださいよ」という。旅館も最高級のところを用意して待っているというのである。せっかくなので青森に行ってみたが、夜の街や女性たちの華やかさは東京とは比べ物にならず、少々落胆して帰ってきた。

斉藤明範さんは、昭和六二（一九八七）年に新潟県警本部長となると新潟にも招待してくれた。今度は豪勢な料亭で警察幹部が顔を並べ、二〇人くらいの女性がついて「佐渡おけさ」を舞ってくれ、上機嫌の斉藤さんはその足で、着流し姿のまま新潟の最高級クラブへ繰り出した。青森のときとは雲泥の差だった。もちろん、費用はすべて新潟県警持ちである。

私も組織の末端にいたからわかるが、捜査をするうえで、どうしても表に出せないカネというのがある。公安部の秘匿捜査はもちろん、刑事部でも、情報提供者との会食や、潜入捜査など「領収書のいらないカネ」が必要になる。ときには、「捜査一課刑事の接待」というものまであった。

警察署の管内で殺人事件など大事件が起きると、捜査本部が作られる。その警察署の刑事だけでは人手も捜査力も足りず、本庁の捜査一課から数人の刑事が応援に来て、事件解決までの間、泊まり込みで捜査にあたる。各警察署にある柔道場や剣道場に布団を並べ、そこで寝泊まりするのである。着替えは各捜査員の女房が持ってきてくれたり、最近は宅配便で送ったりすることもあるようだ。

そうした大事件の修羅場で、日ごろ似たような現場を数多く踏んでいる本庁捜査一課の刑事に必然的にかなりの負担をかけることになる。そのため、慰労の意味で捜査一課の刑事を警察署管内の料亭などに招き、所轄の幹部が接待するのである。日ごろ、ため込んでいる予備費はこういうときに使われる。

予備費は通常、会計課長や署長が管理し、署内の飲み会や、署長など幹部の飲み食いにも使われていた。さらに、その警察署で定年を迎えた職員に贈る記念品に流用されることもあった。

防犯協会や交通安全協会、警察懇話会が警察の代表的な関連団体だが、新年の「武道始め」などの行事の際は、所轄の管内の有力者や、これら三団体が「お祝い金」を包んでくれる。そうしたおカネを少しずつ貯めて、数百万円の予備費をつくっていた。三団体は新任の警察署長が着任すると、着任祝いの宴席を持ってくれることも恒例だった。

地域の税務署との交流もある。税務署と警察は常に情報交換し、脱税など経済事件になりそうな場合は税務署から通報があるし、一方査察部などが対象の拠点に踏み込む際は警察の応援を求めることもある。税務署と警察の飲み会は税務署側が費用を負担することが多いように思うが、返礼の会もあるし、互いに気を遣っていた。

個人的な蓄財をしているわけではなく、社会的な儀礼の範囲で、ある意味で必要悪なのである。

斉藤明範さんのほかにも、親しく交流した警察官僚は枚挙に暇《いとま》がない。

山田忠孝さんは斉藤さんと一年違いで、三重県警本部長のあと内閣情報調査室を経て北海道警本部長となり、中部管区警察局長で退職した人である。三重県警本部長になったときはやはり招待を受け、津市を訪ねた。

山田さんが北海道警本部長を務めていた昭和五八（一九八三）年一月九日、中川一郎代議士が札幌パークホテル１０２２号室で自殺する事件が発生した。中川一郎は前年の自民党総裁選挙に立候補して中曽根康弘氏に惨敗した直後であり、第一発見者である妻・貞子さんがその後沈黙したこともあって、その死の真相についてはいまもさまざまな説がある。通路を挟んで向かい側の部屋に泊まっていた秘書・鈴木宗男が関与したという説や、ロシア・マフィアとの関係を取り沙汰する説など、五七歳、将来を嘱望された政治家の突然の死の背後関係を臆測する声はいまも絶えない。

山田さんは事件発生直後、札幌高検の安田道夫検事長とともにパークホテルの部屋に実際に足を運び、遺体を確認している。

「あれは間違いなく自殺ですよ。私は、この目で見たから」

「間違いない？」

「間違いありません」

山田さんは、そうハッキリ断言していた。安田さんからも、のちに同じことを聞いた。

秦野先生とも親しかった中川がなぜ死んだのか。あの激しい酒癖の中川が、なぜ突発的に死を選んだのか……その心中は想像するほかない。

その山田さんが趣味、というよりライフワークにしていたのが、「札所めぐり」である。札所のある寺院を回り、そこで朱印帳に判を押してもらう。山田さんは昭和五四、五五年に相次いで両親を亡くし、それをきっかけに札所めぐりを始めた、と話していた。毎週末札所のある寺院をコツコツと車で回っていたが、問題は、車の運転がヘタなことだった。きわめて真面目で、慎重な人だが、運転はどうも危なっかしい。

私は山田さんに、「私の車を自由に使っていいですよ。そのかわり、常に現金を一〇万円持っていてください」と伝えていた。札所のある寺院は、奥深い山中にあることが多い。曲がりくねった山道を運転するうち、いつか事故を起こすのではないかというイヤな予感があった。

「どんなに相手が悪くて、こすられたりこすったりしても、身分を明かさず必ず示談にしてください。相場の三倍から五倍払えば、たいがい納得してもらえますから」

私は、山田さんにそうアドバイスしていた。一〇万円の現金は、示談のための原資だ。県警本部長まで務めたトップ官僚が、交通事故を起こしたというのでは格好がつかない。何が起きても、すべて私がかぶるつもりでいた。

そしてその悪い予感は的中してしまった。箱根の山道で、山田さんが運転する車がオートバイと接触し、横転したオートバイが破損したというのである。携帯電話がない時代で、私のところに連絡があったのはすでに交番に行ったあとだった。

「身分は明かしていないけど、相手は若いからいろいろ言ってくるかもしれない」

山田さんは、さすがにちょっと緊張気味だった。

私はすぐに交番に電話し、「こういう立場の人だから、補償関係はすべて私のほうで対応しますから、うまい処理をお願いしますよ」と伝え、納得してもらった。なにか事件性があるわけでもなく、箱根の交番を所管する神奈川県警だって警察庁の幹部のトラブルを大げさにしたいわけではない。

オートバイに乗っていたのは町田在住の若者で、その自宅に連絡を入れると、対応に出てきたのは若者の父親のほうだった。父親ははじめ強気だったが、私が直接会って一喝し、現金をわたしてケリをつけた。

ご存知のとおり、官僚の人事は減点法の世界である。小さな交通事故でも、それがきっかけで評定にマイナス点がつく可能性がある。山田さんに車を貸していたのもそのためだし、常に一〇万円を財布に入れておくように言っていたのもそのためだ。

退官後、山田さんは準大手ゼネコンの戸田建設の取締役として迎えられた。時代はバブル期で、戸田建設の役員会では借入金を増やして事業を拡大しようという意見があったが、慎重居士の山田さんは一貫して反対し、結果的に戸田建設はバブル崩壊で大きな損失を被ることを免れた。

戸田建設のオーナー社長はそのことで山田さんに感謝し、山田さんはその後、戸田建設副社長まで昇任した。

山田さんをめぐっては、もうひとつ印象深い思い出がある。山田さんが警察を退官する前、都内に自宅を買った際のことである。

山田夫妻は東京西部の世田谷、杉並で三ヵ所ほど物件を見て、夫人が「ここがいい」という物件と、山田さんが気に入った物件がズレてしまった。

そのとき私に相談があったので、

「住まいは一〇年、二〇年してから、『あなたが買えと言うから買ったけど、地価が上がらなかったじゃない』と夫婦喧嘩のタネになることもあります。お互い恨みっこなしにするには、大森に私のよく知っている占い師がいるから、そこで相談してみたらいいですよ。一回三〇〇〇円だから」

そう言って、占い師を紹介したのである。

山田さんは実際に大森に足を運んで、その結果、杉並・西荻窪の土地を買い、家を建てた。夫人の希望通りになったようだ。山田さんは二〇一二年に亡くなったが、本当に篤実で素晴らしい人柄の方だった。私との交流は、三〇年以上に及んだ。

稀代の官僚・佐々淳行

多数の著作で知られる佐々淳行も、秦野先生の事務所に出入りしていた。私と親しくなるのも、時間がかからなかった。一九九〇年、佐々が東京新聞夕刊の「放射線」というコラムに書いた一部を紹介する。

〈日本画壇の至宝、現東京芸大学長の平山郁夫夫妻が「四人委員会の方針で、ちょっとベイルートへ行って、十五年も続いているレバノン内戦を停戦させる調停、やってきます」と、こともなげにおっしゃる。

「四人委員会」とは、中山素平、大来佐武郎、秦野章の各氏、そして平山画伯という、大変なサムライのグループで、「ストップ・ザ・ウォー・イン・レバノン」をスローガンに、相争う四派を仲直りさせるとのこと。

その意気に感じた武道百般の寺尾文孝元警視庁警部が私設ＳＰ役を買ってでるという騒ぎ〉

この記事で佐々は私のことを「武道百般の警部」と書いてくれている。前述のように私は剣道三段、柔道三段だが、巡査で警視庁を退職しているから、「警部」はかなり言い過ぎである。記事が出たあと、佐々から電話があり、「警部のほうが強そうだから、そう書いておきました」と笑っていた。

内閣安全保障室の初代室長となった佐々淳行（朝日新聞社／時事通信フォト）

佐々は警察庁入庁後、警備警察のエースとして活躍し、昭和四四年の東大安田講堂攻防戦や、四七年のあさま山荘事件、五〇年のひめゆりの塔事件（沖縄訪問した皇太子夫妻に対し、中核派活動家が火炎瓶を投げつけた事件）など、数多くの学生運動、過激派事件の対処にあたった。

佐々が防衛施設庁長官時代、秦野先生にこっぴどく叱られた話は前述したが、私はその姿を見て、佐々もたいしたもんだ、と思った。叱られたことは別にして、すぐさま秦野事務所に駆け付けるフットワークの軽さは並の官僚ではない。私はこのころから、佐々と親しく付き合うようになっていった。

佐々は一九八六年に防衛施設庁長官を退官し、そこで役人人生を終えるつもりだったが、その才能を惜しんだ後藤田正晴官房長官の指示で官邸に内閣安全保障室を新設、その初代室長となり、平成元（一九八九）年二月まで勤めあげた。

佐々があれほどの才能に恵まれながら、役人として出世しなかったことについて、姉の紀平《きひら》悌子《ていこ》の存在を言う人もいる。紀平は売春防止法制定に尽力した市川房枝《いちかわふさえ》に私淑し、その秘書を務めた後参議院議員となって活躍した。姉弟仲は良く、それぞれが実家の敷地内に家を建てて隣同士に住んでいた。警察官僚としては、姉が左派の議員というのがマイナス材料になったのかもしれない。

退職時、佐々は五九歳。今後の身の振り方をどうするか、相談に乗ったのが私だった。佐々はこれまで、役人の道しか知らない。役人はみなそうだが、いままでの人生で、カネを稼いだことがない。ひとりでやっていけるのかどうか、強い不安を持っていた。

「危機管理専門の事務所をつくったとしても、企業側だって、そんなに簡単にはカネは出さないでしょう。事務所の家賃だっているし、やっていけるかね」

「佐々さん、やったほうがいいよ。民間に就職したら、その会社のポチにならなきゃいけないんだよ。自分で事務所を持てば、イヤな仕事はしなくていい。世のため、人のための仕事ができるんだから。

自分の事務所をつくって、協賛金は一社あたり一万とか、二万とか薄く広く集めればいい。そのくらいの金額なら、理不尽なことを頼まれたときはそれまでにもらったカネを全額、一括して返してしまえばいい」

「そうかな……」

秦野先生が根城にしていた赤坂の料亭「口悦」で、佐々と向かい合い、退職後の身の振り方について二人きりで話した。

「佐々さん、みんな会費を払うから大丈夫だよ。いざとなったら、あなた一人くらい私がなんとかするから。ウチの会社の役員か何かにして、毎月給料を出すよ」

深夜、板前や仲居さんが帰宅し、夜が白々と明けるまで、佐々と語り合った。口悦の女将一人だけが残り、「帰れ」とも言わず我々の話し合いが終わるのを見守っていてくれた。

ようやく踏ん切りがついた佐々は、渋谷に小さな事務所を立ち上げた。そのお披露目のパーティに私も駆け付けたが、会場のホテルは立錐の余地もないほどの人波で、「これなら大丈夫」と胸を撫でおろした。

佐々は学生運動や過激派事件の警備でも、かなり踏み込んだ、ハッキリ言えば非合法スレスレのようなことまでやっていた。私が本人から聞いた話では、警視庁の若い警察官三人に、学生風の長髪にするように指示し、全学連のシンパを装って、バリケードの中に潜入するように命じたという。

警察官はバリケード内に寝泊まりして、情報をとり、ときには警官隊に投石したり、火炎瓶を投げて攻撃した。佐々はその三人に、「三ヵ月経ったら脱出して、ここに集合せよ」と伝えていたという。しかし、三ヵ月の間にもし警察官という素性がバレたら、半殺しでは済まない危険な任務である。

佐々という男は、他に類を見ないほどのアイデアマンであり、度胸もあった。しかし、警察という組織の枠を少しはみ出してしまっている部分があったかもしれない。

佐々とは退職後もいい関係を続けていたが、後年、あることで私とは仲違いすることになってしまう。佐々との因縁については、項を改めて述べたい。

警察トップの権力の源泉

大蔵省（現・財務省）、外務省、通商産業省（現・経済産業省）、厚生省（現・厚生労働省）、建設省（現・国土交通省）など主要官庁のなかで、警察庁は独特の存在である。戦前は内務省の一部局だったが、戦後は警察庁として独立し、国家公務員上級職試験を突破した者のなかから毎年二〇名弱を採用していた。二二歳前後で入庁し、警察庁長官、警視総監というトップにたどり着くのは同期で一人か、二人。それまでに多くが退職していく。

全国の四七都道府県警をあわせると、全部で約二四万人の警察官がいるが、わずか六〇〇名ほどのキャリア警察官がその二四万人の上に君臨しているのである。警察という組織には刑事、公安、交通などの各部から膨大な情報が集まるうえ、機動隊などの実力部隊も保持している。有力政治家といえども、警察の持つ力には一目置かざるを得ない。首相はじめ各大臣、政党党首には警視庁のＳＰが二十四時間態勢で張り付いている。その政治家がどこへ行って、誰と会って、何を話しているか、そうした情報はすべて警視庁に報告されている。隠れて愛人を持っていても、ＳＰにはすぐにわかるだろう。

私が親しくしていたある民放テレビ局の幹部の子息が東大を卒業し、国家公務員Ⅰ種試験（かつての上級試験）に合格したときも、「せっかく受かったのなら、一回しかない人生、大蔵省なんか行くより、警察庁のほうが面白いよ。しょっぴかれるより、しょっぴくほうがいいでしょ。大蔵省もこの先、なにがあるかわからないよ」と助言したくらいだ。実際、その息子さんは警察庁に入庁した。

一九七〇年代、大蔵省はいまだ「官庁のなかの官庁」として圧倒的な存在感があったが、私は直感的に、今後大蔵省が警察の捜査の対象になるようなことが起きるのではないかと思っていた。実際に平成に入って接待汚職事件が起こり、大蔵官僚が逮捕されたり、次官確実と思われていたトップエリートが退職を余儀なくされた。

一方で警察庁のキャリア官僚ともなれば、少なくとも一つか二つの県警で本部長に就き、数千人の部下に号令する立場となる。大企業の社長並みの権力、といえばわかりやすいだろうか。

それだけの組織を率いる経験というのは、誰にでもできることではない。警視総監に至っては、四万五〇〇〇人に及ぶ警視庁職員のトップとなり、管内のあらゆる情報が集中する立場となる。警察庁エリート官僚の権力の源泉は、その情報力にあるといえる。

毎年一五〜二〇名ほどが任官する警察官僚のなかで、警視総監、警察庁長官という組織トップに上り詰めるにはもちろん持って生まれた能力もあるし、人間性、決断力、人付き合いの良さなどさまざまな要素があるが、私は結局のところ運の要素が大きいと思っている。たまたまいい上司にめぐり会ってその上司から気に入られ、引っ張ってもらったとか、将来が台無しになるようなスキャンダルに巻き込まれても、奇跡的に切り抜けたとか、出世する人に共通するのは運の強さである。平成七（一九九五）年に「熊でも殺す」という強力なマグナム弾で狙撃されたにもかかわらず一命をとりとめ、その後スイス大使などを務めた國松孝次警察庁長官などは、その代表例だろう。

私立大卒としてはじめて警視総監になった秦野先生も、やはり強運の持ち主だった。同じように警視総監を務め、その後宮内庁長官になった鎌倉節氏も、官僚人生の危機を二度にわたって切り抜けている。鎌倉さんは私が親しくしていた佐々の同期（昭和二九年入庁）だった。

依願退職した警察官が起こした大事件

昭和五九（一九八四）年秋、私が親しくしていた公営競馬の調教師から相談を受けた。この調教師は元騎手で、引退して調教師となっていたが、息子がやはり騎手となっていた。

「実はウチの息子が神奈川県警の方から脅されていまして……息子も悪いんですが」

詳しく話を聞いてみると、この太田透（仮名）という警察官はかなりのワルだった。太田は調教師の息子と親しくなり、そこから情報を得て馬券を買ったり、規則で自分では馬券を買えない騎手のかわりに馬券を買ってやったりしていたという。

しかも、その共犯関係をネタに息子を脅していた。偽の逮捕状をつくって騎手に見せ、

「逮捕状執行は、なんとか抑えた。もみ消しにかかったカネは、六〇〇万だ。オレの分の三〇〇万円は払っておいたから、残りはあんたの分だ」と言われたというのである。

太田は当時三九歳の巡査部長で、鶴見署で交通指導係を務めていた。勤続二〇年を超え、勤務態度は悪くなかったが、ギャンブルという悪癖があり数百万円の借金を抱えていた。

本来ならすぐに太田を逮捕して懲戒免職にするべきところだが、外部に情報を流し、密かに馬券を買っていたことがバレれば、騎手も競馬法違反で永久追放処分は免れない。私は騎手本人からもことの顚末を聞くと、当時、警察庁警務局長だった鎌倉節さんを訪ねた。

「鎌倉さん、こんな警察官がいるんだけど、このまま制服を着せておけないんじゃないですか」

警察官という立場を利用した太田の手口は非常に悪質である。

「なるほど……それは困ったもんだね」

鎌倉さんはさっそく、神奈川県警の刑事部長に連絡をとってくれた。

「司法試験にも通った非常に優秀な男だから、彼にすべて任せておけば大丈夫ですよ」

鎌倉さんから連絡を受けた刑事部長がさっそく動いてくれて、太田は依願退職となっ

た。刑事部長からは、

「三〇〇万円の詐欺は実際にカネを取る前で未遂だし、この件が公になれば騎手も処分されてしまう。騎手を守る意味でも、このような処分にしました」

との説明を受けた。しかし、大事件が起こったのは、その半年後だった。

昭和六〇（一九八五）年三月二四日午後五時半ごろ、野毛場外馬券場の売上金四億六〇〇〇万円を積んだ二台の現金輸送車が、三菱銀行横浜支店に到着した。裏門から入ろうとすると、そこに警察官の制服を着た二人の男が立っていて、こう声をかけられた。

「場外馬券売り場に脅迫電話があり、不審な男を捕まえました。ここから先は我々がガードします」

警官姿の二人は警備会社の警備員を帰らせると、行員二人とともに金庫室に入り、そこでいきなり短銃をつきつけて行員に手錠をかけ、粘着テープで目隠しをした。遅れて入ってきたガードマンなど二人にも同様に手錠をかけて、金庫室と用務員室に閉じ込めた。

犯人は現金をバッグに詰め、用意していた逃走用の車で逃げようとしたが、異変に気づいた行員らが警察に通報し、支店の周囲はすでに警官隊に包囲されていた。

二人はそのまま支店内に籠城する。そして、事件発生から一二時間後の早朝五時、主犯格の男が自分の右後頭部に銃をあてて発砲、病院に搬送されたがそのまま死亡した。

この自殺した銀行強盗犯が、元鶴見署巡査部長の太田だったのである。

太田は前年一〇月に警察を退職していた。サラ金に五〇〇万円にも及ぶ借金があり、自動車金融業を始めたが借金は減らず、犯行に至ったと見られた。この当時はまだ支給された制服を退職時に返還しなくてよかったため、それをそのまま犯行に利用したのだ。銃はフィリピン製の密造銃だった。現金輸送車を狙ったところ、警察官の制服を着たところは三億円事件とも類似する。計画を立てたのは太田で、同じ金融業の男が多額の借金を抱えていることを知り、犯行に誘ったという。

「警察の組織を離れた者とはいえ、このような重大事件を起こしたということは、県民の信頼を裏切り、誠に残念です」

神奈川県警トップの加藤晶本部長は記者会見でこのように語り、謝罪したが、私は事件の発生を聞き、衝撃を受けた。

封印された「ニセ医者事件」

昭和四九（一九七四）年ごろ、警察庁会計課長の室城庸之氏が、ゴルフ練習場で見知らぬ男から声をかけられた。

「お上手ですね。シングルですか？」

「いやいやお恥ずかしい。ありがとうございます」

はじめはそんなやりとりだったらしい。男は小城健二郎《おぎけんじろう》と名乗り、職業は医者ということだった。年齢は五〇前後、恰幅のいい紳士で、いかにも裕福な開業医といった様子だ。

「こちらにはよくいらっしゃるんですか？」

「はい、この近くで開業しているもんですから」

「ほう、お医者さんですか」

「はい、今度ぜひいらっしゃってください。名刺をおわたししておきます」

小城は言葉巧みに室城氏に近づき、以後ふたりはときどき酒を酌み交わす仲となった。

警察組織のなかでも、会計課長は将来の警視総監、警察庁長官候補が就く、出世ポストである。警察という組織には前述したように「必要悪」のカネがあり、会計課長はそれを処理する立場にある。いわば組織のキモの部分を知るわけで、幹部候補生でなければ任せられない仕事なのである。

室城さんは麻雀、ゴルフが大好きで、三週間先のゴルフの予定が決まっていないと機嫌が悪かった。私も何度かご一緒させてもらったが、大雨でも絶対に中止にしようとしない。警察庁の後輩が早朝、「さすがに今日は中止でしょう」と私に電話してきたので、「そう思うなら、室城さんに電話して聞いてみたら？」と言って電話を切ると、まもなく「決行です」と連絡が来た。室城さんから、「君、やりが降っているかね」と言われたというのだ。結局そのときは、ボールが見えないくらいの土砂降りのなかプレーした。室城さんのゴルフ好きは筋金入りだった。

歴代の会計課長経験者は先輩後輩の別こそあれ強い繋がりを保っていて、酒席をともにすることも多かった。小城はそこに付け込んだ。

小城は銀座に行きつけの店があり、会計課長を誘うようになった。小城は銀座に行くときも、黒いドクター鞄を持ち歩き、ときどき聴診器など、鞄に入った医療器具をチラチラ見せることもあった。

すっかり親しくなった室城さんは、小城を自分の先輩である鎌倉節氏にも紹介し、三人は銀座のクラブで親しく飲む間柄となった。もちろん、支払いは常に小城持ちである。室城さんも鎌倉さんも、相手が開業医であれば利害関係もなく、飲食費も自由に使える立場だからと、まったく警戒しなかった。私の知る限り、警視庁総務部長、警察庁警備局長などを歴任した椿原正博《つばきはらまさひろ》氏も、小城との交際があった。

このころ、椿原さんは都内にある奥さんの実家に自宅を新築したのだが、それを耳にした小城は一枚板の豪華なテーブルを新築祝いとして贈った。椿原さんはさして疑問も抱かず、そのテーブルを受け取ってしまっているのである。

鎌倉さんにも弱みがあった。銀座でかなりの接待を受けていたことに加え、フットジョイというブランドの高級ゴルフ靴をプレゼントされていた。当時でさえ四万～五万円する超高級品である。

小城は自分の病院を持っていたわけではなかったが、健診車を買い、企業や学校を回って健康診断をやっていた。健診車にはレントゲン装置まであり、白衣を着て、実際に従業員や学生の身体に聴診器を当てていた。昭和四七（一九七二）年に労働安全衛生法が施行され、企業は従業員の定期的な健康診断を義務付けられた。それ以降、健康診断の需要が一気に高まって「ニセ医者」の活躍する余地が生まれた。しかも、小城が健診を行っていた企業の一部は、室城さんが紹介した会社だった。

小城は千葉・行徳で「小城歯科クリニック」を経営するかたわら、健康診断で荒稼ぎしていたようだ。あとからわかったことだが、小城は若いころに都立病院の事務員をしており、医療器具などの扱いに慣れていた。ベンツを乗り回し、毎週のようにコースに出るほどのゴルフ好きでもあった。銀座の行きつけのクラブの女性を愛人とし、一時は同棲していたと聞く。女性も小城をホンモノの医師だと信じきっていた。のちに一度、この女性に話を聞く機会があったが、自分の貯金まで切り崩して小城に貢いでいたのだ。

私が小城と知り合ったのは、昭和五五（一九八〇）年ごろだった。鎌倉さんとの会食の席で小城を紹介され、交流を持つようになったのである。私の建てたサニークレスト三田に小城が遊びに来たこともあった。

こいつ、どうも変だな……私がそう感じはじめたのは、小城の言動からだった。小城は革鞄のなかの医療器具を見せたりしていたが、医療関係のことを聞くと、言葉を濁すことがあった。

「小城さん、最近ちょっと膝が痛むんだけどさ、見てもらえないかな？」

「うーん、そのあたりは私は専門ではないんで、寺尾さんのかかりつけの病院に行かれたほうが早いですよ」

何度か質問を重ねても、どうも曖昧《あいまい》な答えが多いのである。しかも、開業しているのは病院ではなく、歯科医院だという。医師がなぜ、歯科医院を経営するのか。どう考えてもおかしい。

私は、小城が経営するという千葉・行徳の歯科医院へと足を運んでみた。待合室には、「当院理事長」としてたしかに小城の名前入りの医師免許が額に入って掲げられている。私はそこに記載されていた厚生省認定の医師免許番号をメモし、後日、厚生省に問い合わせたところ、案の定、その番号で登録されていたのはまったくの別人だった。

小城は他人の医師免許のコピーをどこからか入手し、名前のところだけを書き換えて、額に入れて飾っていたのである。この当時、ニセの医師免許を使って医療行為をしたり、会社の健康診断を請け負うという事件が多発していた。これは医師法違反の、立派な犯罪である。小城は、ニセ医者だった。

室城さんも鎌倉さんも、犯罪者から饗応を受け、高額なプレゼントを受け取っていたとなれば処分は免れない。これはすぐに対応しないと、まずいことになる。私はこの情報を誰にも告げずに、まず警視庁に向かった。鎌倉副総監と善後策を協議するためである。

「大至急、鎌倉副総監に会いたい。寺尾が来たと言ってもらえばわかるから」

「あいにく、副総監はいま会議中で、時間がかかりそうです。どうされますか」

「それじゃあ、総務部長の椿原さんに伝えたいことがある。すぐに会いたいんだが」

私はこのとき、椿原さんとの面識がなかった。椿原さんは庁内にいたようだが、元巡査の寺尾と言っても警戒して会おうとせず、秘書役の土橋榮一参事官が対応した。

「実は、鎌倉さんが親しく付き合っている小城という男が、ニセ医者だということがわかった。医師免許の番号を確認したから、間違いない。これが公になると、大変なことになる。至急対処したほうがいい。幸い小城が開業しているのは千葉だから、警視庁で触らずに千葉県警にやらせればいい。そうすればあまり騒ぎにならないから」

土橋は緊迫した顔つきで聞いていたが、私の話を聞いてすぐに納得したようだった。

「ありがとうございました！」

そう力強く言っていたことを覚えている。

土橋はその直後、作業着を着てみずから椿原さんの自宅に行き、小城からプレゼントされた豪華なテーブルを回収してきた。しかも土橋は、そのテーブルを私の三田のマンションに運び込んできたのだ。

それから二〜三年経って、小城はようやく逮捕された。その逮捕劇でも、事実は小説より奇なりを地で行くような驚くべき偶然があった。

小城の医師免許偽造が明らかになってから、鎌倉さんも室城さんもあわてて小城との関係を断った。小城は住所不定で、千葉県警が指名手配をかけた。そんなある日、突然室城さんから電話が入ったのである。

「寺尾さん、いま小城が連れていかれた！」

この日、室城さんは免許の更新のため、東京・鮫洲の運転免許試験場にいたという。そのとき偶然、指名手配中の小城も免許の更新のため鮫洲を訪れ、その場で取り押さえられたという。室城さんがこの日、免許の更新に訪れたのはまったくの偶然、小城が捕まったのも偶然だった。室城さんは、因縁の小城が逮捕され、連行される現場をその目で見た。こんな信じがたいほどの偶然が、世の中にはあるものなのである。聞かされた私も絶句するほかなかった。

鮫洲で逮捕された小城は、ただちに千葉県警に引き渡された。千葉県警はこの事件を広報発表せず、新聞やテレビで報じられることもなかった。当然室城さん、鎌倉さんとの「親密な関係」が表ざたになることもなく、鎌倉さんはこの後、無事に警視総監に昇格、室城さんも警察大学校長という警察ナンバー3ポストで退職した。

鎌倉さんは警視総監退任後、宮内庁長官となり、天皇家に仕えた。雅子皇后に子づくりの重要さを直言して嫌われたと週刊誌に報じられるほどの硬骨漢として知られた。上皇ご夫妻からの信頼も厚かったと聞く。

椿原さんも警察組織内で将来を嘱望されたエリートで、警視庁副総監、大阪府警本部長などを務めたが、総監、長官には届かなかった。

この一件を処理した土橋参事官は、その後ノンキャリとしては最高ランクの警視庁防犯部長に昇進し、退職した。その人事が「ニセ医者事件」の論功行賞だったのかどうか、私にはわからない。土橋は警視庁退職後、妻の実家であるラーメンチェーン「直久《なおきゅう》」の社長にもなって、杉並・善福寺にあった橋幸夫の豪邸を買い取ったと聞く。なかなか目端のきく男だったことは間違いない。


ニセ医者に付け込まれ、危うく難を逃れた室城庸之さんは退官後、大手機械メーカーのクボタの取締役となった。

クボタの本社は大阪にあり、室城さんは東京から大阪へ居を移した。

室城夫妻の大阪行きの日、新幹線のホームで見送りをすると聞いたので、足を運んだ。

驚いたことに見送りに来たのは私ひとりで、警察庁の後輩は誰一人、姿を現さなかった。

室城夫妻は新幹線の座席から立ち上がり、ホームで見送る私に、深々と頭を下げた。

窓越しに見た、その姿がいまも脳裏に焼きついている。

第五章　ドリーム観光攻防戦

上場企業に食い込んだ元暴力団組長

昭和六〇（一九八五）年九月、日本と米・西独・英・仏の先進五ヵ国はドル相場の安定を図ろうとニューヨークのプラザホテルに集まって合意をまとめ、結果、急速な円高が進んだ。

そのため輸出の減速で不況に陥ることを恐れた日本政府は内需拡大の掛け声の下、景気刺激策を打ち出し、日本銀行も金融緩和に大きく舵を切る。

地価や株価が急激に値上がりする狂乱のバブル景気が始まろうとしていた――。

大阪駅を降り、御堂筋を南側にくだったところに、関西人なら馴染み深い四棟の名物ビル、大阪駅前ビルが並ぶ。大阪市都市開発局による、大阪駅前都市再開発事業として一九七〇年代から八〇年代にかけて建設されたもので、入居する多数の飲食店がにぎやかに客を集め、梅田地域を代表する名所となっている。下層階には飲食店や商店が軒を連ね、上層階には多種多様な企業がオフィスを構えており、それは四〇年以上が経ったいまも変わらない。

かつてこの大阪駅前第2ビルの一階に、池田保次率いる「コスモポリタン」の事務所があった。池田は、もと山口組系の暴力団組長で、左手の小指は欠損し、背中には派手な刺青《いれずみ》を入れていた。それを隠すため、常にスーツ、ネクタイ姿で、真夏でも長袖のシャツの袖をまくらず、指には欠損を隠すサックをつけていた。

昭和六二（一九八七）年四月の株主総会を経て、日本ドリーム観光株式会社の代表取締役副社長となった私は、さっそく池田に面会を申し入れた。

「お待ちしていました。どうぞ」

通された会議室は不自然なほど広い。中央に二〇人ほどが座れる楕円形のテーブルが置かれ、それぞれの席にディスプレーまで装備されていた。私と、秘書のふたりが待っていると、長身のボディーガード五、六人を連れた池田が入ってきた。

「ドリーム観光の寺尾です」

「池田保次です。今日はどうも、お越しいただいて」

池田は小柄ながら堂々と押し出しよく、話しぶりも紳士然としている。元暴力団組長とは思えない慇懃《いんぎん》な態度で、角刈りに口ヒゲという私のほうがよほどヤクザ的な風体である。しかし、ボディーガードは池田の後ろで直立不動だった。

ほどなく、コーヒーを持った若い男が会議室に入って来た。普通の会社では女性事務員がお茶を出してくれることが当然という時代だったが、ヤクザの事務所に女性はいない。池田の「若い衆」なのだ。カタカタと音を立て、男がわずかにコーヒーをテーブルにこぼしたその瞬間、池田が豹変した。

「この野郎！　大事な社長に何やってんだ！」

いきなり立ち上がると、拳を固め、その若い衆を殴りとばした。同行した私の秘書は恐怖で震えている。突然目の前で始まった暴力に、度肝を抜かれていた。もっとも、私は池田の振る舞いに、なかば呆れていた。

「池田！　俺の前で何やってんだ！」

そのとき、池田はかすかにニヤついたように見えた。

「おい、俺はもう帰るぞ」

「す、すいません、社長。ちょっと待ってください」

「そんな古い手口を俺の前で使うのか、この野郎！」

子分を鼻血が出るまで殴っておいて、その様子を見せつければ、たいがいの人は震え上がる。しょせん、池田の打った小芝居で、そうやって相手を手の内に収めるのがヤクザの常套手段なのだ。殴った子分には後で「これで遊んでこい」と小遣いを渡すのである。

秦野章先生の命により、日本ドリーム観光に副社長として送り込まれた私の最大の仕事は、「池田排除」だった。それについて語る前に、この関西の名門企業がいかにして暴力団組長に支配される会社になってしまったか、なぜ私が副社長に就任することになったのか、その経緯をまとめておく。


大阪市に本社を置く日本ドリーム観光の設立は大正二（一九一三）年にまでさかのぼる。南海鉄道（現在の南海電気鉄道）が興行界の実力者である山川吉太郎を支援し立ち上げたもので、最初は社名を千日土地建物といった。設立の翌年、なんば駅の東側に「楽天地」と名付けた大型施設を開業する。劇場や各種の遊戯施設が入り、夜になると尖塔や円形ドームをイルミネーションが彩った。

一九二一年、南海鉄道にかわり、白井松次郎が千日土地建物の大株主となる。松次郎は白井家の養子となって千日土地建物のオーナーとなり、双子の弟の竹次郎が東京で松竹を創業した。「松竹」の社名はこの二人の名前に由来する。

関東と関西、それぞれ同格にという考えで、大林組に依頼して東京と大阪によく似たデザインの歌舞伎座を建設し、歌舞伎興行に注力した。

終戦後の一九五四年、千土地興行（千日土地建物を改称）で大道具、劇場職員らが蜂起する一大ストライキ＝千土地人権争議が発生し、会社側はその収拾役として興行師だった松《まつ》尾國三《おくにぞう》を頼り、社長とした。

当時、大阪府警刑事部長だった秦野先生は松尾國三社長や吉本興業の林正之助社長らと連携し争議に対処した。以降松尾や林はなにかと秦野先生を頼るようになる。これがのちに私がドリーム観光入りする伏線となった。

労働争議を乗り切った松尾は東京にも進出するが、その手始めは、東京・目黒の雅叙園《がじょえん》観光ホテルだった。このホテルは「昭和の竜宮城」とも言われた高級料亭「目黒雅叙園」の新館を分離し、ホテルとして独立したもので、松尾は創業家の内紛に乗じ、経営権を取得した。

松尾は歌舞伎興行のスケールアップを目指し、なんば駅の南側、大阪一の目抜き通りである御堂筋沿いにあらたに新歌舞伎座を開業する。さらに松尾はアメリカでオープンしたばかりのディズニーランドを視察すると、その世界観に一瞬で魅了され、日本でも同様の施設を開発しようと一九六一年、奈良市に「奈良ドリームランド」を開業した。

一九六三年には千土地興行から日本ドリーム観光へと社名変更、翌年には横浜市戸塚区に「横浜ドリームランド」を開業する。

しかし、ドリームランドの順風は続かなかった。

表舞台に這い出た経済ヤクザ

昭和四七（一九七二）年五月一三日の午後一〇時半ころ、前述した楽天地に建っていた千日デパートの三階布団売り場で火の手が上がった。買い物客がいない夜間、テナントのニチイ（後のマイカル）は電気配線工事の業者を入れていた。燃え広がった炎は二階、四階にも及び、都合三フロアを焼き尽くした。さらに濛々たる黒煙が上層階へと噴き上がっていく。死者一一八人という甚大な被害をもたらしたのは、この煙だった。

ビルの最上階の七階には日本ドリーム観光が直営する「プレイタウン」というチャイナサロンがあった。当時一世を風靡《ふうび》していたアルバイトサロンの一種で、接客するのは素人の女性、いまでいうキャバクラのような業態といえばわかりやすいかもしれない。化学繊維などから発生した有毒ガスは店内を容赦なく襲い、大半の酔客やホステス、男性従業員が逃げ遅れて命を落とした。

内部が焼けただれた千日デパートはそれから一〇年あまり後の一九八三年、地上九階のエスカールビルへと建て替えられ、再興を図る。メインテナントにはダイエーが運営する百貨店プランタンを迎えた。

松尾は直後の一九八四年一月、八四歳でその波乱の生涯を閉じた。

その翌月、長年にわたり番頭格を担った阪上勉が後継社長に就いたが、二ヵ月後の四月、松尾の未亡人のハズヱが阪上の頭を押さえる形で代表取締役会長に就いた。ハズヱは旅芸人上がりで、往時の芸名は中山延見子とか、市橋延見子といった。

ハズヱの孫でまだ二〇代だった國之も前年四月から取締役になっており、松尾家は松尾芸能振興財団や松尾育英会などとあわせ約六パーセントの株式を握っていた。

資本の力を持たない阪上は、会社の実権を奪い返そうと、元山口組系の暴力団組長である池田保次という男に近づく。そして、ここから、混迷が深まっていく。

池田は私より五つ年下の昭和二一年生まれで、もともと山口組系岸本組の配下にいたが、一九八〇年代半ばに親分の岸本才三（のち山口組最高顧問）のもとを離れ、表社会へと這い出てくる。

池田はコスモポリタンを中核会社とするグループ数社を率い、株の仕手戦を演じつつ、実業界への進出を狙っていた。仕手戦とは、投機的な売買や風説の流布などによって意図的に株式相場を操縦し、それによって利益をあげる行為のことである。経済ヤクザ・企業舎弟の走りのような存在で、これ以降、アンダーグラウンドの世界の人間が表社会に進出するきっかけをつくることになる。

一九八六年七月、池田率いるコスモポリタンは日本ドリーム観光株を市場で買い集めて二七六万八〇〇〇株を取得、一・八パーセントを握る第八位株主に躍り出る。

池田は日本ドリーム観光と兄弟関係にある雅叙園観光の株式も並行して買い占めた。両社は互いに株式を持ち合っており、雅叙園観光は六・四パーセントの日本ドリーム観光株を保有する第二位株主でもあった。池田が雅叙園の経営権を手中に収めれば、日本ドリーム観光も池田の支配下になる可能性がある。しかも、池田の背後には暴力団組織の影がちらついていた。日本の企業社会を揺るがす大事件になりかねなかった。

「君がやるしかないだろう」

我が師・秦野章先生は一九八六年七月に行われた参議院選挙に出馬せず、政界を引退した直後だった。

「君、ちょっと会ってくれ。ヤクザと経済がわかるのは、寺尾君、君しかいないんだよ」

秦野先生からそう言われて吉本興業の林正之助社長と面会することになったのがすべての発端となった。

そのころ私は、七章で詳述するように太平洋にせり出した伊豆の岬を丸ごとリゾートとして開発する事業にとりかかっていた。その年の二月、私が経営するエーデル・パレスは秦野先生の支援を得て、下田港を守る西の要衝・狼煙崎《のろしざき》の土地五〇万平方メートル近くを京浜急行電鉄から買い、毎週のように下田に通って開発の計画を練る忙しい日々をおくっていた。

吉本興業の林社長の名前も知らないし、日本ドリーム観光なんて会社はまったく頭になかったし、聞いたこともなかった。

「次の週末なら、秦野先生も私も下田にいるから、そこに来てもらえばちょうどいいですね」

下田の東急ホテルは下田湾を一望する高台にあり、三階のラウンジ「ブルー・ナティエ」は全面ガラス張り、目の前にヤシの木が生い茂り、開放感に溢れた環境だ。私が手がけていた狼煙崎に近いこの場所に、秦野先生と林社長に来ていただいた。

「今回は、すんませんな。黙って見ていることはできなくて」

林社長によると池田というヤクザ者が日本ドリーム観光の大株主となり、関連会社の雅叙園観光ホテルまで手に入れようとしている。さらに池田は、さまざまな理由をつけてドリーム観光から巨額の資金を引き出しているようだ。現社長の阪上はすっかり池田に取り込まれてしまったという。このままいけば日本ドリーム観光は池田に貸した巨額の資金が焦げ付いて倒産し、多数の社員とその家族が路頭に迷うことになる、というのだ。

「君がやるしかないだろう。事業と事件と両方わかるのは、君しかいないんだから」

「私が、ですか……」

思ってもみない話だった。秦野先生は、私自身が日本ドリーム観光に乗り込んでヤクザを排除し、経営を立て直せという。どうすればそんなことができるのか。まずはどうやって会社に入るか、さらにそのうえで池田と交渉して貸付金と株を取り戻さなければならない。

「わかりました。一ヵ月くらい時間をください。それで調査して、できるか、できないか、お返事します」

一一月、私は重い気分で秦野先生のもとを訪れた。

「調べてみましたけれど、これは経済戦争です。池田は株式を表で買っているから、買い戻すにしても、とにかくお金がないと、この仕事はできません。捜査二課を一個班くらい私に預けていただいても、どうにもなりません」

「できるか、できないかは、君が決めるんじゃない！　俺が決めるんだ！」

「交渉して株を買い取るにも六〇〇億円くらい必要です」

当時、日本ドリーム観光を買っていたのは池田だけでなかった。ほかの大株主に、豊光《ほうこう》実業《じつぎょう》という大阪市内の不動産業者がおり、こちらはグループ会社が買い占めた分も含め一九八六年七月末で約一五五〇万株、一〇パーセント余りを保有していた。

「……俺はたいがいの銀行の頭取に会えるけれど、それで会って話をしてみたらどうなんだ？」

「先生、銀行は担保がないとカネを貸さないんです。不正融資になっちゃいますから。先生と私が二人して行ってもカネは作れないんです」

「とにかく知恵を出せ！」

しばらくすると秦野先生から、また呼び出しがかかった。同席したのは、内閣情報調査室の谷口守正室長と、大阪府警の新田勇本部長である。谷口室長は新田本部長の三代前の大阪府警本部長、一方の新田本部長も警察庁警備局長の要職から大阪府警に転じたばかりだった。

「大阪の一部上場企業が山口組のヤクザに乗っ取られたら社会的にも大変なことになる。それで寺尾君に一肌脱いでもらうから、二人とも協力してやってくれ」

秦野先生の命令は、絶対だ。この三人を集めたということは、「オール日本警察」で取り組むということで、秦野先生がいかにこの件に入れ込んでいるかを物語っている。

それでも、問題はカネだ。この混迷をきわめる会社に巨額の融資をしようという金融機関がはたして現れるのか——。

どこも及び腰のなか、前向きな銀行がひとつだけあった。

三井信託銀行を率いる中島健社長は東京帝大経済学部出身のエリートだが、バブル企業として有名な麻布自動車に巨額の融資をするなど、前のめりな経営姿勢で知られていた。この中島社長が、秦野先生の口説きに、首を縦に振ったのだ。

融資と株式買い取り、その株式への担保設定、それらすべてを同時に行う形にすれば、問題を回避できるという。年明けから交渉が進み、三月頃、融資のゴーサインが出て、松尾家の持ち分とあわせ、過半の株数を押さえられる目処《めど》が立った。

この間、未亡人である松尾ハズヱと娘の日出子にも東京の中華料理店で会った。日出子はそのころすでに夫と離婚し一族は東京に住んでいた。

私が会った当時、ハズヱは八〇代半ば、かつて芝居小屋を満員にしたという往年のスターの面影はなく、着物姿にずんぐりむっくりとしたどこにでもいるようなオバサンに見えた。

私の心は常に狼煙崎の開発が占めており、日本ドリーム観光の問題に関わるのは本意ではなかったが、秦野先生からの指示とあれば、やるしかない。

三人のヤメ検弁護士を顧問に

一九八七年四月二八日、日本ドリーム観光の定時株主総会で私は取締役に選任され、代表権を持つ副社長となる手はずとなった。

総会の前には用心のため、役員は全員、自宅を離れて一〇日間ホテル住まいとするように頼んでおいた。役員の家族も、近隣の温泉宿に避難させ、自宅にいないように手配した。その費用はすべて会社が負担した。私自身も自宅や会社の表札を外した。大阪府警からの連絡を受け、三田警察署が自宅周辺を巡回してくれるようになった。

そこまでやったのは、池田が何をするかわからないと思ったからだ。当時は役員の自宅住所を割り出すことは簡単だったから、家族に危害を加えると脅し、土壇場で池田側に寝返るよう働きかけてくる可能性がある。それを遮断するためだった。

　このとき一緒に新任役員となったのが、社長に就任した小野島嗣男《おのじまつぐお》と、監査役の木下貴司《きのしたたかし》の二人である。どちらも私が秦野先生に要望して実現した人事だった。

「先生、ドリーム観光行きの件、承知いたしました。ついては顧問となる弁護士を三人、紹介してください。その条件は、東京地検特捜部を経験した元検事であること、ヤクザにも物怖じしない人物であること、それから必ず私の指揮に従うことです」

「わかった」

「もうひとつあります。実務は私がやりますから、上にきらきら星の元官僚をひとり、社長で置いてください。誰か心当たりはいませんか」

　秦野先生はその場で受話器をとると、古巣である警察庁の警務局長に連絡をとった。

「おう、秦野だ。こんど、日本ドリーム観光の社長に、誰か一人出してもらいたいんだよ。誰か空いてるの、いないか」

　このころ、警務局長がＯＢの再就職（天下り）を斡旋していた。それなりに実績があり、いまのところ天下り先に恵まれていないＯＢは誰か、把握していた。

　そのとき、警務局長が推薦したのが小野島嗣男だった。私より二〇近く年上の六四歳で、広島県警本部長や四国管区警察局長、関東管区警察局長などを歴任し、三年前に関西国際空港の常務に天下っていた。

「私、面接させてもらいます」

「君も偉くなったもんだな……そうだな、わかった。豊嶋くん、小野島を呼べ！」

面会した小野島には幻滅した。とくに腹が立ったのは、「ドリーム観光の社長を引き受けるのはいいが、自分の弟が銀行を定年退職したので、それを経理部長にしたいんだ」と言いだしたことだ。銀行在職中は支店長の経験すらなく、経理部長になど就けたらたちまち「公私混同」と批判されることは明らかだった。

「秦野先生、あれダメです。ほかにいないんですか」

「ダメなのはわかっとるが、ほかにいないんだよ。まあ、よろしく頼むよ」

現役時代の小野島の仕事ぶりを表すエピソードとして、後藤田さんとの一件がある。小野島が四国管区警察局長を務めていた一九七四年、警察庁で小野島の大先輩にあたる後藤田正晴元警察庁長官が参議院選挙に初出馬した。後藤田さんは落選したうえ、徳島県警が後藤田陣営の選挙スタッフら二〇〇人以上を検挙する戦後最大の大型選挙違反事件となったが、この件を指揮・監督したのが小野島だった。

世間からは金権選挙を摘発したと高い評価を受けるのだろうが、組織では「融通が利かない堅物」という評価になる。不安を呑み込んで小野島の起用を受け入れたが、後述するように一年もしないうちにその不安は現実のものとなった。

私が要望したヤメ検弁護士についてもほどなく決まった。監査役に就任した木下、それに山口組五代目の保釈を勝ちとった吉嶋覺、鈴木祐一の三人で、皆四〇そこそこの年齢である。

　木下は京都大学卒、この前年に検事を退官したばかりで、検事を辞めた理由を聞いたところ、「一回しかない人生だからもっと遊びたい」と嘘か本当かわからない答えが返ってきた。

　吉嶋は前妻と別れてまで一緒になった内妻にぞっこんで、飲みに行ってもそわそわして早く帰りたがった。三、四軒がつながった公営住宅で、ちょこんと自転車が置かれ、見るからに質素な暮らしぶりだった。

　鈴木は慶應義塾大学でラグビー部にいたという男で、四年前に検察を辞めて東京で仲間と一緒に「東京経済法律事務所」をやっていた。大きな身体にゴリラのような顔つきをしていたが、ヤクザにもっともビビっていたのが、この鈴木だった。

　こうした陣容で私は「進駐軍」の現場将校として乗り込んだわけだが、かわりに辞めてもらわなければならない人もいた。警察出身の取締役・高橋幹夫元警察庁長官である。

　東京帝国大学を出て戦時中に内務省に入り、戦後、警察組織トップに上り詰めた大物で、退官後、やはり秦野先生の斡旋によって雅叙園観光の取締役となり、三年前からは日本ドリーム観光でも取締役相談役となっていた。秦野先生としては警察官僚の天下り先の一つを確保したくらいの気持ちだったのだが、高橋元長官の勤務態度はそれ以上にひどく、両社の取締役会には一度も出ないまま役員報酬だけは受け取っていた。

しかも元長官は自宅が東京で、一〇年以上前から東京の日本自動車連盟（ＪＡＦ）会長を兼務し、普段はそちらにいて関西に足を踏み入れることさえないという。自分が取締役を務める会社がヤクザに乗っ取られかけているのに、それを看過し、高い報酬を受け取りつづけていた。

「高橋会長、日本ドリーム観光は存亡の危機にあります。取締役会で機動的な経営をしていかないと、ヤクザに乗っ取られてしまう。役員会にご出席いただけないようでしたら、すみませんがご退任いただけますか」

私は東京・芝にあるＪＡＦの会長室で直談判した。商法の規定で、取締役会を緊急招集しても全員が出席していれば決議は法的に有効となる。しかし、一人でも欠席者がいる場合、二日前までに議題を通知しなければならない。毎回欠席する高橋氏の存在は経営の障害になる恐れがあった。

かつての巡査が警察庁長官に辞任要求するなど、警察組織の中では絶対にあり得ないが、民間ではもはやそんなことは関係ない。

「私が辞める必要があるのかい」

「では東京で取締役会を開きますから、そこには必ず出席してください」

「いや、僕は出られないから」

開いた口がふさがらないとはこのことだ。その日は引き下がったが、辞任届を用意して再訪した。そこで強引に判子をつかせてようやく役員から外れてもらうことができた。後日談だが、高橋元長官はその後、ＪＡＦから一〇億円近い巨額の退職金を受け取ったことが報じられ、今度は世間を呆れさせた。いずれにせよ、こうして態勢を整え、日本ドリーム観光に乗り込んだのである。

私はそのとき、四五歳だった。

交際費五〇〇万円と「学歴詐称」

着任すると、日本ドリーム観光の社内は大混乱に陥っていた。

監査報告書によると、日本ドリーム観光は阪上社長時代の一九八六年一二月、コスモポリタンの借り入れ二〇〇億円に債務保証を付けていた。その担保は、池田が買い占めた中堅ゼネコン・東海興業の株式一五〇万株だという。

さらに日本ドリーム観光は一九八七年二月、わざわざ金融機関から新規借り入れを起こしたうえでコスモポリタングループの新和観光開発に八〇億円を又貸しし、三月にはなおも一三〇億円を追加で貸していた。最初の債務保証二〇〇億円は解消され、次の八〇億円の貸付金も返済されてはいたが、その後追加貸し付けが行われ、新和観光開発向けの一五〇億円もの貸付金がこげついていた。

阪上はますます池田と密着を強め、池田の操り人形となってしまっていた。池田は裏で阪上にカネを握らせ、阪上はそれで馴染みの女性に東京・銀座でバーをやらせていた。株主総会の一ヵ月前の三月二八日の決算取締役会で阪上は緊急動議を出し、ハズヱの代表権を剝奪してしまった。

しかし、コスモポリタンへの貸し付けなど不正行為や定款違反の可能性が表沙汰となり、四月二三日の取締役会で阪上は社長辞任に追い込まれた。喧嘩両成敗でハズヱも雅叙園観光の社長を辞めた。

この間、池田は猛烈な勢いで雅叙園観光株を買い占め、二月末で保有割合は三四・三パーセントにも達していた。池田は五月末の株主総会で雅叙園観光の取締役に就任するやいなや代表権を持つ会長となる。ドリーム観光の社長を外れた阪上も、池田傘下の雅叙園観光の取締役相談役となった。

副社長に就任した私は、御堂筋の新歌舞伎座五階に副社長室を構え、ここを拠点として指揮をとることとなった。さしあたって最大の課題は元組長・池田保次に貸し付けた一五〇億円の返済交渉だ。元組長と対峙し、引かないためには、それ相応の裏付けがいる。池田と食事したり飲みに行ったりして、ゴチになっているようでは話にならない。

私は最初の取締役会でその旨を説明し、副社長の交際費として月に五〇〇万円と決定した。社長の小野島の交際費はゼロだが、実際に池田と相対するのは私なのだから、それは仕方がない。

次は秘書だ。日本ドリーム観光には労働組合が七つあり、私はそのうちの一つ、本社の組合の委員長を務めていた菅原という若手社員に白羽の矢を立てた。

「秘書として、私が会社に入ってどんな仕事をしているか、なにをしているかを見てほしいんだ。三日間、時間をやるから考えてほしい」

日本ドリーム観光の人間は、突然副社長となった私の行動を不信と疑いの目で見ているはずだ。誤解に基づく噂や、臆測も飛び交うだろう。社員の代表である組合委員長を秘書として一番近くに置き、私の日々の行動やその意図を社員に正確に伝えてほしいと考えたのだ。

ここで私自身の「学歴詐称」について告白しておく。副社長就任直後、総務担当の泉十一郎常務から「副社長の学歴を教えてもらえませんか」と問われた。対外的に発表する資料に載せるためだという。

「学歴？　岩村田中学校、岩村田高等学校卒業だ」

「そうですか……。困ったな。うちには京都大学を出た社員がいて、副社長と同年齢で部長をやっています。係長、課長、部長に昇進するにはそれぞれ試験もある。副社長が高卒というわけにはいきません」

「だけど、出てないものは仕方ないよな」

普通ならそれでおしまいになるところだが、泉常務は粘った。

「それでも、どこか思い出せないですか」

「出たり入ったりした大学はいくつもあるんだよな。東大もあるし中央もあるし……」

「それです！　中央くらいにしてもらえませんか」

「それじゃあ、卒業じゃあおこがましいから中退くらいにしといてくれ」

実際、私は機動隊時代に学生運動を鎮圧するため都内の大学の構内に出入りしていた。「出たり入ったり」というのはそういう意味だったのだが、いつのまにかそれが、「中央大中退」に化けた。この当時に公表された日本ドリーム観光の有価証券報告書の「役員」の欄を見ると、私のところには「昭和38年9月　中央大学中退」と記されている。当時は経歴詐称なんて言葉さえない時代だったが、その発表を見たドリーム観光のある中大出の課長が秘書課を通じ、副社長室を訪ねてきた。

「先輩と呼ばせてください！」

「ちょっと待て、実は私は高卒なんだよ」

「エッ！　そうなんですか……」

「事情があってこうなったんだ。アンタと私は先輩後輩ということでいいから、この件は二人の秘密ということにしておいてくれないか」

「わかりました！」

下手にウソをつくより、正直に伝えたほうがいい。それに、「副社長と秘密を共有している」ことが優越感になり、今後私の足を引っ張るようなことはしないだろうと考えたのだ。

元組長と元機動隊員の二人三脚

内部調査で、さらに新たな事実が明らかになった。

阪上は新歌舞伎座の土地建物を、取締役会の決議などを経ず、勝手に池田に担保提供していたのだ。阪上は不動産の権利証から印鑑証明、委任状まで一切合財を池田に渡してしまっていた。池田はそれを担保に、二〇〇億円ものカネを借り入れていた。

新歌舞伎座の土地は約二三〇〇平方メートルあり、そこに地上五階地下二階、延べ床面積約一万平方メートルの建物が立っていた。大阪ミナミの一等地で、当時の評価額は一坪五〇〇〇万円以上、バブル最盛期には時価一億円ともいわれ、総額は六〇〇億円以上と評価されていた。

池田が日本ドリーム観光に目を付けたのは、同社が典型的な土地持ち企業だったからだ。日本ドリーム観光本体の総資産は四六五億円と計上されていたが、これは土地を取得時の簿価のままで算出した額で、実際には多数の不動産が土地バブルで値上がりして、巨額の含み益を抱えていた。

大阪の一等地なんばには新歌舞伎座のほか、エスカールビル（地上九階建て）、かつて大阪松竹歌劇団が本拠としていた旧大阪劇場（当時の名称は大劇レジャービル、地上五階建て）を所有していた。

さらに京都の河原町三条には映画館やボウリング場が入る京劇会館ビル（地上五階建て）があり、ここでパチンコ店を経営していた。神戸市内には雅叙園観光に運営を委託していた神戸ニューポートホテル（地上一五階建て）があった。

これら諸々の不動産を引っくるめて保有資産の実勢価値は四六五億円どころか、じつに三〇〇〇億円とも見積もられていた。


池田との「ファースト・コンタクト」については先ほど書いたとおりだが、その後も池田と虚々実々の駆け引きが続いた。

相手はヤクザだとはいっても、大株主でもあり、巨額の資金を貸し付けた相手でもある。もしこの瞬間にコスモポリタンが倒産したら、ドリーム観光は巨額の損失を計上するほかない。時代はまさにバブルへと向かうところで、日本経済を取り巻く資金の流れは潤沢だったが、それでも株の買い占め合戦をしかける池田のような「仕手筋」は、いつ資金がショートしても不思議ではない。付かず離れずの関係を保つしかなかった。

欠損した小指をサックで隠し、ビジネスマンを装った元暴力団組長の池田と、角刈り、口ヒゲの元機動隊員の私の奇妙な二人三脚が始まった。

池田と定期的に会う第一の目的は、ドリーム観光が貸し付けたカネの返済計画を立て、池田が持ち出した権利証と関連書類を取り戻すことである。のらりくらり返済を引き延ばそうとする池田と何度も食事をし、夜の店にも一緒によく行った。「もう逃げられない」と思わせるためだ。

ふたりで食事しても、なるべく池田には支払いをさせないように気をつけていた。こちらはそのために月に五〇〇万円の交際費を認めてもらっている。

飲んでいるときも池田は紳士然としてヤクザ時代のことをいっさい喋ろうとはしないが、私は事前に警察から情報を得て、池田の逮捕歴は両手で足りないくらいあったこと、そのほとんどは窃盗や婦女暴行などで、恐喝や傷害といったヤクザらしい前科はやっと三〇代になってから、最後の二件くらいしかないことまで、細かく頭に入れていた。

「Bでっせ。Bでっせ」

当初、池田はよくそう言ってきた。「B勘定」、つまり裏帳簿の「B」だ。

「社長、世の中は銭でっせ」

そう言いつつ、テーブルの下に手を隠す仕草をする。裏ガネを渡すという意味だ。

「一〇億ならいつでも、社長、明日にでも届けます。私と社長が組めば、大きいビジネスができますよ」

一〇億の裏ガネを明日にでも持ってくるというのだ。そのとき、私は東京にマンションを所有していたし、伊豆の大規模な開発という夢を持っていたから心が動くことはなかったが、普通の事業家には、一〇億円は大金だ。しかも領収書のいらない、税金を払う必要もない現ナマなのだ。

あとで聞くと、池田は「たいがいのサラリーマンは、退職金の三倍（裏ガネを）払えばかたがつく」とも口にしていた。退職金三〇〇〇万円なら一億円くらいだろう。実際、阪上はそうやって池田に取り込まれたに違いない。

断っても断ってもしつこい池田に、こう説諭したこともある。

「池田、わしら、男の磨き方というのは、いい豆腐になるために努力しているんだ。いい豆腐ってのは、どういうのかわかるか？　最高級の豆腐は箸で摑んでも崩れない、置いても崩れない。硬すぎてもいけないし、柔らかすぎるのもダメだ。いつも四角で、角が崩れてはいけない。中はどこまでいっても真っ白という、そういう豆腐だ。お前は中を割ったら真っ黒だろう。俺は真っ白な豆腐を目指してるんだ」

池田はその後いっさいB、つまり裏ガネの話をしなくなった。

こんなこともあった。裏ガネがダメならオンナ――私の弱点を摑んで、そこから籠絡《ろうらく》しようとする作戦である。

大阪ではふぐ料理が名物で、繁華街には多数のふぐ料理屋が並ぶ。私は毎日食べてもいいくらいのふぐ好きで、馴染みのクラブのホステスを伴って行くこともあった。ある日、北新地のホステス・早紀（仮名）と店に入り、個室で向かい合わせに座ると、なぜか今日はいつもと少し様子が違う。

「そっちに行っていい？」

横に並んで座りたいというのだ。どうもおかしい。自慢じゃないが俺がそんなにもてるわけがない。

「今日はなんとなく、社長のところに行きたいの……」

そこで、ハッと目が覚めた。

「お前、俺を誰だかわかってんのか！　俺は警察そのものなんだぞ！」

よくよく話を聞くと、池田から事前に五〇〇万円もの大金を受け取っていたという。私と寝れば、さらに五〇〇万円がもらえる約束になっているというのだ。女性スキャンダルをでっち上げて私を嵌めようとしたのだ。池田は早紀が働く店に行ったことがないはずで、私が早紀と親しいとなぜわかったのか、そのあたりの情報収集力や一般人では真似のできないカネの使い方はある意味大したものだった。

早紀はこんな内情も明かした。

「私、店にバンスが八〇万円あって、もらった五〇〇万円の中からそれを返しちゃった」

「バンス」とはアドバンスの略で、前渡し金のことである。

「お前、池田にすぐカネを返さないと大変なことになるぞ。明日、八〇万円持っていってあげるから、池田に五〇〇万円を返してこい」

〈騙されてるのかな〉との不安もよぎったが、翌日私は約束どおり八〇万をわたした。

一年後、東京・銀座を歩いていると、「寺尾さん！」と声を掛けられた。振り返ると、早紀である。

「あのときはお世話になりました。いま、銀座のお店にいるの」

早紀はそういって、名刺を出した。もし本人にやましい気持ちがあれば、私に声をかけてくることもなかっただろう。やっぱりあのとき、早紀が言っていたことは本当だった
——ホッと息をついた。

大阪・北新地を練り歩く池田はいつも財布に現金を一〇〇万円くらい入れていた。馴染みの店で勘定をするときは財布ごとママに渡す。ママのほうも何も言わず受け取ると、しばらくしてまた何も言わずそれを池田に返していた。

あるとき、池田は財布から現金を抜き取ると両脇のホステス五人ほどに「おい、チップだ」と三万円ずつ景気よく渡しはじめた。金払いを気にしない豪傑を装っていたのだが、その実池田が実にカネに細かく、汚いことを私はよく知っている。

「ふざけんな！　おい、それ全部回収だ」

ホステスたちからカネを取り上げ、池田に投げ返した。

「もうちょっと真面目にやれ！」

池田には毎月一〇億円ずつの手形を切らせ、返済してもらう約束で話がついている。しかも、それは滞りがちだった。たとえ五万、一〇万でも、本来は日本ドリーム観光から貸したカネだ。「債権者」の私が怒るのは当然だろう。そんな借金まみれのくせに、なぜそんなにカッコつけようとするのか、池田に聞いたことがあるが、そのときの答えが忘れられない。

「社長、私らは、突然いつ逮捕されて刑務所に行くかわからないでしょう。こうやって現金で払っておけば、ムショから出たときに温かく歓迎してくれるんですよ」

池田がけっして請求書払いやツケで飲もうとしなかったのは、そういう理由だったのだ。

「マムシ」と言われた男

池田が何百億円ものカネを動かせるようになったのは、消費者金融大手・武富士の所有する駐車場の売買に絡んで、一〇〇億円近い利益をあげたことがきっかけだったと聞いているが、このころの資金源となっていたのが森下安道率いる金融会社のアイチだった。

「マムシ」の異名をとった森下は愛知県渥美半島の出身で、地元の高校を卒業後岡崎市の洋服店に就職した。上京して繊維ブローカーとしてカネを作り、一九六八年に三〇代半ばでアイチを設立した。最初のころは警察沙汰にもなった荒っぽい仕事ぶりで、「企業の葬儀屋」と言われるようになった。経営が傾いた会社に高利で融資し、その会社が倒産すると資産を持っていくのだ。

高利貸しで巨万の富を得た森下の自慢は、東京・田園調布に構えた豪邸だった。赤いレンガ色の高い塀に囲われた敷地の中央に、西欧の貴族の館のような洋館が威容を誇っていた。池田を伴い、私も何度か訪ねたが、二十四時間態勢でガードマンが立ち、大理石張りの博物館のような寒々しい屋敷だった。

小柄で痩せこけた森下は、しばしば甲高い声で家自慢をしていた。森下のライバルは武富士創業者の武井保雄《たけいやすお》だが、森下は武井に、自らの邸宅を手本に家造りをするよう勧めたらしい。武井は東京・高井戸に「真正館」と呼ばれる大理石をふんだんに使った白亜の豪邸を建てた。

池田が私を田園調布に連れて行くのは必ず早朝六時半くらいの時間で、なぜなら、その時間なら森下と確実に会えるからだ。

「私はこちらの社長にカネを返さなければ逮捕されちゃいます」

池田はそう言って、私のほうに向き直った。

「そうですよね？」

「そうだ」

二人の関係は独特で、森下は池田を「池ちゃん、池ちゃん」と呼ぶ。「あのときは、池ちゃんと事務所で二人、おしぼりが絞れるくらい泣いたよな」などと親友のように話すこともあれば、お前に貸すカネはない、という雰囲気のときもあった。二人には似たところもあったが、金貸しとしては、森下のほうが二枚も三枚も上手だった。事実、その後森下は許永中はじめ多くのバブル紳士に資金を拠出し巨額の利益をあげていく。


このころ、警察庁出身の自民党代議士・亀井静香も、池田との接点があった。私が日本ドリーム観光入りして二、三ヵ月が経ったある日、中曽根内閣の大番頭として政権の要にいた後藤田正晴官房長官から秦野先生のところに電話が入った。亀井に連絡をさせてもいいか、と聞かれたというのだ。

同じ警察庁ＯＢでも亀井と秦野先生は距離があった。亀井は、国会議員に転身した際の後見人だった後藤田長官に仲介を頼んだようだ。ほどなくして亀井本人から秦野先生に電話があった。秦野先生によると、亀井は、「池田と寺尾が手を握るようにしてほしい」と頼んできたという。秦野先生は思わず亀井をどやしつけた。

「コスモポリタンの池田がどんな奴か知ってるのか！　そんな奴と関わってどうするんだ！」

さすがは秦野先生、ぴしゃりと撥《は》ね付けてくれたのである。

「それでいいか」

「結構でございます。ありがとうございます」

亀井は、ゴミ焼却プラントなどを製造販売するメーカー・タクマの株約六〇万株を当時の株価より五割高い約一三億円でコスモポリタン側に引き取ってもらっていたことがのちにわかった。

ミサワホーム創業者が貸した二〇〇億円

池田が持ち出した新歌舞伎座の土地の権利証を持っていたのは、意外な人物だった。ミサワホームの創業者・三澤千代治《みさわちよじ》社長である。

三澤社長は新潟・十日町出身。父が材木卸の会社を経営していたことから大学卒業後住宅販売業を手がけ、ミサワホームを創業。パネル工法など数々のアイデアで会社を急発展させ、当時最年少の上場企業社長となった。しかし会社の大番頭的な存在であった山本幸男専務が一九八五年に日航機墜落事故で亡くなると経営判断が迷走しはじめ、ゴルフ場など過大なリゾート投資に傾いていった。

三澤社長は、その過程で池田と知り合い、共鳴したようだ。三澤社長は、なんと二〇〇億円もの資金を池田に貸し込んでいたが、池田はその担保として、日本ドリーム観光から持ち出した新歌舞伎座の権利証と印鑑証明書を三澤社長に提出していたのだ。前述の通り六〇〇億円以上とも評価されていた土地だから、三澤社長とすれば、「十分な担保をとっている」と思っていたに違いない。

しかし、私に言わせれば、その権利証は池田によってドリーム観光から不当に持ち出された、もっと言えば盗まれたものである。三澤社長は二〇〇億円も貸しているから自分に所有権があると思うかもしれないが、もともと盗まれたものだから、本来の所有者に戻してもらうほかない。私は三澤社長に連絡をとり、東京・赤坂の料亭「千代新」で会う約束を取り付けた。「池田が持ち出した新歌舞伎座の権利証の件で」と用件は伝えてある。

「千代新」に現れた三澤社長は頬骨が立ち、小柄で骨張った男だった。髪は七三に分け、高価なスーツを身につけているが、一代にしてハウスメーカーを創業した男のカリスマ性はあまり感じられなかった。

「三澤さん、あなたが池田から預けられた新歌舞伎座の権利証ですが、本来の所有権は日本ドリーム観光にあることは明白です。いっさい無条件でこちらに戻すか、それとも、池田を逮捕してもらって、あなたも共犯でやってもらうか、どちらかになりますよ」

「池田と共犯で逮捕する」というのは、ハッタリではない。府警トップの新田勇本部長とは常に連絡を取り合ってきたし、現場の刑事たちとの交流もあった。肩書は「ドリーム観光副社長」でも、意識はまだ警察官のままだった。

この日、三澤社長は、「もう少し考えたい」と即答しなかった。二〇〇億ものカネを貸し付けていて、なかなか決断できなかったのだろう。

一週間くらいのやりとりのあと、ようやく三澤社長から「権利証を含め一切の書類を返却する」と返事があったので、最後の詰めは木下弁護士にやってもらうように依頼した。

木下弁護士は東京・内幸町の帝国ホテルで三澤社長との交渉に臨み、その日深夜二時ころになって、ようやく「権利証一式を受け取った」と連絡が入った。

三澤社長は池田の口車に乗り、みすみす二〇〇億円をドブに捨てたのである。

バブル崩壊後、三澤社長は自らが創業した会社を追われ、現在ミサワホームはトヨタ自動車の傘下となっている。


池田は絵画にも手を出していた。一〇〇点ほどの「名画」を担保に、計三〇億円ほどを野呂周介という男から借り入れていた。

野呂は三重県の出で、当時は愛知県一宮市でインターオートという高級外国車専門の中古車販売会社を経営していた。暴力団関係者を得意先のひとつとし、愛知県境に近い岐阜県多治見市の高台にプールやテニスコートまで備えた豪邸を構えていた。

池田が担保に預けている絵画を回収するため、私は野呂との交渉に臨んだ。野呂も小柄で、頭はつるつるだ。野呂が池田に貸し付けたのは一〇億円くらいで、三澤社長が貸した額にははるかに及ばないが、それでもかなりの額には違いない。三澤社長のときと同様、回収に応じなければ逮捕する可能性があると迫り、絵画を戻すことを渋々了解させた。

日通の美術運搬車を借り、大阪から野呂の豪邸まで出向いた。ピカソの作品もあるというおよそ一〇〇点を積み終えると、私は運搬車をそのまま東京に向かわせた。絵は四谷にあるアイチの本社の会長室に運び込み、そこに日動画廊の長谷川徳七社長に来てもらって、鑑定する手筈になっていたのだ。

一方、私は野呂の運転する高級外国車に同乗して大阪に戻った。

「わしゃあ、池ちゃんに三〇億も四〇億も都合つけてるんで」

車は一〇〇キロなんてものではない猛スピードで疾走する。野呂の目つきは独特で、前方に焦点が合っているようには見えない。私は内心冷や冷やしながら、大阪へと帰り着いた。

驚いたことに、鑑定の結果、絵画は一点残らずすべて、偽物と判明した。ピカソなんてとんでもない、こんなものを担保に融資していた野呂もいい面の皮だ。絵は池田に突き返し、美術運搬車の料金を無駄にしただけに終わった。

小林旭との「惜別ゴルフ」

次の難題は、ドリーム観光の筆頭株主となっていた豊光実業だ。大株主といっても池田のような元暴力団ではなく、経営に対して敵対的なスタンスをとっているわけでもないが、なにかのきっかけで池田のような危険な人物に株を転売しないとも限らない。豊光の持つ株を買い取ることが経営の安定化のためになんとしても必要だった。

豊光実業の大村元昭社長はパチンコ店経営で成功し、不動産業に転じた人物である。池田同様、資金力を生かしてドリーム観光株を買い集め、合計二〇〇〇万株、保有割合は一三・二パーセントにも達していた。

天王寺駅近くにある豊光実業の事務所に行くと、そこはまるで「要塞」だった。入り口はなんとも堅牢な鉄製の扉で固く守られ、監視カメラが取り付けてある。後で知ったことだが、事務所の裏手には脱出用の非常口が用意してあったそうだ。

大村社長は私より一〇歳ほど下。ものすごく慎重な男で、一人では外を出歩かないようにしていた。兄弟間でいざこざがあったからと言っていたが、真相は池田の暴力を恐れてのことだったかもしれない。

一九八六年二月、大村社長は新聞の取材に応えて、こう語っていた。

「今後、(日本ドリーム観光株を) 買い増すか、売却するかについてはノーコメント。ただ都心に良質の資産を持ち、これを生かせばもっといい企業に変身する可能性がある」

つまり、保有する不動産を生かして株価が上がるか、高値で売却する機会があれば手放すということだろう。そうなってしまえばドリーム観光株を取り戻すことは難しくなる。

なんとかいまのうちに、手放してもらえないだろうか。

それから繰り返し天王寺に通い、その数はゆうに一〇回を超えた。

「上場企業の経営から、池田のようなヤクザを排除することが重要なんです！」

そうひたすら拝み倒した。豊光実業が我々に付くのか、池田に付くのか。それが事態を大きく左右する。

時間はかかったが、大村社長は徐々に「保有株の半分を譲渡しても構わない」との考えに傾いていった。池田という危険な男を排除するために、非常に大きなステップだった。


ドリーム観光が経営する大阪・なんばの新歌舞伎座には、大物芸能人たちが数多く出演していた。芸能人の出演スケジュールは二年前には決まり、契約を交わす慣行だが、まともな契約書はなく、すべて口約束ということに驚かされた。

そんななかでも「別格」と思われていたのが小林旭だ。一九八〇年代はじめから毎年一月は小林旭の正月興行が定番で、「丹下左膳」「無法松の一生」などの時代劇のほか、「熱き心に」「昔の名前で出ています」「純子」などの持ち歌を歌い上げ、客を集めていた。それはいいのだが、経営者の目線で見ると、少々困ったこともあった。それは、旭の出演料（ギャラ）が高すぎるのである。ドリーム観光は、旭に七〇〇〇万円のギャラを払っていて、差し引き四〇〇〇万円の赤字を計上していた。

それでも長く小林旭の座長公演が続いてきた理由は、小林旭という存在の大きさと、もうひとつあった。副社長に就いて早々、決算の数字を見た私は、

「小林旭の正月公演、大赤字じゃないか！　なんでこんなもの続けてるんだ。即刻中止しろ」

と言ったのだが、なぜか誰もウンと言わないのだ。

聞くと、正月公演の楽日からドリーム観光の係長以上の幹部社員は全員、有馬温泉に招かれ、一晩豪遊するのが恒例になっているという。費用は全額、旭持ちで、中堅の温泉ホテルを一晩貸し切りにし、豪華なプレゼントまで用意されて、宴会をやっているというのだ。いままでは、みなそれを楽しみにしていたんだろう。

仕方がないので、一九八八年の正月公演だけは、予定通り行うことにした。千秋楽後、旭は恒例の有馬温泉に社員を招待してくれ、私も参加した。小林旭は、実にキップのいいさわやかな男だ。宴会のあとは小林旭と私で別室に移り、二人でカラオケに興じた。旭も持ち歌を次々に披露して、深夜一時ごろまで飲み、歌った。

翌朝はゴルフだ。

六時半に宿の玄関に降りると、旭はすでに起きて待っていた。

「副社長、おはようございます！」

と一分の乱れもない。昨晩かなり飲んで二日酔いに違いないのに、実に見事だ。

旭と私の二人きり、一対一のゴルフは、前半、43―45のほぼイーブン。ハーフが終わったとき、頃合いを見てこう告げた。

「今日、私がなんのために来ているか、わかってるよな」

「……わかってます」

「そういうことで」

小林旭の翌年以降の公演は、これでなくなった。

この日のゴルフの、後半のスコアは私の完敗だった。旭は最後の最後まで、私の翻意を待っていたようだが、私も経営者の一人として、譲れないものは譲れない。それでも、ひと言の愚痴も言わない、文句も口にしなかった小林旭という男は、立派というほかない。

数年後、銀座のクラブで偶然会って挨拶したこともあったが、満面の笑みだった。生き馬の目を抜く芸能界で長く生き抜いてきたことには、それなりの理由があるということだろう。

小林旭は二〇〇七年、二〇年ぶりに大阪新歌舞伎座で座長公演を行った。

尾上縫がベタ惚れした男

当時の私は毎週木曜日の夜には伊丹空港から飛行機に乗って東京の自宅マンションに帰るという生活を送っていた。金曜日から週末にかけては狼煙崎の開発に関わる仕事に充て

ていたのである。日本ドリーム観光に着任したての朝会で社員を前に、

「ここに来たのは私にとって迷惑な話なんだ」

と放言したくらいで、私の夢はあくまで狼煙崎の開発で、それがすべてだったのだ。週末を東京で過ごした後、月曜日の朝にはまた羽田空港から飛行機に乗り大阪に戻る。諸々の決裁はすべて月曜日に集中して行っていた。

大阪ではマンションを借りての単身赴任で、毎晩のように会食をこなし北新地などで飲み歩いた。鞄持ちの秘書に抜擢した例の労組委員長も連れて行く。九時や一〇時になると「今日は帰ってもいいよ」と声を掛けて秘書を帰し、自分は日付が変わるころまで毎晩飲んだ。それでも平気だった。まだ四〇代で、若かったからできたのだろう。

マンションに帰れば、待ち受ける夜回りの新聞記者を部屋にあげ、遅くまで付き合った。毎日の睡眠時間は五時間かそこらということになってしまう。

私が日本ドリーム観光入りするきっかけをつくった吉本興業の林社長とは、本社がミナミで近所同士ということもあり、毎日のように昼飯をともにしていた。林社長が用意してくれていた吉本興業の近くの店の個室にこもり、二人きりで話し込んだ。

「で、池田をいつ逮捕するんですか」

私があれこれ現状を説明すると、「どんなドラマを見てるより楽しくて面白いですわ」と興味津々だった。

大阪府警とも月に二、三回は食事をし、情報交換していたが、その際によく使ったのはあの尾上縫が経営していた料亭「恵川」だった。私が借りていたマンションのオーナー・M氏が恵川の常連で、紹介してくれたのだ。

M氏は、もともと税務署の職員から不動産経営に転じた人で、土地バブルの波に乗り、次々に持ちビルを増やしていた。「大阪で旦那衆と呼ばれるには愛人を二人、女房公認で持たなきゃ」と言ってそれを実践していた。

関西にとどまらず、東京やニューヨークの不動産まで購入し、当時できたばかりの広尾ガーデンヒルズの部屋を七億円で買ってそこに東京の愛人を住まわせていた。最盛期には二三棟のビルを所有し、自分のいる「社長室」にビルの写真を二三枚、額に入れて掲げていた。M氏の所有するビルのひとつで、あの糸山英太郎の実母が小料理屋を経営していた。

全盛期のM氏は、取引のある銀行の幹部が栄転すると、「お祝いだ」と言って一〇〇〇万円の現金を渡していた。これにはさすがに度肝を抜かれたが、バブル崩壊後、あえなく破産する。そんなM氏が贔屓にしていた店が「恵川」だった。

尾上は「ガマのお告げ」と称した占いで投資銘柄を決め、ピーク時に数千億円もの資金を株で運用していた。多くの証券マンや銀行マンが群がったが、中でも親密だったのが日本興業銀行である。融資を注ぎ込み、割引金融債「ワリコー」を尾上に大量に売りつけた。

私はM氏の紹介で恵川に行くようになったが、私の友人・知人のなかでもとくに尾上に気に入られたのが江本孟紀である。

江本は酒は一滴も飲まないが食道楽で、阪神時代にはだいぶ食べ歩いたようだ。私も江本から、関西の美味い店をたくさん紹介してもらっていた。

あるとき、江本が、「寺尾さん、和食の最高にウマい店があるから行こうよ」と誘ってくれたので店に出向いたところ、すでに閉店してしまっていた。その後、私が江本を伴って「恵川」に行くと、同じビル内にある系列の和食屋に、その江本お気に入りの店の板前がいることがわかり、ふたりで大喜びした、ということがあった。

そんなこともあって江本も「恵川」に行くようになったのだが、一九〇センチ近い長身の色男に、女将の尾上縫がすっかり夢中になってしまった。

江本はこのころ、美声を生かして歌手としてディナーショーもやっていたが、尾上はそのチケットを数十枚も買って、証券会社や銀行の支店長、担当者を引き連れて観に行っていた。大阪港にクイーン・エリザベス二世号という豪華客船が入港し、その船上で開いたショーで、チケットもかなり高価なものだったはずだ。尾上は一晩で数百万円使ったと思うが、そのくらいの金額は絵ハガキを買うくらいの感覚だろう。

一九八九年、江本がフジテレビの「なんてったって好奇心」という番組の司会になったとき、尾上に頼んでテレビカメラを入れたことがあった。尾上は「恵川」の入るビルの五階に、誰も入れない居室を設けていた。日参していた証券会社や銀行の担当者も立ち入れないという秘密の部屋で、一説にはそこで持ち株が上がるように祈禱を行っているといわれた。

この奥の院に、唯一、テレビカメラを入れたのが「なんてったって好奇心」である。尾上は、江本の言うことならなんでも聞いたのだ。その部屋には、ＮＴＴの株券が無造作に山積みされていたという。ひと株が三〇〇万円を超えていた時代の話である。

やがて尾上は資金が回らなくなり、東洋信用金庫の架空預金証書を使った融資詐欺に踏み込んでいく。

もちろん私は尾上と取引があったわけではなく、客として「恵川」に行っていただけだからそのような苦境は知る由もなかったが、ある時点から、大阪府警の人間に「どうもあの店はおかしい」と耳打ちされるようになっていた。株価が暴落したあと、資金繰りが苦しくなった尾上の動向は、大阪府警の監視対象になっていたのだ。

以降は恵川は敬遠して、ミナミにあった「大和屋」という料亭をよく使うようになった。「電力の鬼」とも呼ばれた松永安左エ門や、「財界四天王」の一人、永野重雄ら重鎮も贔屓にしていた超一流店だ。

秦野先生が来阪した際、たまたま俳優の勝新太郎もこちらにいるというので、その大和屋で楽しくやろうということになった。秦野先生の夫人が勝新の父の杵屋勝東治《きねやかつとうじ》に長唄三味線を習っていたこともあり、秦野夫妻と勝は親しかった。

ところが勝新は、大和屋と聞くと顔をしかめた。渋々暖簾《のれん》をくぐると、女将には「あなたよく来られたわね」と嫌みを言われていた。飲み代のツケが溜まりに溜まっていたのだ。

いっぽう、秦野先生の席についた年配の古芸者の顔を見ると、今度は秦野先生が急に不機嫌になってしまった。おそらく、府警刑事部長時代に因縁のあった芸者だろう。私はすぐに女将に言って、その芸者にお引き取り願った。

ミナミの高級料亭で食事をした後にキタの「岩崎」や「ＯＮＯ」といった高級クラブに流れるというのが関西の財界人らにとっては夜の定番だ。

「岩崎」は「ナニワの借金王」と呼ばれ住専問題で国会に参考人招致された末野興産の末野謙一が御用達にしていた店だ。大島部屋の力士をよく連れてきていたのを覚えている。

大阪の高級クラブはヤクザが出入りできる店も少なくなかったが、「大阪の夜の商工会議所」とも言われた「桔梗屋」は別格で、一流どころでなければ入店不可の店だ。とくに思い出深いのは三和銀行の神田延祐副頭取で、毎晩といっていいほど飲みに来ているのを見た。神田副頭取はその後、第二電電（後のＫＤＤＩ）の社長に就任した。

日本ドリーム観光はもともと住友銀行がメーンバンクだったが、平和相銀を「乗っ取った」住友銀行を秦野先生が毛嫌いしていたこともあり、サブメーンだった三和銀行に乗り換えた。私がとくに親しくしていた三和銀行なんば支店の竹田英樹支店長は、日立造船の常務を務めたあと三和銀行に戻って取締役となり、さらに中坊公平率いる住宅金融債権管理機構、のちの整理回収機構の副社長となった。

幹事証券会社も、野村から大和証券に乗り換えた。豊光実業の大村社長と何回か会ううち、株式投資に興味を持つようになっていた私は、大和証券を窓口に一五〇億円を運用することにしたのだ。大和証券の副社長には「一番優秀な男を担当につけてくれ」とリクエストし、二割下がったらそこで手じまうことを条件に役員会の承認を取り付け、朝の三〇分間を売買の検討に充てた。

一九八六年、日経平均株価は年初の一万三〇〇〇円台が年末には一万八七〇〇〇円台へと四割上昇し、翌一九八七年も夏の終わりには二万六〇〇〇円台とさらに四割の上昇を記録していた。この株高で、私は一年で約四〇億円の利益をあげ、会社の業績に貢献できたが、この当時の投資家からすれば「平均以下」の保守的な投資だったかもしれない。しかし私は、直感的に先行きの危うさを感じていた。株高や不動産高騰がこのまま続くか、疑いを持っていたのだ。

ブラックマンデーと池田の転落

「あの土地売ったんですか？」

あるとき、日本ドリーム観光と取引がある不動産会社の社長がやってきた。

日本ドリーム観光は不動産部門で土地の売買も行っており、御堂筋の一本裏手の角地に二〇〇坪ほどの土地を持っていた。ところが、そこに知らぬ間に掘っ立て小屋が建てられ、貸し駐車場として使われているというのである。小屋には運営している会社の名前があり、調べてみると、宅見組のフロント企業の名があった。

池田が勝手に土地を貸していたのだ。

池田は阪上前社長時代、日本ドリーム観光との間で交わした様々な契約書を持っていたが、それらの契約書をコピーにコピーを重ね不鮮明にし、あたかも池田がその土地の所有者であるかのような偽の売買契約書を作っていたのだ。この件では私が宅見組の事務所に連絡を入れ、事情を話すと、宅見組もすぐに手を引いてくれた。おそらく、池田はあの一件でその後、宅見組から相当追い込まれたのではないか。ヤクザを騙さなければならないほど、池田は資金繰りに窮していた。

ともあれ、池田が牛耳る雅叙園観光との関係はなんとしても見直さなければならない。

私が副社長に就任して三ヵ月余りが経った八月上旬、日本ドリーム観光は雅叙園観光と経営を分離するためいくつかの合意を交わした。

ドリーム観光が経営する横浜ドリームランドのなかの売店や、飲食店あわせて十数店の運営を雅叙園観光に委託していたがそれを解消し、日本ドリーム観光は雅叙園観光に対し補償金二九億円を払うこととなった。

同じように日本ドリーム観光は土地建物を所有する神戸ニューポートホテルの運営を雅叙園観光に委託していた。この契約も解除し、土地建物は逆に雅叙園観光に一〇〇億円で買い取ってもらう。

さらに、ドリーム観光と雅叙園観光の持ち合い株を相互に交換するという案を検討した。

日本ドリーム観光と松尾家は、合計で雅叙園観光の株式四四パーセントを持っていた。反対に、雅叙園観光とコスモポリタンは日本ドリーム観光の株式八・五パーセントを持っており、これは日本ドリーム観光が買い戻す。その時点でのドリーム観光の株価は一二〇〇～一三〇〇円。雅叙園観光の保有分は、時価換算で二〇〇億円以上になる。

ところが、この案を税理士らに検討させた結果、この取引で双方が巨額の売買益を出したとみなされ、合わせて数十億円課税されることがわかった。あまりに負担が大きいし、株主からの批判も免れないため、この案は放棄するほかなかった。

一九八七年一〇月一日、神戸ニューポートホテルの売却が完了した。その三週間後の同月一九日月曜日、世界的な株価暴落が起こる。いわゆる「ブラックマンデー」である。

香港で始まった急落は世界中の市場に連鎖し、ニューヨーク市場のダウ平均はわずか一日で二割を超える値下がりを記録した。その衝撃が太平洋を渡って日本に波及したのは翌二〇日火曜日で、ストップ安銘柄が相次ぎ、日経平均株価は三八三五円安、率にして約一五パーセントも値を下げた。その日の朝、私は大和証券の副社長に電話し「何が起こったんですか?」と尋ねたが、相手もうろたえている。

〈何が起こっているのかわからないのなら、逆に大したことないのではないか……〉

山勘といえば山勘だが、すぐさま大和証券の担当者に、NTT株を買えるだけ買うように指示を出した。三一八万円の高値から急落したNTT株は後場に入ると大量の買い注文が入り、二二五万円を底に切り返した。数日後にすべて売却し、数億円の利益を会社にもたらすことができた。

しかし、池田のほうは手痛い打撃を受けたようだった。株価暴落の前、一〇月初めごろ、池田は株を買い占めていた丸石自転車に、「保有株をアイチに渡した」と電話を入れている。つまり、借金のかたに取られたのだ。

暴落四日前には傘下のコスモポリタンビルが一回目の手形不渡りを出していた。一〇月二六日にはあの新和観光開発が二回目の手形不渡りを出して事実上倒産。日本ドリーム観光は同社向けの貸付金を七月にグループの東京コスモポリタン向けに振り替えていたため、あやうく難を逃れたが、池田の資金難は誰の目にも明らかだった。

年が明けた一九八八年一月三一日、日本ドリーム観光は貸付金一五〇億円の弁済に関し池田との間で最終合意を交わした。現金による回収は七八億円で手打ちにする。すでに五五億円を回収していたから現金回収分の残債は二三億円である。それ以外の七二億円の回収はコスモポリタンが持つ不動産での代物弁済とする。大阪市北区曾根崎の土地が二二億円相当、神戸市東灘区の山林が五〇億円相当という計算である。しかしそれも、この後二転三転する。

小野島社長解任騒動

一方、池田に買い占められていた日本ドリーム観光株の買い取りは順調に進んだ。コスモポリタングループが持っていた四六五万株（保有割合三・一パーセント）を日本ドリーム観光子会社のドリーム開発が買い戻したのに続き、一九八七年暮れには松尾家が新たに設立した富士プロジェクトが豊光実業の保有株の半分を買い取るなどし、二一・四パーセントを握る筆頭株主となった。

当時はまだ紙に印刷した株券があった頃で、株券の引き取りに同行した三井信託銀行の行員が大量の株券をぱっぱっと扇のように広げ、手作業で数えていた。途中でコスモポリタンの連中に襲われ、株を奪われたら大変だと緊張しながら株券を運んだことを覚えている。

　日本ドリーム観光社長で元警察キャリアの小野島をめぐる騒動が起きたのは、そうした直後のことだった。月曜の朝、私が出社すると、いつも通り経理部長が決済処理の書類を持って副社長室に来た。ハンコを押す前に書類を点検すると、前週、小野島社長名で五〇〇万円の交際費を支出した、とある。

「ん？　これはなんだ」

「それですか……実は先週、小野島社長が京劇観光ビルの社長を会社に呼ばれまして……」

　京劇観光ビル株式会社は日本ドリーム観光の子会社で、京都の自社ビルでパチンコ店やボウリング場を経営していた。実はこの京劇観光ビルは毎年、京都を地盤とする暴力団会津小鉄会にみかじめ料を払っており、小野島社長が支出したのはそのためのカネだという。

「寺尾副社長にもお伝えしなければと思ったんですが、金曜の夕方で、すでに会社を出られていて間に合わなかったので……」

「なんだそれは！　社長を呼べ」

　副社長室に現れた小野島社長を、怒りのあまり怒鳴り上げた。

「あんた、何年警察官やってんだ！」

「…………」

「私が毎日、ヤクザを排除するために身体張ってんのに、なに考えてんだ！」

「私はドリーム観光の社長だから、ドリーム観光を守るためにやったことだ」

「そんな話、通るはずがないよ。すぐに辞表を出してくれ」

副社長の私が五〇〇万円の交際費を認められている一方、小野島はゼロで、お飾り社長であることが内心、面白くなかったのかもしれないが、そんなことは言い訳にもならない。

暮れも押し詰まった一二月二八日、日本ドリーム観光は取締役会を開き、小野島社長の解任を決めた。当面社長は空席とし、私が社長代行に就任した。

驚いたことに小野島は解任を不当だと主張し、地位保全の仮処分を申し立てた。本訴となれば会社の恥が公にさらされ大きな社会問題になる。私は自ら裁判所に出向いて会津小鉄の件を包み隠さず明らかにし、「仮処分が出ても、取締役会で何度でも解任します」と裁判長に伝えた。それを聞いた裁判長が小野島の弁護団を呼び、しっかり説諭してくれたことで、小野島側はようやく申し立てを取り下げた。小野島は東大時代の同級生五人を集めて自分の弁護人としていたが、肝心のヤクザにカネを払った一件は口をつぐんでいたようだ。弁護士のほうも、裁判官から事情を聞いて「これはダメだ」と思ったのだろう。

一九八八年年明けの一月四日に開いた記者会見で、私はこのように発言している。

日本ドリーム観光社長代行として記者会見に臨む筆者

「民間企業の社長としては不適当であると大多数の役員が感じていた。対外的な問題の処理が急務なのに（そのような社長を）擁立し、お守りするところまでは手が回らなくなった」

実はこの小野島解任騒動には、後日談がある。安倍晋三元総理の父・晋太郎氏から突然電話が入ったのだ。小野島とは、東大時代の同級生で親しい間柄だという。

「寺尾副社長、小野島君は、どうにかなりませんか」

私としては、「ヤクザにカネを払っていたからクビにしました」とは言えない。

「決まったことですので」

そう伝えたが、晋太郎氏が納得したかどうかはわからない。

ダイエー・中内社長の告白

このころ、松尾ハズヱ会長から、ダイエーによる日本ドリーム観光買収の話を耳打ちされた。阪上を会社から追い出したあと、ハズヱは新歌舞伎座の座長として来演する役者や歌手の接遇にあたり、楽しそうにしていたが、会社経営にはほとんど関心がなさそうだった。

　ハズヱの孫、國之は取締役になっていたが、会社にはほとんど姿を見せることがなかった。その挙げ句、北新地の高級クラブのホステスと親密になり、駆け落ち同然にアメリカに渡ってしまったのだ。慶應義塾大学を出て住友銀行で修業もしたが、高級外車を乗り回して飲み歩くばかりで、経営者という面ではどうにも資質がなかった。

　ダイエーへの経営権譲渡を進めようと裏で動いているのはどうやら住友銀行のようだということがわかってきた。住友銀行には、傘下の名門商社イトマンに、ドリーム観光を吸収させようという思惑もあったようだ。そうなれば、名門ホテルの雅叙園観光の経営権を握ることもできる。これはのちに、まったく別の形で実現することになる。

　東京・赤坂の料亭「口悦」でダイエーの中内㓛社長と秦野先生、私の面談がセットされた。当時、ダイエーは「流通革命」を掲げ、倒産した大手ミシンメーカー、リッカー（後に割賦販売のダイエーオーエムシー）の再建スポンサーになるなど総合スーパーにとどまらない流通帝国が現出しようとしていた。

　元警察キャリアのOを特別秘書として伴った中内社長は、秦野先生を前に背筋を伸ばして足を崩さない。「楽にしたらどうですか」と促されても、「私はこれで」と最後まで居住まいを正したままだった。戦時中、銃弾が飛び交うフィリピンのジャングルで死線をさまよった人物だけにきわめて忍耐強く、会食のあいだじゅう一分の隙も見せない。

宴席に生演奏のバンドが入ると、ようやく中内社長も笑顔を見せた。歌ったのは英語の曲だったが、お世辞にもうまいとはいえない。これなら私のほうがまだマシだ、と思った。

「私は、和風旅館にはけっして泊まれないんですよ」

「なぜですか？」

「和風旅館てのは、まともな鍵がついてないでしょう。私のところには、地方の商店主から手紙が来ることもあるんです。『近所にダイエーができたおかげで、店が潰れた。おかげで息子や娘が、大学に行けなくなった。どうしてくれる』って。カミソリの刃が送られてきたり、銃弾が送られてきたこともあります。和風旅館なんて、怖くて泊まれないですよ」

中内社長とはいずれも口悦で四回会い、ダイエーに経営権を譲渡することがほぼ固まったが、その四回目のとき、中内社長が秦野先生のほうに向き直ってこう切り出した。

「寺尾さんを、会社に残してもらえないでしょうか」

隣に当の私が座っているのだが、中内社長は私にではなく、秦野先生に伝えたのだ。このあたり、中内社長はさすが私と秦野先生の関係をよく見抜いている。

「寺尾くん、どうなんだ」

「私としては、日本ドリーム観光で自分のできる仕事はすべて尽くしたつもりです。私が抱えている下田の大きな開発事業もありますし、せっかくですが、お断りさせてください」

それまで、オーナー社長による経営が続いていたドリーム観光に、私は厳しいルールを導入した。それは副社長たる自分自身も例外ではなく、会社のカネには手をつけないことを明確にしていた。会社の実印は金庫にいれ、私自身はいっさい会社のカネと印鑑は持たないようにしていた。必要なときは必ず専務、常務と連名で使用するよう、徹底していた。池田をはじめとする怪紳士たちにさんざん食い物にされてきた会社に、もっとも必要とされているのはこうした明朗な会計処理だと確信していたからだ。

中内社長は、それを聞いて私を高く評価してくれたようだが、私としては秦野先生に言われて大阪に来ただけで、はじめから乗り気な仕事ではなく、ダイエーに日本ドリーム観光の将来を託すことになんの異存もなかった。

日本ドリーム観光の副社長として一年半、全力投球して、やりきったという思いもあった。副社長としての年俸は二〇〇〇万円程度で、ひと月五〇〇万円の交際費、会社で借りてもらった役員用の3LDKのマンションの家賃が三〇万、それに運転手、三人の秘書、冠婚葬祭などの費用をあわせると、この間に私が使ったカネは一億五〇〇〇万円程度だった。

一方、私が会社に入れたカネは池田から取り返した貸付金一五〇億円、株取引の利益四〇億円（これで一〇年間続いた横浜ドリームランドの累積赤字を埋めた）、その他回収した貸付金などあわせて六〇〇億円近くに達した。誰に褒めてもらえるわけでもないが、「俺も結構よくやったんじゃないかな」と感じていた。

株暴落の果ての失踪

ダイエーへの身売りを表明した直後の一九八八年四月二八日の定時株主総会は社長代行である私が議長を務めた。それまで日本ドリーム観光の株主総会は長年、山口組の現役ヤクザが与党総会屋として仕切っていた。しかも今回は、別の総会屋がねじ込みに来ているという。「総会で暴れさせてほしいという者が来ていますが、どうしたらいいでしょうか」と総務担当者から話があった。総会で椅子を持ち上げて壊して器物損壊で逮捕されれば、その「武勲」が知れ渡ってどこの企業も黙ってカネを払うようになる、それで三年はメシが食えるというケチな話だった。

「副社長、すみませんがこれを」

株主総会当日、大阪府警の警察官がそう言って私に防弾チョッキを差し出したが、それはさすがに断った。ぶ厚くて邪魔になるだけだ。そのかわり、会場の前方三列に社員株主を座らせて役員席と株主席の距離をとり、演台の裏側には鉄板を張らせることにした。株主席から見れば、私の首から上しか出ていない。素人が頭を狙って撃ったところで当たるはずもないことは、警察時代の経験からよく知っている。

私服警官が実弾入りの拳銃を携帯して警戒にあたり、総会屋を牽制するためテレビカメラも入れた。無名の総会屋が「質問がある」と叫んでも「それは後でお答えしますから」と言ってどんどん議事を進行した。前三列に座った社員株主が「議事進行！」「異議なし！」と同調すると、総会屋たちがいっせいに、「おい！」「質問に答えろ！」などと叫ぶ。

「では、これにて株主総会を終わります。ありがとうございました！」

と言って総会を終了した。意外なことに、総会後にも議事進行についての抗議は一つも来なかった。

五月下旬、松尾家の富士プロジェクトはダイエーにほとんどの株式を売却し、経営権を譲渡する。七月八日の臨時株主総会で新任取締役八人が選任され、コンビニエンスストアのローソンを再建したダイエー屈指のやり手、都築冨士男が社長に就任した。私は代表権を返上しヒラの相談役に退いた。松尾ハズヱは会長にとどまるもののやはり代表権を返上し、孫の國之は取締役を辞任して社外に去った。

経営正常化に向け大きなヤマを乗り越えたが、その直後の八月一二日、なんと、あの池田が失踪したという衝撃の一報が飛び込んできた。

その日、池田は東京行きの新幹線に乗るため新大阪駅に行った。車から降りると、あとは一人だった。最後の姿を見た運転手によれば、表情はニコニコしており普段と変わらぬ様子だったという。思い当たるフシがあった。

「社長、私三日ほど監禁されていたんですよ」

およそ半年前、池田はそう言っていた。山口組系二次団体の組員に、東京の全日空ホテル（現・ANAインターコンチネンタルホテル東京）の一室に軟禁状態に置かれたという。暴行されることはなかったが、一歩間違えればわからない局面だった。

ブラックマンデーの後、池田は起死回生を狙い、ゴミ焼却プラントなどを製造販売するメーカー・タクマ株の買い占めを仕掛けた。それまでせいぜい五〇〇円台だった株価は急騰し、五月には一時二二〇〇円台の最高値をつけた。池田は会計帳簿の閲覧・謄写などを求めるなど揺さぶりをかけていた。

「社長に聴かせたいものがあるんですよ」

そのころ、私と池田とはある意味ツーカーの仲で、池田は何でも相談に来ていた。池田が再生した録音テープは、タクマの社長が話す電話の音声だった。池田は社内の人間を買収し、社長室の電話に盗聴器を仕掛けていたのだ。

池田に対する対抗策としてタクマ経営陣は一九八七年一一月九日、取引銀行などに対し一六〇〇万株の新株を割り当てる大規模な増資を決議する。割当価額は一株六八〇円と著しく低かった。

「こんなこと許されるんですか」

怒り心頭に発した池田は一二日、新株発行の差し止めを求める仮処分申し立てを行うが、あっさり却下された。大阪地裁は「高値相場は池田の暴力的な買い占めによって形成されていたものだから、低い割当価額はある程度容認できる」などとし、池田の強行策は無残な失敗に終わった。

池田が買い占めていた石原建設株や多木化学株もブラックマンデーによって暴落した。こうして、池田は失踪する。オーナーが消えたコスモポリタンは三ヵ月後の一九八八年一一月二日、破産宣告を受け倒産した。

池田の行方はその後、杳《よう》として知れない。

バブル期と、その後のバブル崩壊期は物騒な事件が相次いだ時代でもあった。

池田が失踪した直後の九月には、投資顧問会社「コスモ・リサーチ」のオーナーで「北浜の風雲児」と言われた見学和雄《けんがくかずお》（当時四三歳）とその秘書が、奈良県の山中の造成地でコンクリート詰め遺体となって発見された。殺したのは山口組系宅見組の系列団体幹部と投資顧問業の男の二人組で、この年一月に見学が帰宅したところを襲って拉致し、一億円を奪ったうえで絞殺、大阪府内の倉庫でコンクリート詰めにして遺棄していた。見学は一時は一〇〇〇億円もの資金を動かすといわれ、暴力団関係者との付き合いもあったが、それが仇となった。

また、不動産会社「日本土地」社長の木本一馬《きもとかずま》こと孫圭鎬《ソンギュホ》（当時五四歳）も一〇月に銃刀法違反の現行犯で逮捕され、自己破産を申請した。木本は三年後の一九九一年、豊中市の自宅で妻と無理心中している。

見学と木本、そして池田の三人は、それぞれ一〇〇〇億円単位の資金力を誇り、往時は「北浜の御三家」といわれた。池田もきっと、見学のような悲惨な末路をたどったに違いない。失踪当時、池田は四二歳だった。

それでは、手を下したのは誰か。

私には、脳裏に浮かぶ顔がある。それは、池田が失踪して、もっとも得をしたのは誰か、というところからの連想である。池田という男は、暴力団が表の経済社会に出た、先駆けとなった男だった。


日本ドリーム観光にとって、池田の失踪はもちろん痛手だった。その時点でまだ六八億円もの未収貸付金が残っていたからだ。この年（一九八八年）一月末に弁済計画に同意したが、返済は三月に五億円が払われたきりで止まっていた。

不動産による代物弁済もこじれていた。曾根崎の土地（一二億円分）こそ取り上げたものの、神戸の山林（五〇億円分）は池田が言を左右にして引き渡しが行われていなかった。

この六甲山地に広がる山林は、利害関係が複雑に入り組んだ、言ってみれば「呪われた土地」だった。まず一九八七年七月に東京・八重洲にある協和綜合開発研究所という会社が代物弁済によってこの土地を取得。この会社の代表取締役社長は、伊藤寿永光《いとうすえみつ》という男だった。翌一九八八年二月、所有権は池田のコスモポリタンに移転される。

池田は金策に窮し、この六甲の山林を担保にあちこちからカネを借りていた。同年六月には、東京・銀座の新日建設なる会社がこの土地に極度額五〇億円もの根抵当権を設定、所有権移転請求権の仮登記まで行っている。新日建設の背後にいたのは、許永中《きょえいちゅう》である。

六甲の土地を奪い合う池田、伊藤、許永中の三者——後にイトマン事件の主役となる面々だった。

第六章　バブル紳士たちの宴

伊藤寿永光と許永中

「ナイッショッ！」

ドライバーを振ると、私の打った球は小気味よい音とともに勢いよく空に吸い込まれていった。おそらく、二七〇ヤードは飛んでいるだろう。

「機動隊ってすげえな！」

許永中は身長一八〇センチ、体重は一〇〇キロを超す巨漢だが、ドライバーの飛距離は二三〇ヤード前後で、私の完勝である。

一九八七年、日本ドリーム観光の副社長を務めていた私は、のちにイトマン事件の主役となる協和綜合開発研究所代表・伊藤寿永光から、イトマン事件のもう一人の主役、許を紹介され、ゴルフをともにしていた。

私がこの二人と面識を持つようになったのは、前章で述べたようにコスモポリタン社長の池田保次からの紹介だった。池田はドリーム観光から巨額の資金を引き出し、アイチの森下安道を金主としていたが、伊藤の協和綜合開発からも、多額の資金を借り入れていた。伊藤と私は、ブラックホールのように資金を呑み込む池田から、なんとかして資金を取り返そうとしている点で共通していた。一方の許永中は関西の暴力団と関係が深く、地下世界から表の経済界に進出しようとしており、池田の「弟子筋」にあたった。

私の目から見ると、イトマン事件は、池田保次という男の熾《おこ》した「火種」が多額のバブルマネーに引火し、それがバブル期を代表する巨大な経済事件になって燃え盛ったと映るのである。

一九八八年八月一二日、コスモポリタンの池田保次が突然姿を消した。池田に莫大な資金を貸し込んでいた、多くの関係者が途方に暮れた。

その一人が、伊藤寿永光だった。伊藤は池田のコスモポリタンにおよそ二七〇億円もの大金を貸していた。コスモポリタンの借用書だけでは不安で、池田が実質的に支配していた雅叙園観光にも連帯保証をさせてはいたが、もはやその約束が守られるかどうかさえ危うくなっていた。

私は同じく池田に多額のカネを融資している債権者として、伊藤としばしば連絡をとっていた。伊藤の会社、協和綜合開発研究所は「アコム」「プロミス」といった消費者金融の看板が突き出た八重洲の雑居ビルに事務所を構えていた。

「池田をなんとかしてください。一部上場企業の手形だからお金を貸したのに、それがジャンプ、ジャンプでいっこうに返ってこない」

伊藤は礼儀作法も折り目正しく、所作にはまったくそつがなかった。寸分の隙もなくスーツを着こなし、言葉遣いはきわめて丁寧で、話の筋道も通っている。身長は一六九センチの私より少し高いくらい、年齢は私より三つ下だったが、一流の経済人を信用させるだけのことはある男だった。

ただ、それでも私は、〈本当にこの男が二〇〇〇億円を超すようなカネを作れるのか……〉という疑念が湧いてくるのを抑えられなかった。

伊藤は愛知県の高校野球の名門、中京商業高校（現・中京大学附属中京高等学校）の野球部出身で、西武ポリマーなどで会社員として働いた後、一九七七年に協和綜合開発研究所を設立し、実業界へと進出した。名古屋を拠点に結婚式場や賃貸ビル、貸し駐車場などを手掛け、それなりの実績をあげている。有名冠婚葬祭チェーン「平安閣」の総帥を名乗っていたこともある。

一九八二年に協和綜合開発研究所の本店を東京に移すと、地上げのプロとして頭角を現す。四年後、約一三〇〇平方メートル（約四〇〇坪）に及ぶ銀座一丁目の土地の地上げに全精力を傾けた。伊藤はこの土地を所有する銀一商業協同組合という中小零細業者の団体の二〇〇名以上にもなる組合員を順番に口説き落とし、出資証券を買い集めることで地上げを進めた。

伊藤は宅見組の宅見勝組長（五代目山口組のナンバー2）と親しく、その関係をチラチラとほのめかした。経営していた名古屋の結婚式場で芸能人のイベントなどを仕掛けたところから、接点ができたようだ。伊藤が宅見組長を「お兄ちゃん」と呼ぶのを聞いたことがある。

許永中（左）と伊藤寿永光（共同通信社提供）

伊藤はそうした人脈をバックに、一時「地上げの帝王」と呼ばれるまでになるが、私の見たところ、伊藤が成功した地上げは銀座一丁目の案件くらいで、ほかに目立ったものはないと思う。それでも、伊藤ほど弁の立つ男は見たことがない。詐欺師と言っては言い過ぎかもしれないが、伊藤にかかると、

「あの、結婚式場全国チェーンの、平安閣あるでしょう、あれは私（の所有）なんですよ」

ということになってしまう。前述したように物腰や所作には一分の隙もないから、その言葉を信じてしまう人もた

くさんいた。

実際には、平安閣グループに名を連ねていた北海道の会社を捨て値で買い、所有していただけだが、本当に平安閣の総帥なんじゃないかと思わされるほど、話しぶりは堂に入っていた。エクシブ箱根離宮、エクシブ軽井沢などの会員制リゾートを経営するリゾートトラストも、自分の会社だと言っていたこともある。もちろん、なんの関係もない。

それだけ弁が立つから、女性を口説くのも得意中の得意だ。

「寺尾さん、許永中はひどいんですよ。一二人も女がいるんですから」

「じゃああんたは何人くらい囲ってんだ」

「私なんかせいぜい四～五人ですよ」

そんな笑い話のようなやり取りもあった。

許永中と伊藤寿永光の口説き方は対照的だった。許は典型的なヤクザの手法で、女性の目の前にドン！　と一〇〇〇万円の札束を置き、「これで俺の女になれ」とやる。それで付き合っても、少しでも気に入らないことがあると女性を脅して、そのカネを取り戻してしまう。

伊藤はもっともっと、やり方がマメだ。伊藤は酒を飲まず、バーやクラブなど女性のいる夜の店にもいっさい行かないが、出入りする会社の秘書や受付嬢といつのまにか仲良くなってしまう「特技」があった。

取引先の会社の受付や秘書の女性に気軽に挨拶して親しくなり、ショートケーキを渡したりして信用を得ると、高価なプレゼントなどでいつの間にかモノにしてしまう。バーやクラブに通うよりそのほうが安上がりなんだそうだ。

「私は女にはカネをかけないんですよ」

と言っていた。

「寺尾社長、伊藤が来るときは、女性秘書は裏に隠しておいたほうがいいよ。すぐ口説かれちゃうから」と池田保次があるとき私に「助言」してくれたほどだ。

壮大な自転車操業

その伊藤は地上げの実弾を確保するため、日本長期信用銀行系のファーストクレジットや富士銀行系の芙蓉総合リース、それにアルファといったノンバンクから湯水のごとく融資を引き出した。それだけではない。中堅ゼネコンの青木建設も、伊藤を後押ししていた。当時、多くのゼネコンが「造注」の掛け声の下、地上げ業者に保証予約をつけていたのだ。「造注」とは、本業の建設工事を獲得するため、デベロッパーが土地を仕込むところから金融支援し、自らのリスクによって「注文を造り出す」ことである。

伊藤は引き出した多額のカネを協和綜合開発の資金繰りなどにも流用し、野放図に戦線を広げていた。その過程で、伊藤は雅叙園観光株の買い占めに血道を上げる池田にもカネを貸していた。

ドリーム観光と雅叙園観光の経営分離を図るため、神戸ニューポートホテルの土地建物を雅叙園観光に一〇〇億円で譲渡したことは前章で書いた。

実は雅叙園観光はそのわずか三ヵ月後、伊藤の協和綜合開発研究所にホテルを転売している。伊藤は買い取ったホテルを担保に金融機関から多額の融資を引き出そうと考えたようだ。物件を動かしては、それを担保に巨額の融資を引っ張るという壮大な自転車操業、それがこの時代を席巻したバブル紳士たちのやり方だ。

伊藤は池田失踪後の一九八八年一一月、二八五億円もの資金をかけて銀座一丁目の地上げ完了に漕ぎつけた。

その一方で資金繰りのため、土地を担保にノンバンクから大金を借りまくっていた。ファーストクレジットからは三三六億円、アルファからは一〇〇億円、芙蓉総合リースからは青木建設の保証付きで二三〇億円、合計で六六六億円である。銀座一丁目の土地が高値で売れればいいが、その目処はついていない。伊藤も、資金繰りに窮していた。

そんなとき、伊藤は、ある情報を耳にする。簿外手形の処理にカネを出す金融機関が出てきたというのである。

一九八八年一一月中旬、大阪・吹田市の割烹旅館「千里石亭」に三人の男が集まった。

協和綜合開発研究所の伊藤寿永光、大阪府民信用組合理事長の南野洋、そして禿頭の大男、許永中である。伊藤は四四歳、南野は四六歳、許は四一歳。年齢だけなら青年実業家の部類だが、一癖も二癖もある男ばかりで、のちに全員が逮捕されている。こうしてイトマン事件の歯車は得もいわれぬ音を軋《きし》ませながら徐々に回りはじめていくこととなる。

その夜のホスト役の南野はもともと大阪府北部で不動産業を手がけ、新千里ビルを中核企業とする約三〇社のグループを率いていた男で、密談場所となった千里石亭も南野が実質的に経営する店だった。

南野は大阪府民信組が抱える焦げ付き債権を買い取ったことから影響力を強め、一九八六年四月に理事長に就任する。

一方、許永中は山口組系古川組と近いアングラ経済の仕事師として少し前から名前が知られるようになっていた。

許は、大阪キタから少し外れた雑然とした街、中津に生まれた。大阪工業大学を中退、様々な事業を手掛ける中、同和対策事業に建設業者として参入したことを跳躍台として本格的に経済界へと進出する。

一九七九年に岸昌《きしさかえ》大阪府知事誕生に暗躍したフィクサー・野村周史と知遇を得たことで、許の人脈は一挙に広がる。のちに許は野村の姓を借り、「野村永中」と名乗ることもあった。私が許とはじめて会ったとき、渡された名刺も「野村永中」だった。

許永中の仕事師ぶりが注目されるようになったのは、京都の老舗上場企業を舞台とする手形乱発騒動だ。仕手集団の三洋興産による株買い占めに悩む日本レースは、一九八四年九月、取締役・営業所支配人の肩書で許を招き入れる。仕手筋に対抗するのに、許という劇薬を使ったのだ。日本レースのオーナーはヤマノビューティメイトグループを率いる山野彰英で、東邦生命の太田清蔵会長に相談したところから、許を紹介されている。

許は日本レース入りすると手形を乱発、企業価値が毀損されることに嫌気がさした三洋興産は買い占めから手を引いた。確かに仕手筋対策としては成功かもしれないが、乱発された手形は訳ありの開発事業などに溶けていき、日本レースは死に体同然となる。

その直前、許永中は京都新聞社とその子会社の近畿放送（KBS京都）をめぐる経営混乱にも介入した。オーナーである白石家の社長が急死し、社長を引き継いだ内田和隆が簿外債務の存在をめぐって解任されそうになった際、許は内田側に立つ。さらに許は事態打開のため、キョート・ファンド会長の山段芳春《さんだんよしはる》と結びつく。

山段は、警察官を振り出しにGHQ（連合国軍最高司令官総司令部）の下でシベリアから引き揚げてきた抑留者の思想調査に従事した。その後、京都市役所にほど近い四階建てのビルを拠点に京都自治経済協議会を組織して京都信用金庫や京都銀行はじめ地元経済界・政界にも強い影響力を持ち、京都新聞にも通じていた。許は山段を抱き込むことに成功し、その力を背景に、この後、KBS京都を骨の髄までしゃぶりつくすことになる。

許永中率いる「CTC中庸会」は翌一九八五年に大阪市西成区の豊国信用組合を事実上傘下に収めるなど、数十社を数える勢力となっていた。

許も、やはり池田の大口債権者の一人だった。許は中堅ゼネコン新井組の幹部に依頼され、池田が買い占めた同社株を引き取っていた。ブラックマンデーで資金繰りに窮した池田に代わり、許は雅叙園観光への関与を強めた。株価暴落から一ヵ月後には側近の田中東治を社長室付として送り込み、さらに翌月には山岸龍夫を特別常勤顧問兼支配人にしている。するとその直後、池田は雅叙園観光の会長を辞任して経営を放り出す。山岸は社長に昇格、田中も本社支配人となった。

南野が理事長となっていた大阪府民信組は一九八八年四月に許永中傘下の豊国信組を吸収合併しており、許と南野は親密な間柄となった。許はその年一二月上旬、雅叙園観光の簿外債務処理に手を焼き、南野に資金援助を求めた。許は「マムシ」ことアイチの森下安道からすでに六〇〇億円近くを借りており、膨大な手形処理に新たな調達先を必要としていたのである。要請を受けた南野は上京して雅叙園観光を視察する。上場を目論んでいた新千里ビルと合併させることも視野に、ダミー会社を挟んで許に九〇億円を融資した。

クラブ「グレ」で遭遇した許と伊藤

瀕死の雅叙園観光をめぐり、許と伊藤、南野の三人は運命共同体であり、千里石亭での密談で三人はたちまち意気投合した。

南野や許永中にしてみれば、伊藤から三〇〇億円近い取り立てを受けて、雅叙園観光が潰れてしまっては元も子もなくなる。他方、伊藤は伊藤で大阪府民信組のカネは喉から手が出るほど欲しい。三人の話し合いはまとまり、伊藤が許から雅叙園観光の経営を引き継ぎ、大阪府民信組がそれを支援していくことが決まった。

イトマン事件の判決文などによると、伊藤は側近にこう説明したという。

「府民信組の南野理事長から雅叙園観光の立て直しに協力してほしいと言われている。雅叙園観光を立て直せば池田に貸したカネの半分は回収できる。雅叙園観光を立て直して経営してみたい。再開発に成功すれば大きな利益が出る。協和は結婚式場も経営しているし、雅叙園観光と業務提携したら双方にとってプラスになる」

雅叙園観光は創業家の細川合名会社から建物を賃借していたが、契約期間満了を理由に明け渡しを求められ、訴訟となっていた。伊藤はそれを解決したうえで、敷地の大部分を保有していた大蔵省からの払い下げも受け、ホテルとマンションを合わせた近代的な高層ビルに建て替えるという壮大な計画を持っていた。そうなれば、雅叙園の企業価値は一挙に上がり、一発逆転もありうる。

伊藤は雅叙園観光の代表者印や銀行印、小切手帳を預かり、自社で保管した。二月から七月までに大阪府民信組から計三一回、二六七億円の融資を受け、簿外債務の処理に乗り出していく。

他方、許は雅叙園観光の重荷からいったん解放されることとなった。その後、許と伊藤は二〇〇億～三〇〇億円の資金を融通しあい、急速に関係を深めた。

当時、私も雅叙園観光ホテル建て替えの構想を伊藤から聞いていたが、伊藤の話はどこまでが真実なのか摑みどころがなく、真に受けるのは危険だった。

一方、伊藤に紹介された許永中とは、その後互いに距離を取るような関係が続いていた。

許は警察出身の私に対して警戒心を持っていたようだ。許は私がドリーム観光の小野島嗣男社長を即刻クビにしたことも、池田から聞いて知っていた。「こいつは、カネでは転ばない」と思ったのだろう。

許永中は、大きな風呂敷を広げさせたら天下一品の男だ。天才といってもいいかもしれない。ただ、それを具体化する仕事、現場の仕事にはあまり興味がないように見えた。

東京の夜の街で許の姿を目にしたこともあるが、私はそのときもあえて声をかけなかった。コスモポリタンの池田保次が失踪する半年ほど前、銀座の高級クラブ「グレ」で、池田と許が飲んでいたのだ。

池田と許の関係は独特で、池田は「私が許永中にビジネスを教えた」というし、許永中は許永中で「俺が池田の師匠」と吹聴した。私の目から見ると、経済界では先輩にあたる池田のほうがやや格上に見えたし、実際、この日、グレで飲んでいる様子を見ても、池田のほうが上という雰囲気だった。

池田と許の二人を遠目に見ていた私はママを呼んだ。

「あの二人、なんで入れてんだ。あんなヤクザ、わかってて入れてるのか？　迷惑かけてないか？」

「すみません、寺尾さん。知ってます。静かにしてますから」

そのとき、二人の席には金美佐子が同席していた。金美佐子は姉が「グレ」のホステスで、アルバイトで店に出ていたことから、許永中の愛人となる。

一九九七年九月、イトマン事件で逮捕されたあと、保釈中だった許永中は親族の法要を理由に韓国に出国し、そのまま行方をくらました。二年後の一九九九年一一月、許は東京・台場のホテルで金美佐子とともにいるところを身柄を拘束された。

イトマン新社屋と蕎麦店立ち退き

前章で紹介したように、一九八八年七月の体制変更で日本ドリーム観光はダイエーが支配するところとなり、私は取締役相談役に退いて経営の一線から離れた。翌一九八九年四月の定時株主総会をもって任期満了となり、日本ドリーム観光を完全に離れた。

私が退任した直後の五月、雅叙園観光の陰の支配者となった伊藤は許永中と南野を伴って日本ドリーム観光を訪れた。応対したダイエー出身の近藤勝重専務は、支援と引き換えに、ドリーム観光子会社のドリーム開発が持っていた雅叙園観光株の買い取りを求めた。

前述したように、日本ドリーム観光と雅叙園観光は持ち合い株の相互買い戻しを一九八七年八月に決めたが、巨額の税金が発生してしまうためいったん白紙撤回していた。それをここにきてもう一度持ち出したわけだ。

協和綜合開発研究所は雅叙園株買い取り代金として二七億円を支払い、一方雅叙園観光は日本ドリーム観光側から一一四億円の手形を受けとって同社株七〇〇万株を売却した。この時点で、日本ドリーム観光の都築社長は許永中らに取り込まれてしまったのだと私は見ている。

一九八九年六月末、前述の許が介入したＫＢＳ京都で多数の新役員が乗り込んでくるという政変があった。新社長となったのは政財界のフィクサーとして知られた福本邦雄である。ほかの新役員にはいまや許永中の盟友となった伊藤寿永光のほか、竹下登の娘婿でタレントＤＡＩＧＯの実父の内藤武宣、そして都築の名があった。

直後、伊藤はケー・ビー・エス開発なる会社を設立する。ＫＢＳ京都とは出資関係がないにもかかわらず、ＫＢＳ京都の不動産から放送機材まで丸ごとを担保に入れて一四六億円ものカネを借り入れてしまう。このとき、実質的な貸し主である住友銀行との間に入ったのが、ダイエーファイナンスだった。間違いなく、都築の口利きだろう。

このころ、伊藤は地上げした例の銀座一丁目物件の処分先探しに必死で、資金繰りのため日本ドリーム観光名義の不動産買付証明書の偽造にまで手を染めている。

伊藤がイトマン（一九九一年一月に伊藤萬から社名変更）に食い込んだのはその前後だ。大阪府民信組からの融資はもう望み薄だった。一九八九年六月、伊藤は名古屋にあった住友銀行栄町支店の大野斌代支店長からイトマン名古屋支店の加藤吉邦支店長を紹介される。続く八月、伊藤は大阪の料亭「たに川」でイトマン社長の河村良彦と会った。河村は商業高校出ながら住友銀行において常務まで異例の出世を果たした叩き上げで、一九七五年に再建請負人としてイトマンに派遣され、そのまま一〇年以上にわたり社長を務めてきた。このとき、六四歳。ジジ転がしの天才である伊藤は、難なくその懐に飛び込んだ。

このころ、強く記憶に残っている伊藤とのやりとりがある。

「寺尾さん、困ったことがあるんですよ」

伊藤が口にしたのは、イトマンが南青山で進めていた東京本社ビル予定地の地上げの件だった。

イトマンは一九八八年春頃から地上げ主体である子会社・イトマンビルディングの金利負担を軽減するため大規模な資本注入を行った。イトマンの本社用地として、青山通り沿いの一等地八〇〇坪を地上げしたが、その土地の真ん中にある「長寿庵」という蕎麦屋が立ち退きに同意しないため新本社ビルの建設に着工できず、塩漬けになっているというのだ。地上げには、数百億円の資金がかかっていた。

「蕎麦屋がどうにもならないんです。いくら立ち退き料を提示しても納得しない」

「そんなの簡単なことじゃないか。蕎麦屋を青山の土地と等価交換で銀座一丁目の再開発ビルに入れてやればいい。銀座と青山じゃ価値が違う。商売人ならわかるはずだ」

伊藤は私のこの助言通りに動いた。河村社長に「銀座の土地と交換なら話はまとまります」と伝え、長寿庵との交渉に入ったのだ。長寿庵は銀座への移転は渋ったものの別の青山の土地との交換を了承し、イトマンは本社着工にこぎつけた。

そのころ、住友銀行の磯田一郎会長がイトマンの河村社長を更迭し、後任社長を送り込んでくるという情報が流れていた。このままでは自分の地位があぶない。焦った河村社長は計画通りに増収増益を達成することで磯田の歓心を買おうとした。そこで考えついたのが伊藤のプロジェクトに巨額の資金を流し込んで、そこから一部を還流させ、それをイトマンの利益に計上しようという案だった。

「伊藤君の全案件に合計二〇〇〇億円を融資し、そのかわりにイトマンにその一〇パーセントの二〇〇億円くらいを企画料として入れてもらう。協和グループに損はさせない。そのうち一〇〇億円は来年三月までに入れてもらう」

河村社長は伊藤にそう言って協力を求めたという。決算期末が迫る中、イトマンは計画に対し一〇〇億円も利益が足りない危機に陥っていた。

一九九〇年二月、伊藤は企画監理本部本部長の肩書でイトマン入りし、同年六月には常務に抜擢される。こうして、イトマンからさらに巨額のカネが流出していくことになる。一方、伊藤プロジェクトを利用した利益水増しを画策する河村社長は、別の錬金術にも心を奪われていた。絵画取引である。

バブル景気が膨張する中、土地や株に続いて値を上げていたのが絵画で、中でもゴッホや印象派の作品が高値をつけた。日本のバブルマネーの奔流は、海外へも向かった。その波頭となったのが、アイチの森下である。

伊藤がイトマンへの食い込みを図っていた一九八九年秋、森下はロンドンのオークションで著名作家の絵画を買いあさっていた。クリスティーズでピカソの「母子像」に付けた値段は七一〇万ポンド、当時の為替レートで一六億円にも上った。その日、森下はモネやルノワールの作品も競り落とし、合計一九億円を蕩尽している。驚くのは翌日もオークションの主役が森下だったことである。次に現れたのはサザビーズで、ゴーギャンやルノワールなど計八点を競り落とし、落札額は計二七億円にも上った。

私が池田とともに田園調布の豪邸に行っていたころ、森下はさかんに「金貸しの時代はもう終わりで、これからは絵画だ」と言っていた。池田も森下の影響か一〇〇点にのぼる絵画を集め、それを担保に野呂周介からカネを借りていたことは前述した。不動産の次に担保になるものは絵画――バブル紳士のあいだでは、それが常識となりつつあった。
実は、ロンドンのオークションで話題をさらう一年前、森下が私に「古美術商の免許を取りたい」と相談してきたことがある。簡単なことなので、私から監督官庁に話を通しておき、その後森下は南青山に「青山画廊」を開いた。森下が絵画ビジネスに乗り出すきっかけの一つは、私がつくってしまったのである。森下はその後、クリスティーズの大株主にもなった。

「闇社会の守護神」と言われた弁護士

イトマンに話を戻そう。

一九八九年九月、森下率いるアイチがイトマン系繊維会社「立川」の過半数の株式を買い占めていることが明らかになる。これに危機感を抱いた河村社長は伊藤寿永光を仲裁役に立てて森下との交渉に当たらせた。ところが途中で河村社長は変心し、自らが持つ立川株を森下に譲渡して私腹を肥やそうと考え、森下から一〇億円を受け取ってしまう。その過程で、河村社長は森下から自慢話を聞いていた。「うちは絵画取引で、年間三〇億円儲けている」というのである。

ちょうどそんなとき、ロートレック・コレクションの話が持ち上がる。

西武百貨店の美術品子会社ピサの嘱託社員、黒川園子は住友銀行の天皇こと磯田会長の娘だった。河村社長とすれば、磯田会長の娘から絵を買い、恩を売っておけば、点数を稼ぐことができる。イトマンはそれまで絵画取引の実績がまったくなかったにもかかわらず、ピサからロートレック・コレクションを買い受けることを承諾し、購入予定価格は一六億円にのぼった。

河村社長はこの取引について「腹心」の伊藤寿永光に相談する。伊藤は「絵画ビジネスに詳しい人物」として、あの許永中を紹介した。じつはその裏には、許が池田から引き取った大量の新井組株をイトマンに嵌め込もうという黒い思惑を秘めていたのである。

許はイトマンがピサから買ったロートレック・コレクションをじつに六五億~七〇億円もの高値で買い取ると請け合った。この利益率の高さに河村社長は一発で魅入られ、まったく畑違いの絵画ビジネスにのめり込んでいく。

最初のロートレック・コレクションの売買が実行されていないのに、イトマンは許永中が仕入れた絵画を次々と買い付けた。

一九九〇年二月から八月までの間にイトマンが許傘下の関西コミュニティや関西新聞社から買い付けた絵は二〇〇点を超え、金額はおよそ五三五億円にも上った。現実にはそれらの百貨店表示価格はせいぜい半値で、イトマンは買い取った絵画をさばくことができず倉庫に長く眠らせたままだった。許は西武百貨店の外商担当の社員を抱き込み、百貨店名義の「鑑定書」をつくらせていたが、じっさいには許の言うがままの額を書き込んでいた。しかも、イトマンが出した買い付け資金のうち、かなりの額が伊藤に還流していた。

遅ればせながらイトマンの乱脈ぶりを察知した住友銀行は一九九〇年一一月、イトマンに特命チームを派遣する。同年一二月一日、イトマン名古屋支店の加藤支店長が自宅の浴室で手首を切って自殺。河村社長は翌九一年一月二五日に解任され、それから半年後、大阪地検特捜部に逮捕された。


イトマン事件で伊藤の弁護人となった一人が、田中森一だ。有名ヤメ検弁護士で、許永中ともきわめて近く、「闇社会の守護神」などとも呼ばれた。

私がはじめて田中に会ったのは、田中がまだ検察官のころである。かつて、検察官の人事は東京圏と関西圏で別々に回す慣例があったが、田中はめずらしく大阪から東京地検特捜部に入ったやり手検事としてそれなりに名前が売れていた。

ドリーム観光の監査役に就任した木下貴司弁護士が田中と検察任官同期で、私が「有名検事だから、食事に一度呼ぼう」と誘い、会食することになった。そのときは確かふぐを食べ、それから北新地に行った。

田中はかなり背が低い男で、頭の回転や判断がじつに速く、検察官としての能力に疑いはなかった。その後も月に一度くらいのペースで会い、情報交換がてら食事をする関係が続いた。

田中からは、生い立ちに関する苦労話をよく聞かされた。田中は長崎県平戸の漁村出身で生家は貧しかった。定時制高校に通い、岡山大学法学部に進学、司法試験に合格し、検事に任官した。その間、実姉は奉公に出て、二〇〇〇円ほどにしかならない月給のうち半分を仕送りしてもらっていたという。

田中はバブルが頂点へと向かう一九八七年一二月に検察官を辞め、翌年「大阪経済法律事務所」を開く。事務所の名称は日本ドリーム観光の顧問を務めた鈴木祐一弁護士の「東京経済法律事務所」を真似た、と田中自身が明かしている。田中と鈴木も司法修習同期で、親しかった。

事務所開きパーティには私も足を運んだが、新聞や雑誌の記者など多数の関係者が集まっていた。

そんな中に、あの「マムシ」こと森下も顔を見せていた。実は田中の事務所開設資金を出していたのは、森下だった。私はその経緯を直接、森下から聞いている。

森下はたびたび検察の取り調べを受けているが、すごいのは敵方だったはずの取り調べ検事をその後、味方につけてしまうことだ。その一人が、田中森一だった。

絶頂期の森下は東京・新木場にヘリコプターを駐機させていて、千葉に所有する自らのゴルフ場まで車なら一時間以上かかるところ、ものの一〇分で到着した。私も二回ほど招待されたが、きまって検事連中と一緒になった。ゴルフのあと、食事となると森下は銀座のクラブから必ず女性陣を呼んでいた。検事が五人いれば、女性も五人待機させていた。

森下は賭けゴルフが好きで、ゴルフのときも「マムシ」そのものだ。負ければ必ず、

「プッシュでいきましょ！　プッシュ！」

とくる。プッシュというのは、それまでの賭け金を二倍にするのだ。それで勝てば前の負けをチャラにできる。勝つまでやろうという賭け方で、負けが重なれば賭け金は二〇〇万、三〇〇万と跳ね上がる。田中もまた検事時代、そんなゴルフ接待を受けていた。森下は田中の名義で株を仕込んでおいて、売却益の数千万円を事務所開設資金に出したと聞いている。

ただ、森下と田中との関係はその半年後になぜか急速に冷え込んだ。喧嘩別れに近かったようだ。それっきり森下は田中の名前を口にしなくなったし、田中も同じだった。その後、田中は許永中と共謀して手形を騙し取ったとして石橋産業事件で逮捕される。その公判が続く二〇〇七年に出した田中の著書『反転』を読むと、少々苦笑いせざるを得ないくだりがある。

タクマの代理人をしていた田中は、同社株を買い占めていたコスモポリタンの池田と接点があった。そんな折のある晩、田中はクラブの女性に不思議と熱心に口説かれるという経験をする。そして数年後、その女性と東京でばったり再会し、「じつは……」と打ち明けられる。田中と寝て情報を引き出せと言われ、池田から五〇〇万円をもらっていたとの

オチだ。

どこかで聞いたことのある話である。そう、前章で紹介した私の美人局《つつもたせ》騒動とそっくりなのだ。私は以前、田中にその話をしたことがあった。おそらく田中は筆が滑って、さも自分が経験したことのように書いたのではないか——私はいまもそんなふうに疑っている。

田中を私に紹介してくれた木下貴司弁護士は、のちに、田中森一の弁護人を務めている。

亀井静香を直撃した読売スクープ

池田と亀井静香の関係については前章で触れたが、私が日本ドリーム観光を離れたあと、それを裏付けるような驚きの報道があった。

〈仕手集団「コスモポリタン」関連株／亀井静香・自民代議士が5割高で引き取らす〉

一九八九年九月二一日、読売新聞夕刊の社会面にそんな大見出しが躍った。

記事によると、池田が失踪する半年前の八八年二月一日、コスモポリタンの経理担当者が東京・永田町の議員会館に行き、亀井の秘書に額面二億五〇〇〇万円の手形二通を渡していた。二〇日後、秘書はそれと引き換えにコスモポリタン側に対しシロキ工業株二〇万株とオーミケンシ株一八万三〇〇〇株を引き渡し、手形は三月七日までに現金化されたという。株の引き取り価格は当時の株価からすると五割も高く、差額は一億六〇〇〇万円にも上った。池田から亀井に対する利益供与に見える。

コスモポリタンの財務内容を精査していた破産管財人が取引経過を不審に思い、亀井側に問い合わせると、差額相当の一億六〇〇〇万円が亀井の秘書から破産管財人に返還されてきたという。これについて亀井は「池田会長が絶対にもうかるというので、私の仲介で支持者や親類ら三、四人が株を購入し、暴落で大損したと苦情を持ち込んできた。池田会長を紹介した責任上、秘書に指示して買い戻しの交渉をまとめさせた」と説明している。

差額の一億六〇〇〇万円は一時的に秘書が借り入れたものだが、引き渡した株がその後に値上がりすれば、返済しなくてよいとの考えもあったという。ただ、そのような理屈は破産管財人に理解してもらえないので、知人らが借金して秘書名義で返還したというが、どうにも腑に落ちない。受け取った手形を持ち込んで得た現金は、すべて衆議院第一別館内にある大和銀行衆議院支店の亀井の個人名義の口座に入金されていたのだ。

大きな金銭スキャンダルだが、この数ヵ月後にあった解散・総選挙で亀井は難なく当選してしまった。亀井と許永中との関係はよく知られた話だが、許は池田の失踪後に亀井と急接近した。この記事にある一億六〇〇〇万円が食い込みのきっかけと私は想像している。大金の出どころはどこだったのか。その後、二人は兄弟分のようになり、亀井が地元で開いた講演会に許永中と伊藤寿永光を招いて、後援者に紹介するまでの関係になった。この記事を書いた読売記者は私のところにも裏取り取材に来ていた。記事は当時、亀井にそれなりの打撃を与えたのではないか。

雅叙園観光についても、後日談がある。

イトマン事件後、同社は再び許永中の影響下となった。雅叙園観光ホテルには私も何度か行ったことがあったが、館内はいつも薄暗くお化け屋敷のようになっていた。

一九九六年のある日、私は興味深い情報を耳にする。雅叙園観光ホテル内にアフリカのルワンダ共和国が大使館を開設し、そこで夜ごとバカラ賭博が開かれる計画があるというのだ。

じつはこの件については警視庁が内偵捜査を進めていた。警視庁保安課が、現行犯での検挙を狙いホテル周辺で連日張り込みを続けていたのだ。

私はこの事件を担当した警視庁生活安全部保安課の友渕宗治《ともぶちむねはる》課長と古くからの付き合いで、連絡を取り合っていた。友渕はノンキャリながらその後出世を重ねて生活安全部長となり、退職後は警視庁職員信用組合の理事長や東京都の監査委員を歴任している。

保安課の捜査員は一週間ほど張り込みを続けたが、賭博客の出入りを確認できず、摘発を断念した。

後に東京地裁で行われた民事訴訟によると、雅叙園観光はその年六月中旬に許永中の息がかかった日華観光という会社と賃貸借契約を結び、その支援の下でルワンダ共和国が大使館を開設する予定だったという。大使館は七月中旬に入居する運びだったが、結局開設されなかった。一部雑誌がバカラ賭博の疑いを記事にしたことで、計画自体がご破算になったようだ。雅叙園観光はその後、二回不渡り手形を出し、一九九七年一月に銀行取引停止となり事実上倒産した。

一方の伊藤寿永光も、イトマン事件の特別背任容疑で一九九一年に逮捕され、公判のすえ懲役一〇年の罪が確定して二〇〇六年に収監された。私と伊藤の因縁はその後も続いている。収監後、伊藤の息子が私を訪ねてきたのだ。息子は、伊藤が始めた結婚式場の事業を継いでいた。

「社長、父の刑期は一〇年ですが、中で真面目にやってますんで、少しでも刑期が短縮になればと思っています。お力添えいただければ」

伊藤の息子はそう言って頭を下げた。伊藤が宅見組長と親しかったことは事実だが、伊藤自身は元暴力団員ではない。刑務所内での行動にも問題がなければ、多少の刑期の「割り引き」はあって然るべきだ。私は自分の人脈を駆使して刑期の短縮に尽力した。結果的に伊藤は二年ほど短く刑期を終えることができたのだが、私の口利きの効果は認めていないようで、出所後一度も連絡はない。

パラオで高橋治則と遭遇

交流のあったバブル紳士のなかで、印象深い男をもう二人紹介しよう。一人はイ・アイ・イ（ＥＩＥ）グループを率い「環太平洋のリゾート王」と称された高橋治則だ。

高橋を紹介してくれたのは、当時衆議院議員の山口敏夫だった。三田のマンションを建てる際、日照権や電波障害などの問題で世話になった港区の区議会議員経由で山口との面識ができ、同年輩ということもあって、以降交流が続いていた。

高橋治則と山口敏夫は都内随一の高級マンションと言われた三番町マンションの隣同士の部屋に住んでいたことから親しくなっていた。高橋と山口はマンションを拠点に早朝の勉強会をしていて、そこにはあの許永中も出席していたという。一九八〇年代はじめのことである。

そのころの高橋は目立たない男で、貫禄のようなものはいっさい感じさせなかったが、私は高橋とは不思議と馬が合い、よく一緒に遊び歩いた。ＥＩＥはまだ高橋の父が社長を務めていたころで、同社が傘下に収めたゴルフ場会員権の販売会社の関係者が逮捕されるという事件があり、相談を受けたこともある。

高橋は兄が電通の幹部をしていることが自慢で、よく兄の話をしていた。高橋の実兄の治之は電通で出世を重ね、常務、専務を経て東京オリンピック・パラリンピック組織委員会の理事となり、二〇二〇年一二月にも菅義偉《すがよしひで》総理と会食するなど、存在感を示している。

治則はほとんど酒が飲めないのに、毎晩のように銀座や赤坂に繰り出していた。最初のころ、一緒によく行っていたのは赤坂の料亭「佐藤」で、もともとは佐藤栄作元総理の愛人がやっていた店だが、その頃は銀座の元ママが女将になっていた。高橋は佐藤を根城に田谷廣明や長野厖士といった大蔵官僚を接待し、親交を深めた。高橋は銀座の高級クラブにも入り浸っていて、よくそこに様々な知り合いを呼びつけていた。

ときには高橋が、「山口はカネがかかりすぎる」と愚痴を漏らしていたこともある。いい加減縁を切りたいというのだが、気持ちはわからないでもない。山口ほどカネの匂いに敏感な政治家はちょっといない。高橋もさんざんタカられたに違いない。

「まあ、もう少し待ってれば一回くらい大臣ができるから。そうなりゃ使い道があるから、辛抱したらどうですか」

それからおよそ半年後の一九八四年一一月、山口は中曽根内閣で労働大臣に登用された。二人の腐れ縁が二信組事件に暗転していくこととなる一〇年近く前の話だ。

駄洒落ではないが、馬が合った高橋と競走馬を共同保有していた時期もある。最初に馬主になったのは私で、その後に共同で持つ形にしていった。

中央ではなく公営競馬で、重賞レースの勝ち馬もいなかったが、それでも一ヵ月に一回でも走らせれば飼い葉代くらいは賄える。出走馬は、たとえ五着や一〇着でも奨励金や手当などが出る。丈夫な馬なら月に二回走らせることも可能で、出走したレースですべて最下位でも、馬主の収支はトントンにはなるのだ。高橋も羽振りがよくなりはじめたころで、私が話を持ちかけると、「おお、じゃあ、買っといて」と気前よく応じていた。「エーデルキング」や「エーデルエース」など、所有馬は多いときで六頭ほどを数えた。

いつしか高橋のスケジュールは分刻みになり、高橋が競馬場の馬主席から自らの所有馬が走る姿を見たことは私の知る限り一度きりだった。私と会うとき、高橋が事業の話をすることはなく、私はＥＩＥグループが日本長期信用銀行からの巨額融資をテコに急激に膨張しはじめていたことなどまるで知らなかった。ちょうど私も日本ドリーム観光の仕事で大阪に行ってしまったので、高橋とはやがて疎遠になっていった。

高橋のバブル紳士ぶりをあらためて知ったのは数年後のことである。ある警察ＯＢから誘いがあり、来日したパラオの大統領と食事をともにしたのだ。大統領といえばそれなりだが、人口が三万人足らずしかない国の元首だから、日本では市長レベルといったところだ。その会食を機にがぜんパラオの開発に興味を持った私は、弁護士を伴い、パラオ視察に出向いた。なんと、パラオでは一坪一ドル前後で土地を買えるというのである。

太平洋の島国に到着すると、約束していた大統領には会えないという。「日本から重要なお客さんが来るから、大統領はそちらを迎えに行かなければならない」と説明された。

大切なお客さん？　誰だと聞くと、「ＥＩＥの高橋さん」との返事だった。高橋なら旧知の仲だ。「ここに私がいると言ってくれれば、彼はすぐにでも来るよ」と話したが、信用してくれない。高橋はプライベートジェットでやって来るような大物だ。それと比べ、私は路線便を乗り継いでやって来たビジネスマンに過ぎない。

モーターボートに乗り、大海原を一時間ほども走り回って海側から広大な土地を見せてもらった。「これ全部、あなたのもの」と言われ、それでもしめて五〇〇〇万円ほどだ。

しかし、ひとつ問題があった。パラオでは日本のようなしっかりした土地登記制度がなく、裁判所で登記されるのは借地権だけで、しかもその土地の中には部族長が何人もいて、それぞれに独自の権利を主張しているという。それを聞いて、土地を買うのは取りやめにした。

バブル崩壊後の高橋は一連の不正融資事件の公判に臨むかたわら、「草月グループ」なる仕手グループを率い、株式市場でしぶとく生き残った。しかし上告中だった二〇〇五年、くも膜下出血で突然死んでしまう。私より四つ下、五九歳の若さだった。

高橋はその一年まえに長銀を引き継いだ新生銀行との和解が成立したが、二一八億円もの和解金は破産管財人の手にわたり、巨額の借金には焼け石に水で、内情は火の車だったようだ。その突然の死には、いまも自殺説が消えない。

Ｆ１誘致に賭けたバブル紳士

九州のど真ん中に自動車レース場「オートポリス」を造った鶴巻智徳《つるまきとものり》も、バブル紳士の一人に数えられるだろう。

本人の話によると、鶴巻はもともと鳶職をしていたという。その後、椎茸栽培で成功した。銀座を拠点とする住吉連合会傘下の小林会を率いた小林楠扶《こばやしくすお》会長と親しく、住吉会の看板をバックにビジネスをしていた。おそらくもとは身体中に刺青を入れていたはずで、腕のあたりにそれを消した跡がやけどのように残っていた。

鶴巻が伝手を頼って私のところへ相談に来たことがきっかけで付き合いが始まった。オートポリスはＦ１レースの招致活動を行っていたが、そのためには日本自動車連盟（ＪＡＦ）の許可を取る必要があった。しかし、ＪＡＦはなかなかゴーサインを出してくれない。前章で日本ドリーム観光の取締役になっていた高橋幹夫元警察庁長官の件を書いたが、ＪＡＦは警察ＯＢの天下り先だ。そこで警察人脈がある私に側面支援を頼んで来たのである。

鶴巻の会社、日本トライトラストは東京温泉が入る銀座六丁目のビルの中にあった。東京温泉は元メルボルン五輪のクレー射撃代表選手だった許斐氏利《このみうじとし》が始めた施設で、日本初の本格的サウナがあったことで知られる。

鶴巻の事務所に足を踏み入れると、壁の中央にどかんと肖像画が飾られていた。肖像の主は、日本電気（ＮＥＣ）の顧問を長年務めた一柳博志《ひとつやなぎひろし》。日米の政財界に通じ、ＮＥＣのドンである関本忠弘を裏で支えたフィクサー的人物である。鶴巻はこの一柳ときわめて近く、ＮＥＣはオートポリスに資金も出していた。

鶴巻の招待を受け、私はヘリコプターに乗って大分県内の奥深い山中にその威容を現すオートポリスを視察した。鶴巻は一九八九年、ピカソの名画「ピエレットの婚礼」を約七五億円という破格の値段で競り落としていて、それを目玉にオートポリスに美術館を併設する構想も温めていた。これにはアイチの森下も嚙んでいたようだ。バブル期ならではの大風呂敷である。

サーキット場に下りると、そこには映画００７シリーズにボンドカーとして登場するアストンマーチンが停めてあった。一台数千万円はするイギリスのスポーツカーだ。鶴巻に促され運転席に腰を沈めた。エンジンをかけ、ステアリングを握ると、思い切りアクセルを踏む。目の前には公道ではあり得ない、長い長い直線が伸びている。芸術品のように完成された車体は反応よく加速し、背中を押しつける強烈な「Ｇ」を感じた次の瞬間、身体がふわっと浮くような無重力感がやってきた。カーブを曲がりきれなかったら、間違いなく即死だ。後にも先にもあんな経験ははじめてだった。

鶴巻から説明を受け、モータースポーツに詳しい記者にも話を聞いたが、オートポリスは間違いなく世界一のサーキット場だという。ＪＡＦが許可を出さないのはどうひっくり返ってもおかしい。そこで私は、秦野先生の力を借りることにした。

「現場に行って見てきましたが、ＪＡＦがなかなか許認可を下ろさないんです。先生、ちょっとお願いします」

秦野先生はペンを取り、名刺の裏に「寺尾君を代理にやる」といった趣旨の一筆をさっと書き、判を押してくれた。

「じゃあ、俺の代理だ」

そう言って名刺を私に差し出すや、こんどは受話器を取ってＪＡＦに電話した。

「寺尾っていう、あのヒゲ生やしたの知ってるだろ？」

このとき元警視総監の鎌倉節氏が、ＪＡＦ副会長になっていた。前に触れたニセ医者問題で危うくミソを付けるところだった、あの鎌倉氏だ。

「俺の代理で行くから時間を作ってやってくれ」

秦野先生がそう言うと、鎌倉さんは「わかりました」と二つ返事だったそうだ。ところが私が行ってみると、どうも様子が変だ。

「君はどういう資格で来たんだ？」

「名刺を預かってきました」

名刺に目を落とすわけでもなく、鎌倉さんはどういうわけかブスッとしている。

「秦野の代理でございます」

「そうか」

鎌倉さんは仏頂面のまま、表情を変えない。おそらく、私が秦野先生を使って頭ごなしにやって来たことが不満だったんだろう。

気まずいやりとりの末、なんとか鎌倉さんのご機嫌をとって許可を下ろしてもらうことができた。喜んだ鶴巻からは数百万円の謝礼と、国産の高級腕時計が届いた。

しかし、時すでに遅し。直後にバブルが破裂し、鶴巻の日本トライトラストは一九九二年に約一二〇〇億円もの負債を抱え倒産してしまう。

ただ、不思議なことに、その後も鶴巻は悠々自適の生活を送っていた。競走馬関連のデルマークラブや椎茸栽培のリンド産業といったグループ会社は倒産を免れており、そちらからの収入があったのかもしれない。盆暮れには大量の椎茸が届き、たまに食事に誘われる関係が続いた。

鶴巻は、二〇〇七年にこの世を去った。晩年は糖尿病に苦しみ、人工透析で命をつないでいた。バブルの陰の主役の一人、アイチの森下も二〇二一年一月に世を去った。

華やかだった平成バブルはこうして終焉《しゅうえん》を迎え、暗く重苦しい時代がやってくる。私も時代の大波には抗うことができず、もがき苦しむこととなる。

第七章　裸一貫の再出発

日本有数の白砂ビーチ

伊豆半島の入り組んだ海岸線を縫って走る国道一三六号線、それを下田市街から西方にしばらく上っていくと、左手にフェンスで仕切られたサッカー場ほどの土地がぽっかり広がっている。行き交う車は代わり映えしないそんな風景に目もくれず制限速度などものともせず先を急ぐばかりだ。

いま、あえて路肩に立ち止まるのは私くらいのものだろう。フェンスの向こうは背の高い雑草が生い茂り、さらに南の海側に向かって一〇〇メートルほど先は行く手を遮らんばかりの鬱蒼とした木々に囲まれた小高い山である。それを迂回するように東西方向へと一〇〇メートルほどコンクリートの擁壁が延びている。脇の小道を上ったところにちょこんと鎮座した白い建物だけが、かつて人の手が入った名残をわずかにとどめている。

二十数年ぶりに目の当たりにした狼煙崎の地は、かつてと同じ風景であり、それとともになんとも寂しく変わり果てていた。

一九八九年四月に日本ドリーム観光の取締役相談役を退任した後、私は狼煙崎の開発を仕上げにかかった。そこに美術館を兼ね備えた一大リゾート施設を造りあげるのが大きな夢だった。しかし、バブル崩壊で私も資金難に陥り、岬の付け根を横断する国道から太平洋を望む突端へと延ばすはずの進入路を八〇メートルほど造成したところで夢は無残にも砕け散った。土地は一九九六年七月、支援してくれていた中堅ゼネコン、佐藤工業が担保権を実行したことで、私のもとを離れた。

土地を抱え込んだ佐藤工業も六年後、会社更生手続きを申請して倒産してしまう。スキー客らを当て込んで新潟県湯沢町に雨後の竹の子のように建設した高層リゾートマンションの失敗などで同社もまた満身創痍だったのだ。

私の経営するエーデル・パレスが狼煙崎を岬ごと買ったのは一九八六年二月のことだ。もともと土地は一九六〇年代に京浜急行電鉄が地上げしたものだった。

国道一三六号線をもう少し西に走り、下ったところにある多々戸浜《たたどはま》は、夏は多数の海水浴客が集まる海岸で、美しい景観に誰もが魅了されるに違いないが、狼煙崎はそれ以上に風光明媚な場所だ。

日本では数少ない真っ白な砂浜が広がり、その向こうの太平洋からは砕け散る波頭が幾重にも押し寄せる。視線を少し左に向けると、飛び込んでくるのが狼煙崎の雄大な姿である。まるで海中から巨大な岩の塊がせり上がったような峻厳《しゅんげん》さがある。

多々戸浜の反対側、東側の鍋田浜《なべたはま》から望んでも、巨大な山塊が太平洋に突き出している様が見て取れる。人が容易に近づけない断崖を利用し、鍋田浜側には戦時中、南方への補給線を担う三式潜航輸送艇の停泊基地がひそかに置かれた。配備されていた「ゆ一〇一級」の八号艇は玉音放送二日前の空襲で大破、多くの戦死者が出た。

太平洋に突き出た狼煙崎の上から望めば、青々とした大海原の壮大なパノラマが広がる。陽光が燦々《さんさん》と降り注ぎ、空気爽快、気分がいいことこの上ない。

小学校六年の修学旅行で生まれてはじめて日本海を見て「海って大きいな」と感動して以来、海への憧れがずっと私の心に残っていた。それを、自分の力で形にしたのだ。

私は現地に櫓《やぐら》を建て、折々景観を楽しんでいた。多々戸浜や鍋田浜から見て取ることはできないものの、海岸線へと下りていけば、プライベートビーチとするのにもってこいのちょっとした砂浜もあった。これだけ景観に恵まれた土地は日本中探してもそうはない。

じつは京浜急行が買ったこの土地を、天皇家の御用邸にする話がかつてあった。侍従長が駕籠に乗って岬じゅうを見て回り、昭和天皇もこっそり視察に来て、いたく気に入られたと聞く。だが、立ち退いてもらわなければならない民家がまだ数軒残っていた。その解決のメドが立たないため、結局、御用邸は下田港を挟んで東の対岸、三井財閥が別荘地としていた須崎半島に造られることとなる。

八〇年代に入り、京浜急行は土地を持て余していた。その話を伝え聞いた私は大きな夢が広がるのを、確かに感じていた。この開発に成功すれば、大きな事業になる。偶然にも土地の所有者である京浜急行の会長が、秦野章先生の後援会長で、そこにも「運命」を感じた。

現在の狼煙崎の様子（手前は多々戸浜海水浴場）

こうして狼煙崎を買い取る話は首尾よくまとまったのである。

「平山郁夫美術館」を構想

五〇万平方メートル近い広大な土地の取得額は約一五億円。金融機関からの借り入れに佐藤工業が債務保証を付けてくれ、現地には「この土地は売りません」と大書した看板を立てた。当時、土地は買えば儲かるといった神話が幅を利かせており、そのままにしておくと、方々から売ってくれという電話が入るので、売却の意思がないことを示す看板を出す必要があった。

秦野先生も狼煙崎を何度も夫人とともに見に来てくれている。野良着のような服装で麦わら帽子をかぶった秦野先生を四輪駆動の軽自動車に乗せ、案内したことをよく覚えている。

土地を譲ってくれた御礼に、京浜急行の社長に贈り物をしようと、秦野先生に相談したところ、英國屋の背広を贈ろうということになった。それで担当者を呼んで適当なものを見つくろわせたのだが、お仕立て券付きで一二〇万円もしたのには驚いた。

リゾート施設を開発するのに最初の難関は地元漁業組合の同意だった。施設はどうしても生活排水を海に流す形になるから漁協がうんと言ってくれないと前に進まない。その漁協がどうにもならないくらい反対の姿勢だった。

私はまずエーデル・パレス名義で漁協に定期預金口座を作り、五〇〇〇万円を預けた。漁協に保証金を積んだ形である。

さらに、私は解決の糸口になりそうなキーパーソンにあたりをつけていた。地元静岡二区選出の元建設大臣、木部佳昭《きべよしあき》衆議院議員だ。漁協は木部の有力な支持者だった。

「先生、木部さんに話して、ここの開発なんとかならないですかね。漁協の組合長さんさえ、ＯＫ出してくれれば、うまく行くんですけど」

しかし、木部よりも組合長のほうが力関係が上で、そう簡単に呼び出すことはできない。そこで秦野先生の出番となった。「有名人の秦野章が来るから」との口説き文句で、ようやく組合長を下田の高級料亭に招く段取りが進んだのである。ただし、私が同席するとは相手に伝えていない。

当日、秦野先生と木部、そして私が待ち構える座敷に組合長が姿を見せた。

「俺を騙したな！」

組合長は私の顔を見るなり、その場を去ろうとする。

「まあまあ、そう言わずに飲んでいきなさいよ。私の隣にでも座ってさ。野暮なことは言わないで、ただの顔合わせだから」

いつもの持ち味を発揮して秦野先生がそう言って引き留めると、嫌々といった表情をしながら組合長は腰を下ろした。そうなればもう、秦野先生のペースだ。会の後半にはすっかり打ち解けてしまった。

酔いが回った組合長は思い出話を始めた。二〇年ほど前の冬の寒い日、海岸を散歩していると、波打ち際に泥だらけの若い女性が倒れていたという。自殺を試みたらしい。組合長は女性を抱え起こし、急いで自宅に連れて帰った。熱い風呂を沸かして女性を湯船に入れると、身体中についた泥を丁寧に落としていった。家人は怪訝《けげん》な顔をしてその様子を見ていたという。女性はすっかり元気を取り戻し、帰っていった。その後、毎年、女性からの手紙が届くようになったという。結婚したとの報告も受けたと組合長は懐かしがった。

後日、秦野先生はスポーツ紙に連載していたコラムにこの話を書いた。タイトルは「伊豆ヒューマンストーリー」である。ただし、組合長の実名は書かず、誰であるかはぼかして、「侠気あふれる男の、すさまじいヒューマンな話を聞いた」と結んだ。組合長にとっては、最高の賛辞だろう。秦野先生は掲載紙を二〇部ほど組合長に届けたそうだ。

「寺尾君、これがダメ押しなんだよ」

秦野先生の細やかな気配りにはただただ感心、舌を巻いてしまった。その後、時間はかかったが、漁協の同意を取り付けることができた。

次なる難関は環境庁（現環境省）の許可である。

狼煙崎は富士箱根伊豆国立公園内にあり、開発規制がことのほか厳しい。ただ、幸運だったのは厚生省から出向していた担当局長がたまたま私の知り合いだったことだ。第四章で触れたように、私がきわめて親しくしていた警察庁の斉藤明範さんが一時、厚生省に出向していたことがあり、交換人事で厚生省の官僚が警察庁に来ていた。その縁で斉藤さんから紹介され、面識があったのだ。

ここでも警察人脈が生き、それで話が徐々に前に進み出した。長年、誰も手を付けられなかった土地が動こうとしていたわけだから、「自分は選ばれた人間なんじゃないか」と一時は自惚《うぬぼ》れたものである。

時には、「自分のレベルでは難しいのかな」と弱気になったこともあったが、何とか開発許可は下りたのである。

開発の目玉となる美術館には、親しくしていた平山郁夫先生の絵を飾ることにした。

「ここで一二枚の絵を描いて、飾りましょう。おカネはいりませんよ」

狼煙崎の地を実際に見た平山先生はそう太鼓判を押してくれた。

当時、一枚数億円の値がついた平山先生が、三畳ほどもある大ぶりの絵を一二枚も描いてくれるというのである。実物は美術館に収蔵し、複製したパネルをホテルに飾り、絵はがきにもして宿泊客に販売しよう。私の脳裏で構想は膨らんでいった。美術館にはアトリエも造る計画だった。

伊豆半島は火山地帯だからどこを掘っても温泉が出るはずだ。そこで私は二〇〇メートルほどボーリング（試掘）してみた。掘り当てた地下水は二〇度くらいの温度だったが、温泉を謳う基準は満たしていた。また、例のプライベートビーチのほうは、下りて行けるようにエレベーターを設置する青写真まで描いた。

私は毎週のように下田へ通った。新幹線で熱海まで行き、そこに待たせていた会社の車で現地まで南下するというのが定番コースだ。これだけ格式が高い土地は日本中どこにもないと私は自負していた。開発がうまくいけば価値は一〇〇〇億円を超えるとも考えていた。そのためにはまず国道からの進入路を岬の中央部まで通さなければならない。やっとそこまで辿り着けたはずだったのだが……。

東大寺裏にリゾートホテルを計画

他方、日本ドリーム観光入りがきっかけで私はもう一つのリゾート開発を手掛けることになった。奈良市内の「ホテル大和山荘」の再開発である。もともとはコスモポリタンの池田保次が手掛けていたものだった。

池田の新和観光開発が一九八六年一月にホテル大和山荘を買い取り、土地建物には第一勧業銀行系の二社が計一二億円の抵当権を設定している。

奈良は日本有数の観光地だが宿泊施設は非常に少ない。ホテル大和山荘は数少ない国際観光ホテルの政府登録施設で、立地は抜群に良かった。

自由気ままに鹿が戯れる東大寺の広大な境内——。観光客が真っ先に目指すのは言うまでもなく、巨大な盧舎那《るしゃな》仏像を安置した大仏殿だ。そこからさらに北に歩を進めると見えてくるのが校倉《あぜくら》造りで高床式の正倉院である。

現在、その裏手には有料道路「奈良奥山ドライブウェイ」が走り、入り口料金所が設けられている。かつてはそのあたり一帯も境内地だった。市街化調整区域で、かつ風致地区に歴史的風土保存区域と、開発規制が幾重にもかけられた場所だ。地形は高低差に富み、そこにあった三つの建物群を、一九七五年に本格的なホテルへと改装したということだった。

敷地の入り口には京都の本国寺（のち本圀寺）から移築したという織田信長ゆかりの門があり、一歩中に入ると、日本庭園の奥に和風を基調とする地上地下合わせて三層のホテル本館があった。ツインベッドが置かれた洋室と六畳の座敷を組み合わせた和洋折衷タイプなど、客室は五〇ほど。渡り廊下を進んだ別館には露天風呂もあった。

もともとの個人オーナーは地元の南都銀行などから借金を重ねて投資を実行してきたが、やがてお手上げになり、そこにやって来たのが池田だった。新和観光開発の取得から三ヵ月後、エム・アール・ディーという東京・新宿の会社が一四億円の抵当権を設定した。バブル期にミサワホームが地上げの別働隊として使った子会社で、第五章で新歌舞伎座をめぐる池田と三澤社長との関係について触れたが、二人はすでにこのとき、接点があったのだ。

一九八八年八月に池田が失踪し、同年一一月にコスモポリタンが破産すると、ホテル大和山荘は競売にかけられた。

このとき、住吉会の関係者が入札するという情報があった。金主となるのは東邦生命だという。私は東邦生命の太田清蔵社長に電話し、「ヤクザなんかにカネを貸してはダメですよ」と警告した。太田社長は仏様のような外見の一方で、あの許永中を育てた人でもある。私の忠告が効いたのか、住吉会関係者は入札しなかった。

翌年一月に大阪市内の大治ビルという会社がホテル大和山荘を競売で落札したが、バックについていた三和銀行からの協力要請があり、私が再開発を手掛けることになった。

ホテル大和山荘の仕事をするにあたり、私は「蘭奢待《らんじゃたい》」という会社を設立した。社名は正倉院に収蔵されている高名な香木の名前に由来する。一説には八世紀に日本に伝来したという名香で、原産地はベトナム近辺と推測されている。足利義満、織田信長など時の権力者がその香りを求め、ごくわずか切り取った。

「蘭」という漢字の旁《つくり》に「東」が含まれ、同様に「奢」には「大」、「待」には「寺」が含まれる。あわせて「東・大・寺」になるという雅名である。

設計家との打ち合わせや行政との折衝などほとんどは私が一人でやっていた。設計をお願いしたのは新都庁舎を手掛けた建築家の丹下健三先生。秦野先生の紹介だったと記憶している。ちょうど東京・西新宿で丹下先生設計の都庁の建設が急ピッチに進んでいた。丹下先生と県知事や県議会議長を引き合わせるため、料亭での会合を何回もセットした。

再開発のコンセプトはヨーロッパの高級ホテル仕様だった。イタリアやフランスにも視察に行き、家具や照明など調度品を研究した。各客室にはキッチンを備え、一泊の料金を数十万円に設定し、将来的には分譲することも視野に入れていた。二棟に分かれた建物には七〇億円ほど投資する構想だった。敷地は地滑り地域だったため、太い杭を何本も打ち込む必要があり、工事費は割高にならざるを得ない。丹下先生の事務所には設計料として三億五〇〇〇万円を支払った。許認可も下り、既存建物の解体に着手するところまで計画は進行した。

ＪＲの妖怪・松﨑明

ところで、秦野先生の第三の人生についても書いておこう。警察官僚が第一の人生なら、第二の人生は政治家、そして第三の人生はマスコミ人としての顔である。

「俺はもう辞めようと思うけど、どう思う？」

一九八六年に政界を引退する前、秦野先生にそう訊かれたことがある。頭を下げるばかりの選挙活動にほとほと嫌気がさしていたのだ。そこで私は秦野先生にこんな思いつきを口にした。

「第三の権力はマスコミだから、テレビ番組をひとつ作ってみてはどうですか。自分の番組を持てば総理大臣でも誰でも出てくるから面白いんじゃないですか」

以前、秦野先生は『何が権力か。』とのタイトルで政治とマスコミとの関わりについて論じた著作を出していた。それで私はそんな突拍子もないことを口走ったのだが、頭に浮かんでいたイメージは細川隆元の長寿番組「時事放談」だった。秦野先生はすっかりその気になり、本当に政治家を辞めてしまった。

私の責任は重大である。テレビ番組制作のことは何も知らないから、付き合いが長い日本テレビの人事局長（当時）、小林昂氏に相談すると「そりゃ大変だな」という。制作にお金がかかるからである。週一回の番組でひと月に二〇〇〇万円はかかるという。

ただ、その当時はバブルが絶頂期に向かっていたころで、スポンサーはすぐに見つかった。東京佐川急便の渡辺広康社長が年間三億六〇〇〇万円を出してくれることになったのである。

一九八七年四月四日、「一刀両断」という番組が日本テレビ系列でスタートした。毎週土曜日の朝九時半の放送、秦野先生のべらんめえ調トークはなかなか好評で、この番組は一九九〇年三月末まで続く。すぐに翌週の四月四日にはテレビ東京系列で「秦野章の辛口モーニング」という新番組を持つこととなった。こちらは毎週水曜日の朝八時半である。

辛口モーニングの記念すべき第一回ゲストは「安竹宮」と呼ばれた自民党ニューリーダーの一人、宮澤喜一だった。ライバルの竹下登に先を越された宮澤はリクルートコスモスの未公開株を巡るスキャンダルでミソを付け閣外に去っていたが、次なる総理総裁の座を虎視眈々と狙っていた。

「辛口モーニング」は翌年に毎週土曜日の朝八時半という、この手の番組にとっていい時間帯に引っ越した。そうした矢先、警視庁から「佐川は近いうちにまずいことになりそうだ……」と連絡が入ったのだ。

この半年後、暴力団稲川会会長の石井進に連なるフロント企業に対する多額の出資が明らかとなり、社長の渡辺広康と経理担当常務の早乙女潤が解任され、間髪いれずに会社側が二人を東京地検に刑事告訴する。東京佐川急便事件はこの後、右翼団体・皇民党による竹下へのほめ殺し攻撃や稲川会の石井の暗躍、それに金丸信へのヤミ献金など一大疑獄へと発展した。

「先生、困りました。東京佐川の名前が出ないうちに、スポンサーを代えなきゃダメですよ」

東京佐川急便から毎月出ている三〇〇〇万円のうち三〇〇〇万～四〇〇〇万円は秦野先生に行っていたから、この一大事はすぐに伝える必要があった。

「寺尾君、JR東日本はどうだ」

「それは最高ですよ！」

秦野先生は、国鉄民営化のキーマンのひとりで、JR東日本（東日本旅客鉄道）の副社長・松田昌士《まつだまさたけ》と顔見知りだった。さっそく秦野先生とともに松田を赤坂の料亭「口悦」で接待することとした。すると先方は、もう一人連れてくるという。というより、一緒でなければ物事がいっさい前に進まないようなのだ。その人物とは東日本旅客鉄道労働組合（JR東労組）で委員長を務める松﨑明《まつざきあきら》だった。

国鉄時代、その卓越した指導力で「鬼の動労」とも恐れられた国鉄動力車労働組合（動労）を率いた松崎は民営化に乗じて権勢を拡大、経営陣をも裏で支配する存在となった。その昔、松崎は議長の黒田寛一とともに「革マル派」を結成に導いた非公然活動家だったことで知られる。「中核派」と血で血を洗う内ゲバを繰り広げた極左過激派組織の指導者だったのである。その後、松崎は「コペルニクス的転回（コペ転）」して革マル派を離れたとされるが、偽装転向の疑いはいまなお議論の的だ。民営化を絶対的な目標とする松田はそんな松崎と手を結ぶことで労務問題を手の内に収めるという悪魔の選択をした。

「そんな奴、呼ばなきゃいけないのか？」

「先生、今日は接待なんで、下座でお願いします」

松田・松崎の二人はどう見ても一対の関係、ニコイチだ。その場では月一〇〇〇万円を出してくれるような話だったが、結局、ＪＲ東日本からのスポンサー料は月八〇〇万円にとどまった。不足分は下田の開発を手掛けていた佐藤工業や、永谷園等の各社にスポンサーになってもらい、秦野先生の番組は何とか続けられた。

その後、私は松崎と何度か飲む機会があった。連絡を取るときはいつもＪＲ東日本の総務を通じてだった。彼はいつもハイヤーに乗って一人でやって来る。私はかつて非公然活動もしていた労組トップがどんな人間なのか興味があったのだが、当時も公安の尾行がついていたはずの松崎に革命家の面影はどこにもなかった。カネとオンナに、人並みの興味を持っているように見えた。

「あんた、頭が悪いな」

どういう経緯だったかは覚えていないが、あるとき、私はそう言って松崎に資金作りのノウハウについて話したことがある。企画会社を設立して会社と契約を結べば、取引名目で資金を獲得することは可能で、あとは税金さえきっちり納めていればいい。松崎は神妙な様子で聞いていた。

後年、松崎をめぐってハワイの別荘など不透明なカネの流れが取り沙汰されることとなるが、あのときの私の話を参考にしたのかは定かでない。

破産寸前の危機

少し寄り道をした。そんなこんなで忙しくしていた一方で、バブルは急速に萎《しぼ》みはじめていた。私がバブル崩壊の予兆を感じたのは、まだ日本ドリーム観光にいた時分である。

〈いまの風向きはちょっとやばいぞ〉

内心では、そう感じていたのである。

土地や株は値上がりを続けていたが、そろそろこのへんが頂点だと思いはじめていた。そのころ、知り合いには「不動産を買わないほうがいい」とアドバイスしていたくらいだ。

日経平均株価がピークを付けたのは一九八九年一二月二九日の大納会で、ザラ場での最高値は三万八九五七円だった。ところが一転、年が明けた大発会からはずるずると値を下げはじめる。続く三月二七日、大蔵省は行き過ぎた地価を抑制するため、金融機関に対し不動産担保融資の総量規制をかけた。日本銀行は前年、緩やかな利上げモードに転じていたものの地価上昇の過熱は続いていた。それを補完するための政策だったが、いささかこれは効き過ぎた。融資の蛇口を締められた不動産も行き場を失って急落、バブルは一気に萎みはじめたのである。

私は当時、二百数十億円の借入金を抱えていた。

地価が上昇している間は保有不動産の担保価値がどんどん上がるからいくらでも追加借り入れができた。下田のようにまだ開発途上で収益をまったく生んでいない土地でもそれは同じだ。当時は一〇パーセント前後の金利が当たり前だったが、二億や三億くらいのカネなら電話一本で作ることができた。

ところが、一転して地価が下がりはじめるともうどうにもならない。金融機関は追加担保を求めてくるが、そんなものはどこにもない。億単位の利息を払える当てはどこをどう探してもなかった。

下田の開発はやり抜かねばならないと決心していたが、漁協の同意や環境庁の許可を得るまでに数年を要してしまい、もはや時期を逸してしまっていた。前述したように、ひと頃は知り合いを通じて土地を譲ってほしいと言ってくる買い手がいたものの、それもぱったりといなくなってしまった。本章の冒頭で書いたように、進入路を八〇メートルほど造成したところで、まったくの資金不足に陥ってしまったのである。

私は誰に相談するわけでもなかった。妻にも何も言わなかったほどだ。地獄のような日々と人は言うけれど、じたばたしても何も始まらないと諦観していた。その日のことが終われば、何も考えずに夜は眠る。次の日の朝、目覚めてからその日のことを考えればいい。そう切り替えて毎日を送っていた。

支払いのため振り出していた手形はジャンプに次ぐジャンプで凌いでいた。

支払期日が到来した手形を、新たな期日の手形に差し替えてもらうのである。相手もじつのところ、手形を振り出した会社を自分から不渡りにしたくない。他の債権者から悪く思われかねないからだ。

エーデル・パレスなどが振り出していた手形の一部が銀行取り立てに回されると、依頼返却してもらえるかが勝負だ。銀行の支店は午後三時に閉まる。ただ、支店が本部に手形を回すのは午後四時を過ぎた頃だ。本部に回されてしまったら翌日には不渡りとなる。だからその間に手形を持ち込んだ債権者のところに行って新しい手形に差し替えてもらい、前の手形を依頼返却してもらうのだ。そうすれば、ギリギリセーフである。

そんな私のような債務者の足下を見て、利息は一日一割、場合によっては一日三割という金貸しもいた。「トイチ」（一〇日で一割の利息）どころではない世界だ。その一人が、V

シネマの名作『難波金融伝・ミナミの帝王』のモデルになったと言われ、歌手の和田アキ子の叔父にあたる和田忠浩だ。私自身は和田からカネを借りたことはないが、一度、「兜町の風雲児」と言われた相場師・中江滋樹に同行して和田に面会したことがある。私がいたほうが信用力があり、カネを借りやすいからと中江に頼まれたからだ。

和田は、午後三時から事務所を開け、商売を始める。そこから一時間のうちにカネを作れるかどうかで手形が不渡りになるという人間が和田を頼ってくるのだ。和田は暴力団にもかなりのカネを貸していたようだが、バブル崩壊後は資金繰りに詰まり、恐喝などで逮捕され、銀行取引停止になった。

手形のジャンプを続けていると、取引銀行からもらっていた手形帳の用紙はどんどんなくなっていく。だから、こんどは銀行に行って追加の手形帳をもらわなくてはならない。しかし、金融機関もこちらの台所事情はよくわかっていて、そのうち手形帳をなかなか出してくれないようになってしまった。

太陽神戸銀行だったと思うが、いよいよ追い詰められたこともあった。

「本部の了承がないと、支店の判断だけでは新たな手形帳を渡せない」というのだ。絶体絶命、あとはもう気迫を見せるしかない。私は日本刀を手に支店を訪れた。刀剣というと怖がる人も多いが、きちんと鞘に収めていれば美術品である。銀行の支店に刀を持って入っても、抜かずに手に持っているだけなら問題はない。

「あんたのところが手形用紙をくれないとうちは不渡りになる。それさえあれば、ほかの債権者はみんな待ってくれるんだ。この先、何があるかわからない。この苦難もひょっとしたら切り抜けられるかもしれない。だから手形用紙を出してくれ」

最後、相手も根負けして手形帳をくれた。

金融機関の職員はみんなサラリーマンだからわざわざ私に破産をかけるようなことはしなかった。むしろ思い悩んでいたのは彼らのほうで、芝信用金庫の支店長などはノイローゼで入院し、そのまま退職してしまったとも聞いた。

住宅金融専門会社（住専）から一円も借りていなかったことは、不幸中の幸いだった。一九九六年に設立された住宅金融債権管理機構（のち整理回収機構）は、初期におけるバブル退治の象徴だった。住専処理のために設立されたもので、真の狙いは農林系金融機関の救済だった。そのための公的資金投入が決まったが、日本中で反対の声が湧き上がった。借り手のほとんどはバブル紳士と呼ばれた不動産業者だから、そんなのを公的資金で助けるのはけしからんというわけだ。

住専処理のための公的資金投入額は一兆円にも満たず、その後の大手銀行への資本注入に比べれば大した金額ではなかったが、政策当局者も含め日本人の多くは不良債権問題の深刻さをまだ理解できていなかった。公的資金投入が決まった後、末野興産の末野謙一や麻布建物の渡辺喜太郎ら大口の借り手は多くが強制執行妨害などの罪に問われ投獄された。世間に公的資金投入を納得させるための見せしめといっていいだろう。私も住専から借りていればそうなっていたはずだ。

ついに不渡り

嫌なことは続くもので、一九九五年の一一月には、サニークレスト三田で殺人事件まで起こった。

はじめに三田の土地をまとめるきっかけになってくれた、升屋の松永さんの息子さんがサニークレストの一階で開いたパン屋が、のちにサンドイッチ専門店に模様替えしていた。松永さんは毎日早朝から昼過ぎまでこの店を一人で切り盛りしていたが、電話に応答しないことを不審に思った母親が店を訪ね、松永さんが背中を刺されて死んでいるのを発見した。四四歳だった。

松永さんは明治学院大学アメフト部の主将を務めたスポーツマンで、アメフト部の同期の男に一〇〇〇万円のカネを貸していた。男は返済期限を延ばしてもらおうと早朝、サンドイッチ店を訪れ、断られたので、店にあった包丁で松永さんを刺したという。男はまもなく逮捕されたが、行く手の暗雲を予感させるような、嫌な事件だった。

ホテル大和山荘の建て替え計画は既存建物を取り壊したところまではいった。

その際、敷地にあった石塔や灯籠は当時、故郷の佐久に建設中だった自宅に運ばせていた。下田や大和山荘など開発を手掛けた不動産はおろか三田のマンションまで、最後はどれも担保として債権者に取り上げられてしまったが、片田舎である佐久の不動産など転売価値がないと見られたのか、どこもそうしなかった。

バブル時代から残ったものは佐久の自宅と、奈良から運び込んだ石塔や灯籠くらいだ。会社だけでなく個人的にも自己破産しようと思えばいつでもできたが、私はそうしなかった。破産して借金をチャラにすれば楽だったが、それは逃げだと考えていたからだ。

ただ不思議なことに、どこも破産申立をかけてこなかった。ホテル大和山荘の再開発で設立した蘭奢待は一九九七年三月に破産宣告を受けたが、本体のエーデル・パレスはそのままだった。同社は一九九八年七月、立て続けに不渡り手形を出し、銀行取引停止となる。ただ、ヤクザからの取り立てはひとつとしてなかった。私は少し恵まれていたのかもしれない。

あるとき、追い詰められていた私はふと我に返ったことがある。

築き上げた財産はほとんどすべてなくなり、自分自身に残っているものも何もない。振り返ってみると、学歴はないし、親戚中を見回して金持ちはいない。私が持っているとすれば、大型運転免許くらいだった。いざとなれば、ダンプカーの運転手だったらできると思ったが、それでは千年かかっても借金を返せない。

それまではまったく学歴を気にしたことがなかった。

ありとあらゆる人たちに会えていたし、会っても引け目を感じることなどいっさいなかった。だが、いざ財産を失ったとき、自分を見つめると、本当に私には何もなかったのである。

第八章　日本リスクコントロール

警察OBの人材派遣業というアイデア

一九九〇年代末になると、秦野章先生は認知症と診断され、周囲を困惑させることが多くなった。

テレビ東京のレギュラー番組「辛口モーニング」の進行も、おぼつかなくなってきた。総合コーディネイト役を務める豊嶋秘書が先生に付きっきりで、「先生、これはこうです。あれは違います」と手取り足取り助け船を出してようやく収録していた。事前に資料を渡され、台本を読んではいても、なかなかその通りに進行できないし、とくに数字はまったく覚えられなかった。本番は対談相手にも助けられながら、ぎこちないやりとりを編集でつなげ、やっと一本の番組にしていた。

移動の車に乗って運転手に行き先を指示しても、どうにも要領を得ない。私の名前さえ

出てこなくて、

「ほら、あの警察の。ヒゲの。アイツのところに行ってくれ」

という具合だ。ときには前触れなく桜田門の警視庁本部に現れ、警備にあたる機動隊員を当惑させた。気の利いた人が近くにいれば、秦野先生が「ヒゲの……」と口にしただけで私に電話をくれることもあったが、毎度そうはいかない。秦野先生の運転手は三ヵ月ともたず、次々と入れ替わった。

「大変なんですよ。秦野先生は車のなかでツバは吐くし、鼻をかんだら紙は散らかしっぱなしだし」

「ああいう人たちは、俺たちと違って人に見られる仕事だから、車に乗ったときくらいリラックスしたいんだよ……悪いな」

自衛隊出身の運転手の愚痴をとりなしはしたが、嘆くのも無理はなかった。

そうこうするうち、前章で書いたように私のほうも資金繰りがいよいよ厳しくなり、一九九五年三月三一日の放送をもって「辛口モーニング」は終了、北野アームスの事務所も引き払わざるを得なくなる。幸か不幸か秦野先生は番組が終了するということ自体、理解できない様子で、私は少しだけ救われた気持ちになった。

先生が九一歳で亡くなったのは二〇〇二年一一月六日のことである。

自己破産こそ免れたものの、エーデル・パレスを舞台にしたビル経営、リゾート開発が暗礁に乗り上げ、私は経済的に追い詰められていた。

学歴もない、資格もない私に残されたものは、機動隊時代から培ってきた人脈だけだ。それを生かした仕事ができないものか……。

人間は追い詰められると、閃くことがあるものだ。警察を退職した元警察官の、第二の人生の進路を斡旋する仕組みづくりをビジネスにすることを考えたのである。

警察官は、機動隊や公安警察、捜査一課、二課、四課などで活躍しても、定年などで辞めたあとの再就職が難しい。

かつては本部の人事課などが再就職先の斡旋をしていたが、天下り批判などによって、本部も次第に身動きできないようになっていた。

そうなると、現職のうちから自分で再就職先を探すしかないが、最悪の場合、再就職のことを考えて捜査に手心を加えるなんてことが起こらないとも限らない。治安の悪化を招きかねないと思った。

運良く再就職できても、警察ＯＢは肩身の狭い思いをすることが少なくなかった。ノンキャリの警察官は組織で動くように訓練されているから、警察署長を経験したくらいの者でも、いざ一人で別世界に転じると何もできないということが多いのである。

金銭トラブルなどの相談を受けても何ひとつまともなアドバイスはできないし、駐車違反のもみ消しや捜査情報の収集もいっさいできない。せっかく再就職しても企業側から期待されるような仕事はできないし、相談にも乗れない、警察と話をつけることもできなくて、六〇歳を過ぎて世間知らずの役立たずという人をたくさん見てきた。

出社しても話しかけられることさえなくなり、しまいには一日、「おはようございます」と「お先に失礼します」の二言しか話すことなく日が暮れてしまうという者さえいた。ただただ、長時間の苦痛が待っているだけだ。いまはパソコンやスマホがあるからネットを見たりゲームをして時間をつぶすこともできるが、それではあまりに切ない話だ。

なぜこういうことになっているかというと、企業が求めるものと、警察官ＯＢの能力にギャップが大きいからだと考えた。警察ＯＢの人材派遣業を立ち上げて、民間企業に顧問などとして派遣する。そして、本社には弁護士や公認会計士などの専門家を揃え、派遣先でトラブルに対処する警察ＯＢをその都度サポートする。後方から組織としてバックアップする態勢をつくれば、一人で奮戦するよりもずっと力を発揮してくれるだろう。

警視庁だけでも、年間一五〇〇人近くが定年で退職する。彼らが再就職先で平均一〇年働くとなると、延べ一万五〇〇〇人ほどになる。一人あたり月に一万円の斡旋料を取れば結構な収入が見込める、と思った。ゆくゆくは大阪府警など全国の警察本部向けに支店を設置していけば会社は成長するし、警察官ＯＢも、受け入れる企業の側もみんながハッピーになる。

新会社設立

新会社を設立するにあたって、ネックになるのが「信用力」だった。元機動隊員、それも五年半で退職した私が社長を務めても、一部上場の有名企業にはなかなか信用してもらえない可能性がある。ここはやはり、東京大学を卒業して警察庁にキャリアとして入庁した人に、代表になってもらうのがいい。

四章でも書いたが、保良光彦《やすらみつひこ》さんとは古くからきわめて親しく、近い間柄だった。保良さん自身はキャリアだが、実父が警察署長までいった元ノンキャリの警察官で、それもあって私のようなノンキャリとも分け隔てなく付き合ってくれた。

昭和九（一九三四）年生まれで私より七つ年長、銀座に行くより焼き鳥屋でビールのほうがいいという気さくな人柄で、女性のいる店には寄り付かず、むしろ赤坂の焼き鳥屋に行くことが多かった。

保良さんのほうでも、私を重宝してくれていた。警察キャリアＯＢから相談ごとが持ち込まれると、保良さんはだいたい私に話を振って、私がそれを解決するということが続いた。ここまで書いてきたように、不思議と私のところには様々なトラブルの相談依頼が舞い込み、人脈を駆使してそれを解決するということが続いていた。

保良さんはそれを見ていて、私の「問題解決力」に信頼を寄せてくれるようになっていた。警察官ＯＢを対象とした人材派遣会社を立ち上げるにあたって、ぜひ保良さんに代表になってもらいたいと考えたのは、こうした経緯があったためだ。しかもこの当時、エーデル・パレスが苦境に陥り、私も必死だった。

「警察官の人材派遣？　寺尾さん、俺はそんなことできないよ」

最初のころ、保良さんは腰が引けていたと思う。キャリア官僚、とくに警察官僚ＯＢは、それまで会社を立ち上げたこともなければ、商売をしたこともないという人が多い。カネ儲けのセンスはゼロという人がほとんどかもしれない。

「保良さんは名前だけ会長になってくれればいいんですよ。あとは全部、私がやりますから。三年あれば上場できますよ。そしたら、私は一線から退いて、あとは保良さんがやってくれればいい」

このとき言ったことは、まぎれもない私の本心だ。狼煙崎の開発で夢破れ、ビジネスマンとしては燃焼しきっていたから最後のひと仕事という感覚だった。

こうして一九九九年一月、日本リスクコントロールを新会社として設立、本格的に走り出すこととなる。

年会費二〇〇〇万円

日本リスクコントロールは資本金三〇〇〇万円で法人化し、事務所は東京・京橋のビルに構えた。保良さんは代表取締役会長、私は代表取締役社長である。ほかの取締役には元財団法人都市防犯研究センター主任研究員の吉田幾多郎さん、公認会計士の茂木秀俊さん。名誉顧問には元内閣安全保障室長の佐々淳行、最高顧問には元東京地検特捜部長の河上和雄さんに名を連ねてもらった。河上さんは読売新聞出身の作家・三好徹（本名・河上雄三）の実弟で、三好は読売のドン・渡邉恒雄と同期入社で親しかった。河上さんが長年、日本テレビの番組に出演していたのはその縁だと聞いている。

ほかにも、顧問やアドバイザー・社友ということで元警察庁キャリアの島本耕之介さん、斉藤明範さんはじめ多数の警察ＯＢ、国税庁ＯＢが名を連ねてくれた。

定款では、会社の目的を以下のように謳った。

一、企業経営上の各種リスクの調査、分析の委託並びにリスクの評価及びリスク回避の相談の受託

二、企業経営上のリスク・マネジメントの思想の啓蒙、普及並びに教育、研修及び出版

三、労働者派遣事業の適正な運営の確保及び派遣労働者の就業条件の整備に関する法律の定める労働者派遣事業

設立間もない頃に作った会社パンフレットには、こんな挨拶文が載っている。少々堅苦しいが、保良さんが書いてくれたものだ。

「日本の暴力団、総会屋、エセ右翼等は、経済社会の発展に対応しての情報収集と企業攻撃のノウハウを蓄積しつつ、多様化、知能化、悪質化を強めてきています。これらに関連して、倫理観の希薄化に伴う企業内犯罪や不正・不適切な行動の増加も懸念されています。

当然ながら、これらの企業をターゲットとする犯罪組織・反社会集団のプロには、企業側も専門の知識と対処能力を有するプロが対抗する仕組みが必要です。データベース化された情報と経験の蓄積と、事案に応じた専門家の適切なバックアップ体制が欠かせません。

社内の不法疑惑事案の解明と処理、さらには、社内監査機能を適切に果たすには、その種の領域についての知識と経験に富む専門スタッフの活用が望まれます。

そのために、当社は、犯罪組織・反社会集団の調査研究とともに、危機管理の専門家、弁護士その他の法律専門家、公認会計士その他の経理専門家、コンピューターその他の情報処理システムの専門家、犯罪その他の疑惑事案調査の専門家の能力を活かして、多様な現場実務の経験をもとに企業のセキュリティー体制の確立と、企業の行う事案対処の相談および支援を行うものです」

会社の柱となる事業は、企業の困りごとの相談や処理を請け負う危機管理コンサルタント事業と、警察ＯＢらの専門家派遣事業の二つとした。警察ＯＢの派遣については前述したとおりだが、危機管理のほうは私が得意としてきた仕事を事業としたものである。

日本リスクコントロールを起ち上げた頃の筆者

危機管理事案の料金は、最終処理まで面倒を見る「Ａ会員」を年間二〇〇〇万円、助言までしか行わない「Ｂ会員」を年間五〇〇〇万円と設定したが、保良さんはその金額にビックリしていた。

「寺尾さん、大丈夫？　ちょっと高すぎるんじゃないの？」

「お客は相当数いるはずですよ」

実際、私は会費の設定に自信を持っていた。以前、保良さんが、こう話していたことも記憶に刻まれていた。

「ある会社の人が『そういう（危機管理の）会社が

あれば一億円でも預けますよ』と言ってたんだが……」

その後、私の読みは正しかったことが証明される。

日本リスクコントロールは順調に顧問先を獲得し、講演の依頼も舞い込んでいた。保良さんもカジノ問題の視察にラスベガスへ行ったりと何かと忙しそうにしていた。

しかし、設立から一年ほどして、思いも寄らないことが起こった。保良さんが身体の異変を訴えたのだ。

「喉が渇いてどうしようもない」

何ヵ所も医者を回って診てもらったが、原因はわからなかった。四ヵ所目の病院で診察を受けようやく判明した病名は、筋萎縮性側索硬化症。時間とともに、徐々に筋力が衰え、最後は呼吸さえ困難になる、難病中の難病である。

病気の進行は、思ったより早かった。保良さんは出社も難しくなり、入院して喉を切開し、人工呼吸器を装着した。

発病から約二年後、保良さんは亡くなった。

警察ＯＢの人材斡旋は保良さんの信用あってこその事業である。残念ながら一時停止を余儀なくされ、以降会社の事業は危機管理コンサルタント一本に絞ることになった。

奇妙な一面記事

〈東京高検　則定検事長に『女性問題』／最高検、異例の調査へ／進退問題に発展も〉

一九九九年、四月九日付の『朝日新聞』一面トップ記事を見て、仰天した。

則定衛さんは当時、東京高検検事長を務めており、次期検事総長に就任することが確実だった。

則定さんは私より三つ年上の昭和一三（一九三八）年生まれ。東京大学法学部を出て一九六三年、検事に任官した。法務省勤めが長い赤レンガ派のエリートで、私とは秦野先生が法務大臣を務めていたころからの長い付き合いだった。

当時、東京高検検事長の官舎は東京・中野区の野方にあった。

調べると、野方警察署の署長は警察学校時代の同期で、あの深澤守と一緒に中央署に配属された青木俊一だった。青木は警備畑で活躍し、ビートルズ来日の際、ポール・マッカートニーの警備を担当、宿泊ホテルでは隣の部屋で待機する任務にあたったという男だ。

東京高検検事長の官舎周辺にはマスコミの記者、カメラマンが二十四時間態勢で張り付いている。地域住民にとっても迷惑になっていて、青木はその整理のためにひと肌脱いでくれた。

「野方警察署です！　ここから退去しないと道交法違反で検挙します！」

署長自ら野方の官舎へ向かい、道をふさぐ大勢の報道陣に向かってハンドマイクで警告を発すると、記者やカメラマンは渋々退散していった。

則定さんは朝日の記事から四日後の四月一三日、辞職願を提出した。その後は日本リスクコントロールが入居する京橋のビルに事務所を構えて弁護士として活動し、八〇歳を超えたいまも活躍されている。私もことあるごとに法律的な相談に乗ってもらっているが、本来なら検事総長になっていた人の知恵を借りることができるのは実にありがたいことで、深く感謝している。

則定さん失脚につながった朝日の記事は、なぜ突然掲載されたのか。

このころ、順調に出世を重ね、検事総長就任を目前にした則定さんをよく思っていない検事たちがいた。その筆頭が東京地検特捜部長などを経て当時は東京地検検事正だった石《いし》川達紘《かわたつひろ》だ。石川は工業高校出で、苦学して中央大学法学部を卒業し、則定さんより一年遅れて任官した。もっぱら特捜検察を歩んだ現場叩き上げ派で、自身の処遇には不満を持っていたとされる。

その後石川は福岡、名古屋の高検検事長を歴任し、大過なく勇退に至っている。

ところがその石川は二〇一八年二月、早朝にゴルフへと向かう途中、親子どころか孫ほども年が離れた若い女性と待ち合わせていた際、何らかの理由で国産高級車を暴走させて通行人をはね、死亡させた。何の因果か、人生とは恐ろしいものである。

兜町の風雲児・中江滋樹とその弟子

日本リスクコントロールを設立した直後は危うく経済事件に巻き込まれそうになったこともある。アメリカのデラウェア州に本社があるというエンジェルファンドネットワークコーポレーションの日本支社を名乗る連中から受けたとばっちりだった。

エンジェルファンドをやっていたのは大隅憲一郎や光本雅彦といったまだ三〇代の若い連中で、そのバックには四〇過ぎの小林哲雄という男がいた。一般投資家からカネを集めてベンチャーに融資するビジネスを謳っており、出資法違反を避けるため投資家とベンチャーを橋渡しする融資仲介業の体裁をとっていた。

だが、融資先はデタラメ、本社がアメリカというのも嘘っぱちで、二〇〇〇年四月には被害者の訴えを受けた福岡県警が詐欺容疑で強制捜査に入り、三ヵ月後に会社は破産してしまった。結局、全国六〇〇人以上から集めた一〇〇億円を超すカネのうち大半は溶けてなくなっていた。

それよりも迷惑だったのはエンジェルファンドがインターネット上のホームページで日本リスクコントロールがあたかも関連企業や一部門であるかのように喧伝していたことだ。これでは世間からグルと見られかねない。抗議の意味もあって、強制捜査後、東京地裁に損害賠償請求訴訟を起こさざるを得なかった。

エンジェルファンドの大隅とは面識があった。中江滋樹の紹介で、日本リスクコントロールを訪ねてきたのだ。大隅はもともと中江の手下で、エンジェルファンドの設立資金を出したのは中江だった。実質的に中江の支配下にあった会社といっていいかもしれない。

大隅は日本リスクコントロールに顧問をしてもらいたいとも言ってきたが、私は断っていた。彼らはやることなすことがどうにも危なっかしく、下手に関わらないほうがいいと思ったのだ。

大隅の「師匠筋」にあたる中江滋樹は、一九七八年に投資ジャーナルを設立し「兜町の風雲児」とも言われた。

六年後、証券取引法違反（無免許営業）に問われ海外逃亡、アイチの森下安道の助けを借りてフランスの古城などに潜伏した末、一九八五年六月に日本国内で逮捕される。公判で実刑六年の有罪判決を受けて下獄、仮釈放で娑婆に戻ってきたのは一九九二年一〇月である。

中江が私に語ったところによると、このとき出迎えたのは現在パソナグループを率いる南部靖之代表だった。南部社長は、出所の祝い金として三億円を用意してくれたそうだ。南部社長はパソナ創業前に中江の下で事業家としての修業をしていた時期があり、それを恩義に感じていたようだ。兜町の風雲児と称されていたものの、実際のところ中江は株式投資については天才でもなんでもなくむしろ下手なほうだったように思う。それで南部は

「少し練習しろよ」ということで大金を用意してくれたらしい。

こうして中江は、再び仕手筋として株式市場に舞い戻った。名古屋でアミューズメント業を展開するキョクイチや、同じく鉄鋼メーカーの矢作製鉄、農機具メーカーのコムソン社などが当時、中江の手掛ける代表的な銘柄だった。

私と中江の接点ができたのはこのころである。

どういう話の流れだったか、中江から息子の面倒を見るよう頼まれたこともある。中江の息子はそのとき中学生になるかならないかの年齢で、誰との間の子どもかは知らない。投資ジャーナル事件当時に愛人と噂された歌手の倉田まり子との子どもでないことだけは確からしい。中江によると、

「社長、倉田と私は男女の関係はまったくないんですよ。付き合っていたというのもまったくない。週刊誌に書かれて、本当にかわいそうなことをした」

のだという。しかし倉田は自宅の購入資金の出所をしつこくメディアに訊ねられ、中江の愛人という噂が広まったため、芸能界引退を余儀なくされてしまった。

中江の事務所では、様々な人物がカネを借りに来ているのを見た。ロス疑惑で知られた三浦和義の妻・良枝が二〇〇万円を借りに来たときは、たまたま居合わせた私がその立会人となった。中江の債務者には珍しく、良枝はその後きちんとカネを返したと聞いている。

国際女優と言われた島田陽子も、何度も来ていた。最初は一〇〇万円、その後一五〇万円を借りて、借用証も書いていた。このときも、私が立会人となった。

中江の実兄・克巳は、六本木でクラブを経営していた。この克巳が中江の息子の面倒を見ていたが、克巳のクラブは日付が変わる未明まで違法営業をしているような店で、安心して子どもを任せられるような職種ではない。それでも、中江の息子はなかなか頭のいい男の子で、こちらが面食らうほどませていた。私の持つ三田のマンションの一室に住まわせていたが、時々ふらりとそこから出て、姿を消すことがたびたびあった。

中江は一九九七年暮れ、三井埠頭の財務担当常務を手玉にとって経営に入り込んでいた。三井財閥の流れを汲む名門企業だが、資金繰り難に陥り、中江を頼ったらしい。中江は手形の乱発に手を染め、一部が闇社会へも流れた。第五章で登場した岐阜の金貸し・野呂周介のところにも持ち込まれていた。

中江が乱発した三井埠頭の手形は総計で約二六〇枚、額面で約一六〇億円にも上ったという。そうやって名門企業を食い散らかした挙げ句、一九九八年四月三〇日午後、中江は突如として失踪してしまう。

後藤組組長に追われ

「中江さんがいなくなりました！」

この一報を私にもたらしたのが、エンジェルファンドの大隅だった。

知らせを受けた私は中江の事務所がある赤坂の安東ビルへ急行した。安東ビルは当時、魑魅魍魎《ちみもうりょう》が巣くう訳あり物件としてかなり有名で、中江の事務所は「アジア・インベストメント・マネージメント」との表札を掲げていた。

安東ビルに着くと、ほぼ同時に一〇人くらいの男たちがどかどかとやって来た。一見して堅気ではない。連中を引き連れている男には見覚えがある。そうだ、後藤忠政だ。山口組有数の武闘派組織で、経済ヤクザの代表格として当時、飛ぶ鳥を落とす勢いだった後藤組の組長である。

「寺尾社長が匿っているんじゃないですか？」

中江の失踪について、どうやら後藤は私を疑っているようだった。

「いや、知らないよ。連絡があったから見に来ただけだ」

その後も後藤の側近からは時々連絡があった。中江からの連絡が入っていないか、探りを入れていたようだ。

「千葉にいるようですけど、ご存じないですか？」

後藤はクレジットカードの利用状況から中江の居場所を特定しようとし、実際かなり絞り込んでいた。私はなるほどと思ったが、結局、中江がどこに行ったかの確定的な情報を聞くことはなく、後藤からの探りもやがてなくなった。そして、時が経つとともに中江のことは世間で噂にすら上らなくなっていった。その後、後藤は中江から資金をきっちり取り戻したようだ。プロローグで書いたように、後藤はこの四年後の二〇〇二年に私をパーティに招いてくれたが、中江の件の誤解が晴れ、後藤との関係は修復されていた。

それからかなりの年月が流れ、私はてっきり中江は消されたものだと思い込んでいた。ところが二〇〇六年九月になり突然、中江の消息が明らかになる。数年前に滋賀県近江八幡市の実家に戻っていたところ、その家に自分で火を付けようとしたというのである。地元の警察に逮捕された中江はそのまま精神科に措置入院となった。

放火事件から六、七年後のある日、側近と思しき男から私のところに電話があった。中江が退院し、いまは東京にいるという。いまさら私にどんな用があるのかわからないが、なにはともあれ、京橋の日本リスクコントロールで中江と再会した。十数年ぶりに会う中江はかなり痩せ、憔悴《しょうすい》した様子に見えた。タバコの煙をもくもくと吐きながら、

「気が触れたということにしなければ、片が付かないし、殺されてしまうんですよ。だから気が狂ったフリをして放火事件を起こしたんだ」

とつぶやいた。中江は、山口組芳菱会の瀧澤孝から一〇億円ともいわれる多額の資金を引っ張っていた。瀧澤は後藤の兄貴分にあたる大物である。そのカネを焦げ付かせたら、たしかに娑婆にはいられないだろう。以来私は、中江と会っていない。

二〇二〇年二月、新聞の片隅に中江の名前が載った。東京都葛飾区内の二階建てアパー

トの一室が火事となり、焼け跡から発見された損傷著しい焼死体の歯形から鑑定した結果、住人の中江と判明した。布団の周囲には吸い殻が散乱していたという。中江は、六七歳になったばかりだった。

中江から紹介された中のひとりが、大蔵省出身の衆議院議員・新井将敬だ。一九九八年二月、あっせん収賄の容疑で逮捕される寸前に宿泊先のホテルで自殺した。

私の見た新井は頻繁に銀座に顔を出し、深夜の六本木に女性たちを連れだして大騒ぎをしていた。ああした派手な遊興のカネは、自分で出していたのか、私は疑問に思っている。新井は最後まで、無実を主張していたが、たとえ公判になっても収賄の事実は覆せなかっただろう。

腰の低い男・ハマコー

中江が手形を乱発した三井埠頭の事件では、「政界の暴れん坊」こと浜田幸一も、大きな損害を被ったといわれている。ハマコーとは、私も何度か食事をともにしたことがあるが、一般にいわれるイメージとはまったくかけ離れた腰の低い人物で、驚いた。

もともと千葉の暴力団員から議員になった男だが、酒は一滴も飲まず、私との食事でも必ず座るのは下座で、何度言っても譲らない。会うと必ず千葉産の海苔をくれた。話の内容も面白かった。

「金丸（信）先生の事件のときはね、私は毎日朝六時に先生の自宅に行っていたんですよ！　一九八七年に私が予算委員長になれたのは、金丸先生の奥さんが、『ハマコーさんをなんとかしてあげないと』と言ってくれたおかげなんです」

浜田は一九七二年にラスベガスのカジノでつくった四億六〇〇〇万円もの負けを、政商の小佐野賢治に補塡してもらったことを暴露されて議員辞職しており、その後は何度当選を重ねても大臣にはなれなかった。

しかし浜田は、せっかく就いた予算委員長の座を、あっさり降りることになる。三度目の予算委員会のとき、「共産党の宮本顕治議長は、人殺しだ！」と発言し、大騒動となった挙げ句、辞任したのだ。

私はそのとき、偶然予算委員会のテレビ中継を見ていて、啞然としたことをよく覚えている。浜田は若いころ暴力団にいたことを公言していたが、

「寺尾社長は佐久のご出身ですか！　私は若いころ、三年くらい（佐久の隣町の）小諸に逃げていたことがあったな……」

とも言っていた。議員時代は健康維持と情報収集のため、ジャンパーを羽織って顔を隠し、盛り場を歩いていたという。その話を聞いて、私も真似したことがある。新宿の繁華街の近くで車を降り、素面《しらふ》で街を歩くと、酔客がみな阿呆面に見えた。

浜田は自民党元副総裁の山崎拓を紹介してくれたこともあった。山崎も腰の低い人で、

私が挨拶すると足を正座に組み直し、丁寧に名刺交換してくれた。

しかしその浜田も、晩年は悲惨だった。金丸逮捕後の一九九三年に政界を引退し、息子の靖一に地盤を譲って自分は本を書いたり、テレビに出たりタレント活動をしていた。しかし、一方で三井埠頭事件に絡んで大きな損失を出していた。次男がやっていた事業の手形が落ちなくなり、借金の担保に差し入れていた株券を勝手に売却したとして、八〇歳を過ぎて逮捕された。債権者から破産申し立てもされているが、そのときの中立人は後藤組の後藤忠政だったと聞いている。苦汁をなめた浜田は、公判中に亡くなってしまった。

日本リスクコントロールに話を戻そう。

「人の世の中で起こったことは、人の世の中で必ず解決できる」――それが私の基本的な考え方だ。日本リスクコントロールがトラブルを処理する際もそれに則って行っている。世の中の人間関係はすべてが「グー・チョキ・パー」だ。会社や業界で思うがままに権勢を振るっている人間でも必ず頭が上がらない人は存在する。

だから依頼主が「グー」で、対立する「パー」の人物から不当な要求を受けているような場合なら、「チョキ」の人物を見つけてくればいい。それが解決への近道だ。体育会系の人間関係だとこの傾向はより強いから、話は早い。そうした人間関係に加え、おカネが介在することでトラブルはより早期に解決へと導ける。どんな事案でも最終的には金銭での解決になることがほとんどだ。要はそのバランスがとれているかだけの問題である。

交渉のなかで双方が納得すれば話はそれで終わりだが、なかには訴訟までもつれこむ事案もある。そこから先は私が出る幕ではない。弁護士の世界だ。いずれにせよ、事案の最終解決には示談書なり契約書なりを作成することになるから、そのときには弁護士を介在させる。そこは細心の注意を払い、ことに当たっている。

「日本リスクコントロールに依頼すれば、どんなことでも解決してくれる」

やがてそんな噂は口コミで広まっていった。日本リスクコントロールは広告宣伝などいっさいしていないし、ホームページさえない。すべて口コミ、人から人の紹介だけだ。

それでも依頼が途切れることはなかったのである。

第九章 墓場まで持っていく秘密

リキッドオーディオの上場

一二〇〇人が詰めかけた大宴会場は、一種異様な熱気に包まれていた。大音量が流れる舞台ではミニスカートに黒いブーツの若い女性たちが切れのいいダンスを披露している。

会場入り口にはNHK、日本テレビ、TBS、フジテレビ、テレビ東京といったキー局に加え、東芝EMI、キングレコード、ユニバーサルミュージック、ポニーキャニオンなど大手レコード会社の代表者たちが名前を連ねたボードが掲げられ、純白のワンピースに身を包んだタレント・藤原紀香が歓声とともにシャンパンの栓を開けると、白い泡がはじけた。

二〇〇〇年一月三一日、東京・内幸町の帝国ホテルで前年末に東証マザーズ市場に上場したリキッドオーディオ・ジャパンという会社の上場記念記者会見と、それに伴うパーティが催された。

パーティには有名芸能人も大勢駆けつけていた。

当代一のヒットメーカーである小室哲哉をはじめ、シャ乱Qのボーカルから音楽プロデューサーに転じていたつんく♂、人気絶頂のモーニング娘。や浜崎あゆみ、SPEED、鈴木あみらが顔を揃え、次々と持ち歌を披露した。

出席者の視線が注がれる中、リキッドオーディオ・ジャパンの親会社にあたるスーパー・ステージを率いる黒木《くろき》正博《まさひろ》という男が挨拶に立った。当時、三四歳。高級スーツに身を包んだ経営者の顔立ちは、まだあどけなさを残していた。慶應義塾大学在学中からビジネスを手掛け、それまでに様々な会社を起こしていた。

そのかたわらに控える大神田《おおかんだ》正文《まさふみ》は三一歳で、東京大学工学部卒。リキッドオーディオ社長に任じられた。

黒木が挨拶する間、大神田は静かに両手を前で組んでいたが、幼少のころの事故で一部の指が欠損していることはまだそれほど知られていなかった。

会場を覆う熱気はその時代の雰囲気を凝縮するものだったと言っていいだろう。前年から株式市場はアメリカ発のIT（情報技術）ブームで沸き立っていた。

折しも、孫正義率いるソフトバンクは、アメリカのナスダックと手を組んで大阪証券取引所に新市場を作ろうと目論んでいた。それに対抗すべく東京証券取引所が大急ぎで作ったマザーズ市場は、画期的なベンチャー市場として出発した。設立から日が浅く、売り上げ実績に乏しく、たとえ大赤字でも上場が可能とされた。

そのマザーズの第一号上場企業となったのが、リキッドオーディオ・ジャパンである。アメリカに本社を置くリキッドオーディオはインターネットを通じた音楽配信システムを開発しており、黒木はそれを日本で展開する権利を獲得、一九九八年七月にリキッドオーディオ・ジャパンを設立した。

これほどＩＴブームにふさわしいビジネスモデルはなく、同社には面白いように出資が集まった。無敵の営業力で携帯電話を売りまくり、株価が急上昇していた光通信、それに伊藤忠商事やＮＴＴデータ、朝日生命といった大手企業がその将来性を買ったのである。

リキッドオーディオ・ジャパンにはほとんど営業実績はなく、一九九九年六月期、同社が計上した売上高はわずか五二〇〇万円、最終赤字は三億円余りに上っていたが、上場するや株価は急騰を続けた。上場時の公募価格は一株三〇〇万円で、この段階で時価総額はすでに三九〇億円に達していたが、翌月には株価九八六万円と三倍超を記録、さらに上場記念パーティから数日後の二月四日には一二二一万円の高みにまで駆け上がり、時価総額はその瞬間、一六〇〇億円近くまで達した。

しかし、リキッドオーディオ・ジャパンには上場前後から黒い噂が囁かれていた。実質オーナーの黒木に占有屋まがいの過去があるとか、上場直前に社長となった大神田が以前、車庫飛ばしで摘発された都内の中古車販売会社に勤めていたというたぐいの話だった。リキッドの主幹事証券会社の座を日興証券と争っていた大和証券の部長が、自宅を出て出勤しようとしたところを金属バットを持った暴漢に殴打され、重傷を負う事件まで起きた。

こうした状況に頭を悩ませた黒木が、日本リスクコントロールに相談にやってきたのである。バーニングの周防社長から私の名前を聞いたという。

ヤクザのカネしかないんです

黒木は目のくりくりした資産家の坊ちゃんのような外見ながら、人の気持ちをそらさない巧みな話術で、将来有望な青年実業家のオーラを発していた。酒は弱くて、ビール一口で顔が真っ赤になるくらいだが、頭の回転は速く、話しぶりも立て板に水、記憶力は抜群にいい。金払いもよく、なにか困ったことが起こると「先生、先生」と言って私のところに来た。

私はまず、黒木に二人の大物弁護士を紹介した。元東京地検特捜部長の河上和雄さんと、前年末まで東京高検検事長を務めていた村山弘義さんである。リキッドオーディオ・ジャパンは二〇〇〇年六月、二人を顧問に迎え入れた。誰もが知る大物ヤメ検弁護士を迎え入れることで、リキッドオーディオ社の信用が少しでも回復することを狙った。

しかし、情況はこの後、私の努力では及ばないような事態へと進展してしまう。前年に起こったリキッド社役員の拉致監禁事件の捜査で、大神田の関与が浮上し、その年の九月二七日に行われた定時株主総会をもって大神田は社長を退任する。その三週間余り後の一〇月二四日、大神田は逮捕された。

いったいなぜ、こんなことになったのか。

リキッドオーディオには、黒木の下に大神田のほか数人の側近幹部がいた。大神田はそのうちのひとり、山下哲矢を一方的にライバル視していた。山下を役員から引きずり降ろすため、大神田は、中古車販売会社時代の同僚に山下の拉致監禁を依頼する。リキッドオーディオ・ジャパンの上場準備が進んでいた一九九九年六月、山下は渋谷区内の病院前で拉致され、二日後に山梨県内の談合坂サービスエリアで解放されるまで東京都内や神奈川県内などを車で移動していた。その間、かなりの脅迫を受けたのか、のちに山下は自ら役員を降りている。

結局この事件が決定的な打撃となり、リキッドオーディオ・ジャパンはアメリカの本社からライセンス契約を解除され本業を失ってしまう。その後経営は混迷を深め、二〇〇二年三月、黒木のスーパー・ステージは事実上倒産した。かつて脚光を浴びた若手経営者はこれによってブローカーに成り下がる。潰れそうな上場会社の株を安値で買いつけ、様々な手段を駆使して一時的に株価を上げ、高値で売り抜けるようなビジネスである。塀の上を綱渡りするような、きわめて危うい仕事だった。

しかもそれには、最初の軍資金がいる。黒木はカネに困ると、ヤクザ筋の資金に手を付けるようになっていた。

「ヤクザなんか使ったり、そういうところに出入りするのは、いまの世の中、ダメなんだよ」

「わかってます！」

黒木の返事は無邪気だったが、あるとき、こんな説明をしていた。

「ここにいま、上場企業の売り物があるとしますよね。それを買っておけば、右から左に売るだけで儲けになるんです。でも、僕に貸してくれる人はヤクザしかいないんです。それに、今日貸してほしいと言えば、今日貸してくれるんです。金利は一割だろうといくらだろうといいんです。その上場企業を買えば必ず儲かるんですから」

私は、二の句が継げなかった。

黒木が資金を頼っていたうちのひとりは、一力一家出身の鴻池隆だった。浜松に本拠を構えていた一力一家は住民の反対運動にあい、住民側の代理人弁護士を襲撃する騒動を起こしたことでますます怒りを買い、立ち退きを余儀なくされた。鴻池はその後、東京で金貸し業を始め、同じ静岡の後藤組・後藤忠政組長のカネなどを運用していたが、のちに糖尿病で亡くなっている。

黒木がそういう考え方で生きている以上、あとは本人次第だ。そんな自転車操業を一〇年も二〇年も続けていれば、年中、警察に呼ばれることになる。実際、そうなった。黒木はその抜群の記憶力を生かして、事情聴取でのやりとりを詳細に記憶していた。

「先生、警察でこう言われたんだけど、この先どう対応したらいいですか？」

驚くのは、黒木が毎回、取り調べ刑事と仲良くなって帰ってくることである。ある種の人たらしなんだろう。その点では、アイチの森下にも通じるところがある。

黒木は二〇一〇年、民事再生手続き中のトランスデジタルをめぐり、特定の債権者に担保を提供していたり、架空増資を行っていたとして逮捕された。しかも、このときの債権者はあの野呂周介だった。

さらに黒木は、二〇一九年にも逮捕される。ラポールという造花の会社に入り込み、粉飾した決算書をもとに銀行から融資を引き出していた容疑だった。

経営者と詐欺師は紙一重と言われることもあるが、黒木は二〇〇〇年当時は紛れもなく時代の寵児だった。ネットを使った音楽の配信ビジネスという業態は時代を先取りしたものので、大手レコード会社の支援も取り付け、成功する可能性は大いにあった。少しだけ、時代より早すぎたのかもしれない。まかり間違えば、黒木はリキッドオーディオ・ジャパンを跳躍台にして孫正義のような大経営者になっていたかもしれないとさえ思う。

バーニング銃撃事件

リキッドオーディオの上場を祝う、二〇〇〇年のパーティを盛り上げたもう一人の主役は、バーニングプロダクションを経営する周防郁雄社長だ。

三章で触れたように、私と周防社長との関係はかなり古い。周防社長は一九八四年、デビュー間もない小泉今日子が紅白歌合戦に出られたことを恩義に感じてくれていたようで、日本リスクコントロールを立ち上げるとすぐに会員になってくれた。

ド派手なパーティの後、周防社長と黒木との間で一悶着あった。パーティに多数の有名芸能人を送り込んだ周防社長は億単位の出演料を請求したが、リキッド社は上場を果たしたといっても事業収入がほとんどなく、手元に現金がない。

結局、リキッド社の株を一部譲り渡すことで折り合ったが、その後の様々なトラブルが発覚して株価が急落、二人の諍《いさか》いは長引くことになった。

そんな折、周防社長と親しくしていた伊藤寿永光から、日本リスクコントロールに連絡が入った。深夜、バーニングの事務所に、数発の銃弾が撃ち込まれたという。

リスクコントロールの事務所に姿を見せた周防社長は、困惑した様子だった。

「あんたのところは被害者だけど、この世の中、こういう事件が起きると被害者なのに反社会的勢力と関係があると疑われて銀行取引停止になる場合がある。あんたのところはそういう恐れはどうなの？」

「とくに思い当たることはありません……」

周防社長は思案に暮れている。

「こういう銃撃事件があると、警察は捜査本部を立てなければいけなくなるんですよ。捜査本部を立てれば、それだけ経費もかかるしね」

そこまで説明したうえで、周防社長に確認した。

「それで、あんたはどうしたいの？」

「そのままにしたい……」

そうとなれば、保秘が肝心だ。

「撃ち込まれたことを知ってるのは何人？」

「三人くらい」

「その三人は口が堅いのか」

「それは大丈夫です」

「そしたら、穴が空いたガラスを入れ替えてしまえばいいよ。入れ替えてそのままにして被害届を出さなければいい。あんたは被害者なんだから。被害届を出さなければ、警察もありがたい話だ」

しかしその数日後、周防社長から「ややこしいことになっているんです」と連絡があった。

「お巡りさんが来て、撃ち込まれたんじゃないかと言って、うるさいんです」

こういった銃撃事件では、狙撃の実行役のほかに見届け役がいるのが普通だ。犯行グループは、騒ぎを大きくしてバーニングにトラブルのイメージをつけないと意味がない。撃たれたことに気づかないか、あえて気づかないふりをするなどで、いつまで経ってもマスコミの報道が出ないことがある。その場合、見届け役が、「通行人ですが、あの事務所に銃弾が撃ち込まれた音を聞きました。乾いたパンパンという音がした」としつこく一一〇番通報するのである。

周防社長によると、通報を受けて事務所に警察官が来たという。

「おたく、拳銃で撃ち込まれてませんか？　何度も一一〇番通報があるんですが」

「いや、ありません」

しかしその数日後、また警察官が来た。

「本当に撃ち込まれていませんか？　中を見せていただきたいのですが」

痺れを切らした見届け役が、また一一〇番したようだが、修理は終わってガラスを入れ替え、弾丸も拾って回収してある。「どうぞ見てください」と招き入れた。

しかし、上手の手から水が漏れたというべきか、この場合、頭隠して尻隠さずといったほうが適切なのか、事務所内を見て回る警察官から声が上がった。

「ここにありますね！」

なんと、撃ち込まれた銃弾はもう一発あった。それを見落としていたのである。

警視庁が広報発表したことで銃撃事件は各社が報道するところとなり、週刊誌が面白おかしく書き立てた。実力者の周防社長が警察に圧力をかけて一週間にもわたり事実を隠蔽したなどと、まったく事実に反した記事も出た。周防社長に対する取材攻勢も予想されたので、ホテルの一室を借りてそこで警察に来てもらって被害届を提出した。署に行けばマスコミが群がって大騒ぎになることは目に見えていたから、人目につかないホテルで事情を説明するよう段取りした。バーニングと警察の橋渡しを、日本リスクコントロールで行ったのである。

結局、銃撃事件の犯人は検挙されなかった。危惧したとおり、被害者であるはずのバーニングにダーティなイメージがついてダメージを受ける形になったように思う。

パチスロ業界と監督官庁

日本リスクコントロールは新興業界団体の立ち上げを主導したこともある。

ここでもう一人、私と協力関係を築いてくれた有力警察ＯＢを紹介したい。小林朴さんである。下の名前は「すなお」と読むのが本当なのだが、私も含め周囲は親しみを込めて「パクさん」と呼んでいた。朴さんは秦野章先生とも近く、それで私は古くから親しくさせてもらっていた。非常に考え方が柔軟で、多様な人脈を持っている人だった。

一九二四年生まれの朴さんは戦時中、海軍経理学校を短期現役士官制度で卒業し海軍主計少尉となった。後に検事総長となる伊藤栄樹はこのときの同窓で二人はたちまち親しくなった。戦後は神戸経済大学（現・神戸大学）に復学、あらためてそこを卒業する。その縁で親しかったのが日商岩井で航空機売り込み部隊を率いた海部八郎《かいふはちろう》副社長である。三人はほぼ年が同じで、その後も長く親しくしていた。

朴さんは警察大学校を経て国家地方警察に入り、知能犯等を専門に扱う捜査第二課を全国の県警につくった。さらに三鷹事件の捜査に携わり、警察予備隊の創設にも関わった。大阪府警時代は選挙違反事件を指揮、当時、渉外部長だった池田大作現・名誉会長を含め数十人に上る創価学会関係者を検挙している（後に池田氏は公判で無罪が確定）。

福井県警本部長などを歴任し警察庁で刑事局長まで務めた朴さんは警視総監になることがほぼ確実だったが、一九七九年のダグラス・グラマン事件で躓《つまず》いてしまう。この事件で海部が逮捕されると、国会での追及を未然に防ぐため、あっさりと警察を辞めてしまったのだ。私利私欲のない人なのである。

朴さんは退官後、クボタや長谷工コーポレーションで役員となった。一貫して刑事警察の最前線を歩み、中でも知能犯事件のエキスパートだった朴さんを慕う企業関係者は多く、その中に兵庫県に本社があるパチスロメーカー、エマがいた。

当時エマは業界の裏側で根を張る仕組みに不満を持っていた。業界には日本電動式遊技機工業協同組合（日電協）という団体があり、そこがパチスロ機に関する特許を独占していた。エマはこの日電協に加盟を認めてもらえなかった。

そこで第二組合を作ろうということになったのだが、製造業者が集う協同組合の設立に関し主務官庁である通産省はなぜか首を縦に振らない。日電協に加盟するには一億円以上の入会金が必要で、その時点でわずか一五社ほどが会員になっているだけだった。いっぽう、我々の新組合は入会金五〇〇万円とした。パチスロメーカーは全国に五〇社ほどあり、日電協に加盟できない会社も多い。新たな組合をつくれば、業界のためになるだけでなく、行政にとっても目が届きやすいというメリットがあった。にもかかわらず通産省が消極的だったのは、風俗営業法を所管しパチンコ・パチスロ業界に睨みを利かせる警察庁がそれを認めようとしないからだった。

朴さんから経緯を聞き、私が警察庁との交渉を請け負った。役所を動かすには、裏技は通用しない。正論で、真正面からいくのがむしろ近道だ。

「警察庁は協同組合設立の主管官庁じゃないですよね。だから通産省から問い合わせがあってもノーと言わないでほしい。それだけでいいですから」

二〇〇一年三月、エマを中心とする第二組合、電子遊技機工業協同組合（電遊協）が無事発足にこぎ着けた。初代理事長には大蔵省ＯＢの山本哲夫氏を迎え入れ、朴さんは最高顧問、私も特別顧問となった。総会は毎回、警察共済組合が所有する「ホテル グランドアーク半蔵門」で行った。元野方署長の青木俊一を電遊協の事務局長に迎え、青木は後に専務理事に昇任した。

その後、電遊協は朴さん、元四国管区警察局長の波多秀夫さんに理事長に就いてもらい、二〇〇八年には警察庁生活安全局長などを務めた黒澤正和さんに理事長を引き継いでもらった。黒澤さんは警視庁で広報課長を務めた経験もあり、そのとき、青木が部下として支えたという関係だった。

黒澤さんは優秀で判断力もあり、人間性やバランス感覚にも優れている。本当なら警察庁長官になってもおかしくない人なのだが、後に内閣官房副長官に抜擢された同期の漆間《うるま》巌《いわお》に長官レースで追い抜かれるなど、ツキには恵まれない面があった。

警察庁退官後はトヨタ自動車の顧問などをされていたが、名門・福島高校出身の黒澤さんは二〇〇六年一一月の福島県知事選挙の候補者にと請われ、福島高ＯＢ会もバックアップする態勢を敷いた。地元紙にも「黒澤氏出馬」と書かれたことで、黒澤さんはトヨタに迷惑がかからないようにという配慮から自ら辞表を出し、知事選に備えることになった。

ところが、ときの自民党幹事長・中川秀直が突然、「候補者は女性のほうがいい」と言い出し、候補者を森雅子に差し替えてしまったのである。

前任の佐藤栄佐久知事が不可解な汚職事件で東京地検に逮捕されたあとだったので、警察出身者よりも女性のほうがソフトイメージだという判断だったようだが、これで黒澤さんはハシゴを外された形になった。そこで私がお願いして、電遊協の理事長にお迎えしたのである。黒澤さんにはいまもさまざまな相談にのってもらい、助けていただいている。ちなみにこの知事選で、森雅子は民主党推薦の佐藤雄平候補に惨敗した。

美術刀剣協会の大ピンチ

トラブルを解決するためには親しかった人間と袂を分かたなければならないときもある。日本リスクコントロールの立ち上げ時に名誉顧問に名を連ねてもらった初代内閣安全保障室長の佐々淳行はまさにそれだった。

「佐々さんがやってることはとんでもないんです。なんとか辞めてもらいたいんですが……」

二〇〇九年頃、日本美術刀剣保存協会の関係者から私のところにそんな相談が持ち込まれた。佐々はその三年前から同協会の会長を務めていたが、監督官庁である文部科学省・文化庁との関係は険悪なものとなっていた。詳しく聞くと、その理由はもっぱら佐々を筆頭とする協会側の体質にあった。当時、私は別件で佐々に対して思うところがあったので、この依頼を二つ返事で引き受けることにした。

佐々が警察を辞める際、私は夜が白々と明けるまで料亭で相談に乗り、独立へ背中を押したことは前に書いた通りだ。佐々の事務所開きには国会議員が二〇〇人以上訪れ、その何倍もの企業関係者が集まる盛況となった。佐々は危機管理の第一人者として世の中から認知され、執筆や講演、テレビ出演に多忙をきわめていた。

他方、私が経営する日本リスクコントロールもトラブル解決の依頼が途絶えることはなく忙しい毎日だった。佐々は佐久の私の自宅に何度も泊まりに来たことがあるほど、家族ぐるみの付き合いだったが、忙しい者同士、関係はだんだんと疎遠になっていった。

そんな折、私は日本有数の名門ゴルフ場である小金井カントリー倶楽部の株式を購入する機会に恵まれた。同倶楽部は株式保有者しか会員になることはできない。小金井カントリー株は一時、五億円近い高値をつけたが、その頃は八〇〇〇万～九〇〇〇万円に下がっていた。日本一のゴルフコースだから一度くらいメンバーになっておくのも悪くない。そう考えて、株を購入することにしたのだ。

会員になるには株を保有したうえ、さらに二人の会員に紹介者になってもらう必要がある。私は会員に知り合いがいなかったので、順天堂大学の奥村康教授に相談したところ、すぐに小金井カントリーの副理事長を紹介してくれた。奥村先生は日本免疫学会総会の会長や順天堂大の医学部長も務めた日本を代表する免疫学の権威で、私は長年、親しくお付き合いさせていただいている。

「日本リスクコントロール社長に会員になっていただければ非常に心強い、ぜひ会員になってください」

食事をともにした小金井カントリーの副理事長は、そう言って大歓迎してくれた。

会食の席上、危機管理の話題から佐々の名前が出た。副理事長の娘が慶應大学在学中に佐々の危機管理講座を受講しており、現在は佐々の紹介でアメリカのワシントンに留学しているのだという。食事会は盛り上がり、楽しく散会した。奥村先生、佐々と、旧知の人脈がつながり、名門コースの会員になる話は順調に進みそうだった。

ところが後日、あらためて会った副理事長が、申し訳なさそうな顔をしている。

「じつはお断りしなきゃいけなくなりました」

聞けば、副理事長が佐々に話をしたところ、私の入会に反対したというのだ。「寺尾なんか入れなくていいよ」と、佐々はぶっきらぼうにそう返事したそうだ。

想像するに、これは男の嫉妬だったに違いない。佐々にとって同じ危機管理分野で次々と案件を解決に導いていた私は目障りだったのだろう。東京大学を出て警察キャリアを勤め上げたプライドがそれに輪をかけていたのは間違いない。なにせ、私は高卒の機動隊上がりである。

結局、私は小金井カントリーの会員にはならず、株はすぐに売ってしまった。たしか、二〇〇〇万円くらいの損失が出たと記憶している。とはいえ、その後小金井カントリー株は四〇〇〇万円くらいまで値下がりしているので、このとき売っておいて良かったともいえるのだが……。ともあれ、佐々と私にはそんな因縁があった。

佐々が日本美術刀剣保存協会の会長に招かれたのは二〇〇六年八月のことだった。日本には、二五〇〇万振りもの刀剣があるとされる。江戸時代、武士階級だけでなく農民も密かに武器を持ち、いざというときに備えて蔵や天井裏に秘蔵していた。戦後、ＧＨＱの命令で刀剣類の没収が続き、海外流出を恐れた有志が一九四八年に日本美術刀剣保存協会を設立した。

初代会長は細川護熙元首相の祖父で貴族院議員を務めるなどした細川護立《もりたつ》侯爵、三代前の会長は山中貞則元防衛庁長官、直前の会長は橋本龍太郎元首相。プライドが高い佐々にとっては申し分のないポストだが、協会は何年も前からその体質が問題視され、たびたび国会で追及されていた。

協会の主たる業務のひとつに審査制度がある。日本では、いまも毎年五〇〇〇振りもの刀が新たに発見されているが、発見した人は地元の警察署に届けたうえ、各都道府県の教育委員会に申請して美術品としての認定を受け、登録する必要がある。美術刀剣保存協会はほぼ隔月で刀剣と小道具の鑑定会を開いて、刀剣の価値を四等級で評価し鑑定書を発行している。それが主たる財源のひとつとなっているのである。

一部の理事や刀剣商がこの審査制度を恣意的に運用しており、不透明だとの指摘が相次いでいた。文科省・文化庁も縁故者が持ち込む審査を受け付けないよう指導するなど、業務改善に乗り出そうとしていた。対して一部の有力理事らはそれに反発し、指導にも従おうとはしなかった。

ちょうどそうした時期、橋本会長が死去し、アンチ文科省の有力理事らによって後任に祭り上げられたのが佐々だった。就任を決めた緊急理事会は数人の理事を欠いたまま強行され、それに異議を唱えた事務局長らは解雇されてしまっていた。佐々の強圧的な姿勢は国会でも取り上げられ、野党は佐々の参考人招致を要求する事態となっていた。

そうしたゴタゴタが続いていた協会に新たな問題が持ち上がる。

多数の刀剣類を保管する収蔵庫の改修工事が行われていた二〇〇九年二月、有力理事らが「開かずの扉」と呼んで一般職員の立ち入りを禁じていた一角から、無登録の刀剣三六七振りが発見されたのである。前述のように刀剣類は銃刀法に従って警察に届けを出し、審査を受けて美術品としての価値を認められれば登録することができる。しかし、協会から見つかった多数の刀剣類はその手続きを踏んでいなかった。

協会としてはとんだ失態だが、良識派の役職員は何はともあれ文科省に自主申告することにした。しかし、前述の有力理事や佐々会長はそれを良しとせず、監督官庁に従おうとしなかった。そうこうするうち、三月に入り、代々木署が銃刀法違反容疑で捜査に乗り出した。

私のところに相談が持ち込まれたのはそんなときだった。

日本美術刀剣保存協会の半数以上の理事が日本リスクコントロールの事務所を訪れ、「このままでは協会がなくなってしまう。どうか救ってください」と訴えてきたのだ。小金井カントリーの一件以降、佐々は雑誌のインタビューで「寺尾とは面識がない」などと発言し、私とは疎遠になっていたが、思わぬ形で佐々と対峙することになった。人生のめぐり合わせは、つくづく不思議なものだ。

私は日本リスクコントロールの代表取締役名で佐々会長に文書を送り、辞任を迫った。佐々もそれを受け入れ、二〇一〇年六月に辞任した。後任の会長には、元東京高検検事長の村山弘義弁護士に一肌脱いでもらうことになった。

ただ、まだ例の無登録問題が残っていた。佐々の辞任から三ヵ月後、警視庁生活環境課により家宅捜索が行われることになった。

当日、刀剣協会の上空にはＮＨＫなど報道各社のヘリコプターが飛び交い、物々しい雰囲気となった。警察の家宅捜索が入ると予測できたので、私は協会の理事、役員を集めた。

「警視庁の家宅捜索が入った際は、捜査に全面協力します。捜索後、協会として記者会見をする必要があると思いますので、事前にメディア発表用の文書を用意し、会見内容も検討しておいてください」

家宅捜索自体は粛々と進んだが、その後、思いも寄らないことが起こった。理事のなかに、元教員出身者がおり、「捜査情報が事前に漏れていたのではないか。おかしい」といいはじめたのだ。これには参った。

元理事二人と法人が書類送検されたものの、後任会長の村山弁護士に始末書を書いてもらうなどして法人に対する最終結果は不起訴処分となった。結局、日本美術刀剣保存協会は無事公益財団法人に認定され、今日に至っている。私の要請で最高顧問には細川護熙さんを迎えた。

その後、それまで代々木にあった刀剣博物館を墨田区両国に移すことになった。両国国技館に隣接する旧安田庭園内に墨田区から土地を借り、二〇一七年に竣工した。

私は数十年にわたって刀剣を蒐集している愛好家だが、なかでもとくに入れ込んでいるのが源 清麿《みなもとのきよまろ》である。

清麿は江戸末期の一八一三年（文化一〇年）、佐久の隣町の信州小諸藩の郷士山浦家の次男として生まれた。兄の影響で作刀を始め、早くからその才能を現した。大石村の郷士・長岡家の婿養子となって一男をもうけるが、妻子を小諸に残し単身江戸に出た。幕臣窪田清音の支援を得て作刀修行に没頭し、窪田から「清」の字をもらって源清麿と名乗るようになる。

その刀の素晴らしさは徐々に知れ渡り、四ツ谷に居住したことから「四ツ谷正宗」と呼ばれるほどの刀工となったが、四二歳のとき、自ら命を絶った。清麿については、作家・吉川英治が『山浦清麿』という本を書いているが、生誕二〇〇年を前に直木賞作家・山本兼一氏にお願いして、『おれは清麿』という作品を書いていただいた。

私と山本氏の付き合いは、『いっしん虎徹』という作品を読んで感動し、版元を介して山本氏を紹介してもらったところから始まる。

『おれは清麿』では、資料を提供するなどのお手伝いをした。また、二〇一三年には生誕二〇〇年を記念して清麿とゆかりのあった佐野美術館、長野信濃美術館、萩博物館、根津美術館の四つの美術館で源清麿特別展を開催した。このとき、「生誕二〇〇年記念山浦清麿展実行委員会」の会長に就いていただいたのが、東京藝大元学長で文化勲章を受章した彫刻家・澄川喜一《すみかわきいち》氏である。私は副会長となった。澄川氏は「そりのあるかたち」をテーマとした彫刻で知られ、東京スカイツリーや東京湾アクアラインの「風の塔」、東京駅八重洲口の「グランルーフ」をデザインされた。

翌年一一月一五日、長野・坂城町にある鉄の展示館に源清麿記念碑が建てられ、その除幕式を行った。澄川先生にご挨拶いただき、私も副会長として、記念碑の前で記念撮影している。しかし、闘病中だった山本兼一氏は九ヵ月前の二月に肺腺がんのため五七歳の若さで亡くなっていて、残念ながら除幕式には参加できなかった。

カネに汚い男

二〇一四年、元首相の細川護熙さんが都知事選に出馬した際に相談を受けた。前年末、私は胃がんの手術をした直後だったが、細川さんから、

「どうも事務所の内部がガタガタで、組織がうまく動かないんですよ。寺尾さん、事務所の監督をしてもらえませんか」

と頼まれたのだ。

病み上がりの身体で選挙事務所に顔を出してみると、鳩山邦夫事務所から派遣されている秘書が五人もいるという。都知事選の対抗馬の舛添要一陣営にも、同じように鳩山のところから五人が来ているとわかった。つまり、鳩山はどちらが勝ってもいいように両方に恩を売ろうとしていたのだ。

潤沢な資金力がなければできない戦略だが、そんな「腰掛け秘書」がまともに働くはずがない。私はその五人すべてに選挙事務所から離れてもらった。

小泉純一郎元総理が支援した細川さんは新宿、銀座などの街頭では圧倒的な人気で、人の波どころか渦ができるほどの熱気だった。一方の舛添候補は、いくら街頭演説しても通行人が振り返らないくらいである。この分なら、舛添など一蹴するかと思われたが、焦った政権与党は新聞・テレビに圧力をかけた。それぞれの候補の扱いを公平にするようにと

文書で通達し、結果的にそれが功を奏して、細川人気は都心部ではすごくても、多摩地区など周辺部では広がりを欠いた。選挙は、残念ながらかなりの大差で敗北した。

舛添は後年、政治資金を私的に流用していたことが明らかになった。家族旅行で行ったリゾートホテルの宿泊料だけでなく、別荘近くの天ぷら料理店、回転寿司、一五〇点に及ぶ美術品。さらには子ども用と思われるマンガ『クレヨンしんちゃん』、蕎麦《そば》打ちを指南する本まで政治資金で購入していた。結局、その並外れた吝嗇《りんしょく》ぶりが明らかになって都知事辞職を余儀なくされるのだが、実はこの二〇一四年の選挙当時にも、舛添の不透明な会計処理を告発する記事が『週刊文春』に載った。

〈元側近議員が告発　「政党助成金で借金2億5000万円返済」〉

記事では、舛添が代表を務めた「新党改革」の元参議院議員・山内俊夫と矢野哲朗の二人が実名で登場し、証言を寄せている。実はこの記事を仕掛けたのが、私なのである。二人の元議員とはまったく面識がなかったが、自民党元幹事長の中川秀直から「寺尾社長に相談すればなんとかなる」と言われて、日本リスクコントロールを訪れたという。二人はもともと自民党の議員だったが、二〇一〇年の選挙では公認を得られる見通しが立たず、離党の道を選んだ。

二〇一〇年に舛添が「新党改革」の代表となると山内と矢野の二人も同党に合流し、矢野が代表代行、山内が事務総長・国対委員長となった。矢野によると、舛添は当時、「選挙資金は自前でつくる」と言いながらひそかに鳩山邦夫にカネを借り、それを三年に分けて党のカネで返済したという。しかもそのうちの一部に、政党交付金を流用していた可能性が高いというのである。

舛添はいったん党のカネを政治資金管理団体などに寄付し、そこから還流する形で党に戻して返済に充てることで、返済の原資を見えにくくする会計処理を行っていた。私はこの件が政治資金規正法などに抵触するのではないかと考え、親しい複数の弁護士に検討してもらったが、「非常に姑息なやり方だが、違法ではない」という返事だったため、週刊誌に情報を流すことにしたのだ。

旧知の週刊文春の記者に連絡をとって山内、矢野の両元議員に引き合わせ、二ページの特集記事にまとめてもらったが、情勢逆転とはならず、細川さんは惨敗した。

しかしその二年半後、舛添は前述の通り金銭問題が発覚して失脚する。つくづく、人間の本性は隠せないものと思う。

最近では、多数の病院を傘下に抱える医療法人の相談も受けている。理事長の信任を受けたあるコンサルタントが、年間一億数千万円の顧問料を受け取り、法人の運営に深く関与するようになっていた。私はこの一件を警視庁に伝え、このコンサルタントの周辺を探った。暴力団との関係や法人の資金流用など、警視庁も重大な関心を抱いていたが、立件には至らなかった。その後、理事長が退任してコンサルタントとの顧問契約も消滅している。

「助けてください」羽賀研二の懇願

日本リスクコントロールは企業や団体を顧問先とすることを想定して設立した会社だが、個人からトラブル処理を依頼されることも少なくない。むしろ件数ではそちらのほうが多いかもしれない。その中から印象に残っている案件をいくつか紹介したい。

タレントの羽賀研二も、私を頼ってきたひとりだ。羽賀は二〇〇七年六月に未公開株を巡る詐欺・恐喝未遂容疑で逮捕された。

知人の不動産会社経営者に「これから間違いなく上場する医療系会社の未公開株が、ひと株一二〇万円で買えるんです。普通の人は買えないけど、ボクは芸能人だから買える」などとウソをついて二九〇株を売りつけ、仲介料含め三億七〇〇〇万円を受け取った。その後、実際の価格が四〇万円だったこと、この医療関連会社が倒産していたことなどが判明し、知人男性が羽賀を大阪府警に告訴したのである。

翌二〇〇八年二月、羽賀は保釈金を払って保釈された。私のところに来たのは、そのころのことだ。羽賀を紹介してきたのは、有名写真週刊誌の副編集長で、以前から取材を通じて羽賀とは面識があったという。羽賀はなかなかの達筆で、

「自分は無実だから助けてください」

という手紙を何通も寄越し、私の佐久の自宅まで訪ねてきた。よく言われるような稀代のワルには見えなかったが、その言動にはどこか疑いを抱かせるような部分もあった。

「それで、あんたはまったく身に覚えがないわけ？」

「はい、無実だと思ってます。先方は恐喝されたと言ってるけど、その場に自分は行ってない。だから恐喝できるわけがないんです」

「それなら簡単だ。（恐喝）現場の喫茶店の人の証言があれば、この事件は無罪になるよ。あんたみたいな有名人が来たら、喫茶店の人だって間違いなく覚えてるでしょう。それを証言してもらえばいいんだから」

「そうですね！」

しかしその後、喫茶店員の証言を取るという話は一向に進展しなかった。私は仕事を引き受けるにあたって、自分自身が「本当に無罪」と確信できなければ踏み切らない。有罪を無罪にすることはできない。だから、依頼主が本当に私を信じて、真実をすべて話してくれないと、仕事を引き受けることは難しい。

羽賀の件でも、本人から話を聞いたうえで私なりに慎重に調べてみた。なにより悪いの

は、交渉の場に元ボクシング世界チャンピオンの渡辺二郎を同席させていたことだ。渡辺はのちに警察当局によって山口組系極心連合会の周辺者と認定されている。男性のほうも濡れ手に粟の利益を狙ったことを責められる部分はあるが、羽賀のほうにも問題がある。

その後驚いたことに元歯科医という男性が現れ、裁判で「被害者も事前に実際の株価を知っていた」などと羽賀に有利な証言をしたことから、羽賀は一審の大阪地裁で無罪となった。その後の控訴審でこの元歯科医の証言が偽証だったことが発覚し、逆転有罪。懲役六年の判決が確定し、二〇一三年、羽賀は収監され沖縄刑務所で服役した。

羽賀は満期まで刑期をつとめあげ二〇一九年に出所したが、直後に再び逮捕・起訴される。服役中に妻と偽装離婚して所有していた不動産を妻名義にし、差し押さえを免れていた容疑だった。妻は羽賀の元マネジャーで、二人の子どもをもうけていた。

資産隠しを手伝ったとして、羽賀の妻もまた逮捕されている。

あの「治作」の顧問となる

二〇〇五年、東京・久松署管内のガソリンスタンドが爆破された事件も印象深い。

その年二月、久松のガソリンスタンドと横浜の関連施設が連続して放火され、直後に、静岡県熱海市内の駐車場に停めた車の中で四〇代半ばの男が死亡しているのが見つかった。

男はガソリンスタンドに爆発物を設置した実行犯で、爆破の際の炎と爆風で大怪我を負い、それが命取りになった。交友関係から、爆破の指示役として、ある会社の会長の名前が浮かび上がる。警察の捜査は、大詰めにきていた。

ある日、ベンツ販売代理店の会長が指示役のこの男を私のところへ連れて来た。

「毎日、毎日、捜査一課に呼ばれています。朝から晩まで事情聴取です。私は無実なのにとんでもない」

男はそう訴えた。年齢は六〇歳前後だろうか。社長を任せている長男も連日取り調べを受けているという。

「うちは前金だから、普通は五〇〇万円だけど、あんたの件は複雑だから一〇〇〇万円。本当に無実だったら私はどんなことがあっても助けてあげる。ただし、捜査一課より取り調べはきついかもしれないぞ。真実はひとつだから、もしウソならこの一〇〇〇万円は無駄になる。もしあなたが無実なら助けてあげるよ」

私はそう言って男の目を覗き込んだが、どうも目に落ち着きがなく、定まらない。

「わかりました。明日おカネを持ってきます」

「そうですね、明日また来てください」

そう言って帰っていったが、以降私の事務所に顔を見せることはなかった。

二〜三日後、警視庁捜査一課の旧知の刑事が日本リスクコントロールに姿を見せた。

「寺尾社長、この男こちらに来ませんでしたか」

「さすが一課だな……。たしかに来たよ。かなりしぶとい男だから、時間がかかっても、完全に黙秘されても起訴できる証拠を集めてから逮捕したほうがいいよ」

その後しばらくして、男と長男は爆発物取締罰則違反で逮捕・起訴された。

容疑者は銀座のクラブの若いホステスに入れあげ、子どもまでつくっていた。まだ三歳にもならないその子と、ホステスを住まわせるため、マンションも用意していた。

ところがあるとき、会長はそのマンションに別の男が出入りするのを目撃する。それが、ガソリンスタンド経営会社の幹部だったのである。事件の発端は、長年入れあげてきた女性を奪われたことに対する嫉妬だった。

会長は部下に命じ、手製爆弾を仕掛けて爆発させることを指示した。爆発で怪我をした部下を熱海まで車に乗せていったのが長男だった。爆発物を仕掛けたのがガソリンスタンドだっただけに、ひとつ間違えば大惨事になっていたところである。

会長と長男は、重い実刑判決を受けた。


日本リスクコントロールを設立して三年後の二〇〇二年、順天堂大の奥村教授を通じて、意外なところから相談があった。四〇年前の一九六一年、私が警察学校を卒業してすぐに配属された水上署の東水寮の隣、あの「つきじ治作」である。

治作は江戸初期に幕府の命によってつくられた埋立地・明石町に建つ。明治初期には外国人居留地となったあと、三菱創業者の岩崎家別邸として利用されていた土地に、九州出身の名料理人・本多次作が昭和六年に料亭を創業した。店はたちまち評判を呼び、大繁盛したが、太平洋戦争中は閉店を余儀なくされ、石川島造船所の社員寮として供出された。戦後、本多の後輩の長谷敏司が資金を集めて「つきじ治作」を再建し、創業から九〇年を迎えるという東京を代表する名店である。

商才に長けた長谷は、昭和二五（一九五〇）年、東京・白金に「治作」の姉妹店も開業し、のちに「八芳園」と名付けた。

この場所はもともと徳川家康の側近として名高い大久保彦左衛門の屋敷があり、明治以降は渋沢栄一の従兄弟の渋沢喜作や日立製作所創業者の久原房之助の所有となったが、そこを長谷が買い受けたのだ。

久原は右翼活動家らを支援して二・二六事件に深く関与する一方、中国の革命家・孫文をこの邸内に匿っていたこともあったため、用心のため暖炉の脇に隠し扉を設け、そこから地下道を通じて邸外に逃れることができるようにしていた。

八芳園は東京有数の庭園を持つ名料亭として政財界の要人が集う場所となり、邸内の美しい日本家屋は作家・遠藤周作によって壺中庵と名付けられた。

「つきじ治作」と「八芳園」はともに日本を代表する名料亭としての評価を確立し、長谷の設立した「長谷観光株式会社」が経営していたが、二〇〇二年になって新たに「株式会社壺中庵」を設立、経営を分離することになった。

治作からの相談内容は事業継承に関わることで、それほどおおごとにならないうちに収めることができた。それをきっかけに私は一時期、治作の顧問を務め、いまも色々と世話になっている。巡査時代に憧れの目で見ていた超高級料亭の上座に座っていることなど、四〇年前には想像もつかなかった。

日本を代表する名家の悲劇

二〇〇二年末、ある人の紹介で、上品な身なりの初老の男性が姿を見せた。当時六六歳の小林奎二郎《こばやしけいじろう》氏は富士写真フイルム元会長の小林節太郎《せつたろう》氏の次男で、富士ゼロックス会長、経済同友会の代表幹事を務めていた小林陽太郎《ようたろう》氏の実弟だった。

小林氏は富士ゼロックスにプラスチック製品を卸す「アトラス」の社長のほか、「富士カラー印刷」など関連会社の社長を務めていた。

相談の内容はなかなかやっかいなもので、小林氏が経営するアトラスは富士ゼロックスの協力会社約一〇〇社の集まりの幹事を務めていたが、ささいなトラブルを発端に暴力団から脅され、すでに五〇億円近くのカネを払わされたという。

困り果てた小林氏は、警視庁ＯＢで三田署長、警察学校長などを経験した國嵜隼任氏に相談を持ちかけた。國嵜氏は土田國保警視総監の秘書などを務めたノンキャリの出世頭で、退官後、日本電動式遊技機工業協同組合（日電協）の理事長を務めていた。

『これは警視庁じゃどうにもならないから、寺尾社長のところに行かれたらどうですか』と國嵜さんに言われて、こちらを紹介されたんです」

トラブルの内容もさることながら、驚いたのは小林氏の生活ぶりで、世田谷区内の高級住宅街に豪邸を持ちながら、二十数年間にわたって夫婦でホテルオークラの別館で生活しているという。米国大使館の目の前にあるホテルオークラは、アメリカ政府関係者の出入りが多いことで知られている。ホテル住まいは掃除や食事、クリーニングなどの手間がかからず富裕層には人気があるが、オークラのような高級ホテルに年間契約で宿泊するとなると、かなりの額になる。それを二〇年以上続けているのである。

妻の華子さんは終戦時に戦艦ミズーリ上で降伏文書に調印したことで知られる元外務大臣、重光葵《しげみつまもる》の長女で、一九五六年、日本が国際連合に加盟した際は、病床の母に代わって重光外相に同行し、艶《あで》やかな和服姿でニューヨークの国際連合に日の丸を掲げた。夫妻の娘は帝国ホテルオーナーの犬丸家の御曹司に嫁いでいた。

多額の資産を持ち、華麗なる閨閥を持つ、名家中の名家なのだ。私は小林氏と契約を交わし、暴力団に奪われた五〇億円の回収に取り掛かることになった。

こういうカネ絡みのトラブルでは、相手を逮捕できるだけの材料を揃えて警察に通報するか、もしくは警察へ通報することを前提に交渉すれば、カネが戻ることが多い。ヤクザだろうが右翼だろうが、逮捕されるのは避けたいからだ。小林さんとは週に一度、二時間程度面談し、じっくり経緯を聞いていった。そこで聞いた話をもとに先方と交渉し、約三ヵ月をかけて、回収のメドが立つところまで来ていた。

二〇〇三年の三月はじめ、いつもの打ち合わせに現れた小林氏は、靴を履かず、足に包帯を巻いていた。

「実は左足の指に悪性の腫瘍ができて、三日後に手術するんです。すごく痛いらしいんですよ。だからその前にこちらへ来て相談しようと思って」

小林氏は、「今日はあまり時間がないので」と言うと、

「これ、領収書いらないですから。収めておいてください。いままでありがとうございました」

とカバンから札束を出した。あとで確認すると、五〇〇万円あった。

「いや、おカネはいいですよ、顧問料もいただいているし」

トラブルがすべて解決したあとにお礼金をいただくことはあるが、相談の途中に、こんな多額のカネを渡されたことはない。驚いて返そうとしたが、小林氏はそのまま足を引きずって立ち去った。

しかし、その二日後、驚愕のニュースが飛び込んできた。相談に来たばかりの小林氏

が、妻とともにホテルオークラ別館の一室で血を流して死んでいたというのである。

〈8日午後3時半ごろ、東京都港区六本木1のホテルオークラ別館から、「客2人が血を流して倒れている」と警視庁赤坂署に通報があった。同署員が現場に駆けつけたところ、（中略）化学製品卸売会社「アトラス」社長、小林奎二郎さん（71）と妻華子さん（66）の2人が倒れているのを見つけた。小林さん夫婦は既に死亡しており、小林さんが右手に回転式拳銃を握っていた。同署は2人が拳銃で心中したとみて調べている。

調べでは、小林さん夫婦は同ホテルを自宅代わりに使っていたが、7日午後3時半ごろ、普段とは別の部屋にチェックイン。8日昼に外出すると伝えていたが、出てこないため、従業員が午後3時15分ごろにマスターキーでドアを開けた〉（二〇〇三年三月九日付『毎日新聞』）

部屋には内側から鍵がかけられており、室内にも不審な様子はなかった。華子さんは数年前から奎二郎氏の体調が良くないと知人に漏らしていたというが、なぜ突然の死を選んだのか、誰にも心当たりはなかった。

後に行われた警察の捜査によると、小林氏は三八口径のブラジル製拳銃を約二〇〇万円を払って都内の会社社長から購入していたことがわかった。覚悟の自殺だったのだ。

新聞記者が兄・小林陽太郎氏の目黒区内の自宅につめかけたが、陽太郎氏がコメントを出すことはなかった。

長野の産廃会社に押しかけた街宣車

この仕事を長年やってきてつくづく思うのだが、この世の中には本当にトラブルが尽きない。信じられないような話は数多くある。

長野市の直富商事が、右翼団体から街宣をかけられたことがあった。

木下社長は戦後すぐ「木下商店」を立ち上げ、解体業で実績をあげた。日曜も祝日もなく早朝から深夜まで休みなく働き、一代で会社を大きくした真面目すぎるくらい真面目な人だ。

東海道新幹線の老朽化した車両の解体も請け負っており、二〇一九年一〇月、台風一九号の被害で水浸しになった北陸新幹線の車両もすべて直富商事が解体処理した。時代にあわせてリサイクルに熱心に取り組み、長野市内にリサイクル展示場を開設して小中学生にもその重要性を訴えている。

二〇〇〇年、その直富商事が長野市内の大豆島東工業団地に工場を移転し、もともと解体工場があった場所をマンション業者に売却したところ、突然右翼の街宣活動の標的となった。売却した工場跡地に「土壌汚染があった」と因縁をつけられたのだ。解体の仕事は暴力団組織が絡むことも多く、ヤクザに仕事を回したりせず、なびこうとしない直富商事は、以前からターゲットにされていたようだ。右翼団体は東京から何台もの街宣車を動員し、直富商事の本社前で拡声器のボリュームを最大にした。

「公害企業・直富商事は汚染物質をタレ流しております！」

街宣活動を取り締まるのは、それほど簡単ではない。街宣車は、あらかじめ警察に届けを出していれば、それを禁じることはできない。「言論の自由」が保障されているからである。あまりに大きな音を出して近所迷惑になったり、脅迫行為があった場合は警察が介入できるが、さもなければ街宣活動を止めるのは通常、弁護士が裁判所に差し止めの仮処分申請を提出する。仮処分が認められるまでには三週間程度かかるので、その間は警察も手出しできないのだ。

そのうち、長野だけでなく、直富の手がける栃木の別の現場にまで街宣車が来るようになり、木下社長は困り果てていた。直富商事には警察庁ＯＢの小林朴さんが監査役として入っていたため、そのルートで私のところに相談があった。

実はこのころ、私は何年か続けて右翼団体の会合に招かれ、いくつかの団体の幹部を相手に何度か講義をしていた。右翼団体はいまでこそ資金不足、人員不足で壊滅状態だが、二〇〇〇年当時はまだ数団体が活動していた。そこで私のこれまでの経験を話したり、警察が絶対に看過しない行為について説明したりしていたのだ。

木下社長から相談を受け、すぐにその会合の主催者に連絡をとった。

「長野の直富、街宣かけてるだろう。あれ私の関係なんだ。すぐ止めてくれ」

「あ、寺尾社長のお知り合いでしたか！　承知しました」

一方、木下社長には、「こんど街宣車が来たら、日本リスクコントロールに顧問についてもらいましたと言いなさい」と伝えた。その後、すぐに街宣活動が収まったと木下社長から連絡があった。たまたま私が右翼団体側と面識があったことでうまく収めることができた案件だった。

その後、木下社長から連絡があり、長野で一献、御礼の宴席を設けたいという。

「このたびは、本当に、本当にありがとうございました――！」

席上、木下社長は喜びのあまり手にしたビールグラスを噛み砕き、そのままバリバリと食べはじめた。口からは鮮血が吹き出し、木下社長は救急車で病院に運ばれた。宴会は終了し、佐久の自宅に戻ったが、深夜一二時ごろ自宅のインターホンが鳴った。ドアを開けると、木下社長が立っている。

「このたびは、醜態をお見せして、本当に申し訳ありませんでした」

なんと、長野から佐久まで一時間以上タクシーを飛ばして来たという。これまで様々な経営者に会ったが、あれほど仕事に対する責任感と強烈な熱意を持つ人物に会ったのは最初で最後だ。木下社長とはその後付き合いを深めている。


かなり古い話だが、ある老舗出版社の創業家をめぐるトラブルも、ちょっと信じがたい話だった。

その創業家はオンナ遊びに寛容な家風で、御曹司は銀座のママと恋仲になった。御曹司はきちんと避妊していたつもりが、ママに「妊娠した」と詰め寄られ、会社にまで乗り込んできたという。困り果てた創業家サイドから頼まれ、私が仲裁に入ることになった。

こういうケースでは、やはりカネで話をつけるほかない。ママには六本木の一軒家などを渡すことで合意し、話をまとめることができたが、結局、なんやかやで十数億円かかったはずである。


これまで日本リスクコントロールに持ち込まれた相談のなかには、殺人の依頼まであった。依頼してきたのは誰でも知っているような大会社の人間で、しかも自分の子供を殺してほしいというのである。話を聞くと、息子は精神的に不安定で、家族はその行状に苦しみ抜いていた。

しかし、いくらなんでも、殺人の依頼は受けられない。おそらく、どちらかが殺したり殺されたりしなければ、そうした事案は表に出ることがないのだろう。

悲しいかな、浜の真砂は尽きるとも世に争いごとの種は尽きまじ、とでも言うべきなのも人間社会のこれまた真実ではある。

第一〇章 見えない権力

「赤レンガ」の検事たち

「笠間さん、次の検事総長はあなたですよ」

酒が入ったところで、私はズバリ切り込んだ。

「まさか、そんなはずないです。ボクは来月早々に誕生日で、それで退官なんだから」

「いや、笠間さんしかいないと思います。役所は年内まだ二八日まであるでしょう。三日あれば、人事でもなんでもできるんだから」

「いやいや、ないない。さすがにそれはないですよ」

その場は、そんな笑い話で終わった。

二〇一〇年の年末、私は、笠間治雄・東京高検検事長ら検察関係者と銀座の馴染みのバーにいた。笠間さんは翌月に六三歳の誕生日を控え、定年で退官する予定だった。

この年九月、大阪地検特捜部が逮捕・起訴した厚労省の村木厚子元雇用均等・児童家庭局長が無罪判決を受けた。その直後、捜査の過程で大阪地検検事が証拠のフロッピーディスクの記録を改竄《かいざん》していたことが発覚、検事と特捜部長が逮捕されるという大スキャンダルになる。

この事件を受けて「検察の在り方検討会議」が設置され、検察改革がスタートしていた。笠間さんも検察首脳の一人として、この事件に衝撃は受けていたが、大阪地検は直接の管轄下になく、検事長としての定年も間近に迫っていたことから、「第二の人生」を考えていたようだ。

しかし私は、笠間さんに大きな仕事が来る、と直感していた。

私たちの食事会の直後、一二月二〇日を過ぎたころ、笠間さんは突然大林宏検事総長に呼び出されたという。

「笠間さん、こんなときに申し訳ないが、総長を引き受けてもらえませんか」

笠間さん自身、青天の霹靂《へきれき》だったと思う。いくどか固辞したようだが、結果、引き受けることになった。笠間さんは胃の手術をしたこともあり、極端に食が細く、スマートだ。

「妻から、痩せすぎでみっともないから外を歩かないで、なんて言われているんですよ」

と笑っていたくらいで、体調面の不安もあったはずだが、検事総長として一年七ヵ月の任期を務め上げた。

笠間さんは二〇一二年に検事総長を退任した後、日本郵政の社外取締役に就任したが、取締役会の重要案件持ち回り決議等に猛烈に反対してあっさり辞任した。

日本郵政ではその後、かんぽ生命保険で大量の保険不正販売が発覚し、大問題となった。「現場派」として、日本郵政の体質がなにかおかしいと笠間さんのアンテナにかかったのだろう。そのあたりの直感力は錆びついていない。私が尊敬する人の一人だ。

日本リスクコントロールの仕事をするうえで、現役検事や、検事ＯＢとのパイプは欠かせない。検察という組織は、常に権力との緊張関係をはらんでいる。だからといって、常にときの政権と敵対関係にあるわけではない。

検察官には、大別して「赤レンガ派」と「現場派」がいる。

赤レンガ派は、地方の検察庁よりも法務省での勤務が長く、必然的に政治家との折衝などの機会が多くなる。政治のほうも、検察に接近して捜査情報をとろうとしたり、検察がどこまでを不法行為とみなすのか、その「瀬踏み」をしようとする。一方の検察組織も、予算や関連する法改正など、政治を頼ることがある。

二〇二〇年五月、検事総長昇進を目前にしていた黒川弘務《くろかわひろむ》・東京高検検事長が、旧知の新聞記者と賭け麻雀の卓を囲んでいたことが週刊文春によって暴露され、その椅子を棒に振った。

黒川は、「赤レンガ派」の筆頭として、政治、とくに安倍政権から絶大な信頼を勝ち得た。定年延長による騒動は、黒川があまりに政権寄りだったために起きたという面もある。

黒川のライバルと目された林《はやし》眞琴《まこと》・名古屋高検検事長も「赤レンガ派」だが、政治に対するスタンスはかなり違ったという。検察官としてのプライドが高く、安倍政権の最高幹部に対しても、迎合するような態度はいっさいとらなかった。それが、政権の不興を買った。

第八章で触れた則定衛さんも、「赤レンガ派」の代表のような人である。地方での勤務はほとんどなく、奈良地検検事正に就任したときも、わずか一年で法務省に戻された。早くから、検事総長としてのレールを敷かれていた人だった。

一方の「現場派」は、石川達紘、熊﨑勝彦《くまざきかつひこ》、宗像紀夫《むなかたのりお》らの名前が挙がる。笠間治雄さんも、その筆頭だろう。あの田中森一も、現場派に数えられる。

「赤レンガ派」には東大・京大法学部卒が多く、「現場派」は中央大など私大や、岡山大などの地方大学の出身者が多い。検事総長に昇進するのはほとんどが「赤レンガ派」だが、笠間さんは「予定外」で総長に就任した。

安倍政権は検察を甘く見た

私はいまも複数の検事OBと定期的に雀卓を囲んでいる。割れ目あり、赤い牌はドラ扱いのインフレルールで、ドラが四〜五枚乗ればあっという間にハネ満でドボン。雀卓を囲むのはせいぜい四〜五時間だが、終わると必ず次回の予定を決めないと気が済まないという人たちである。

雀卓を囲んで、また銀座で一杯やりながら、二〇二〇年には、次期検事総長の人事が話題となった。

「黒川という男は、あれでなかなか優秀なんですよ」

ある検事OBはそう言って、氷の入ったグラスをカラカラと回した。

「私は評価しています。法務省の事務次官として、余人をもって代えがたい仕事をした。ただね、少し長くいすぎた。六〜七年（法務省に）いたのかな。そのせいで、ちょっと（昇進が）遅れちゃったんですよね」

黒川は、法務省の「検察の在り方検討会議」で事務方を務め、政界に接近した。黒川が法務事務次官を務めている間、森友学園への土地払い下げ問題や加計学園の獣医学部認可など政権との癒着を疑わせる事件が次々発覚したが、検察は動こうとしなかった。黒川が官邸側に立ち、検察の動きを抑え込んだのだろう。

一方、かねて「検事総長の本命」と言われていた林眞琴は、筋の通った仕事ぶりで評価はきわめて高かった。

「あれは安倍政権の判断がおかしいんですよ。検察という組織は、むりやり総長になっても、仕事ができない。現場が言うことをきかないから、総長になっても意味がない。それをなんでやるのか。私なら、総長に指名されても、『大変光栄なことですが、お受けできません』と言って退官してましたよ」

「じゃあ、文春に書かれて辞めることになって、むしろ本人はせいせいしてるかもしれないと」

「そうですよ。おそらくそうでしょう」

検事総長の任期は、二年が不文律になっている。検察の慣例に従えば、二〇一八年八月に就任した稲田伸夫検事総長は二〇二〇年の七月に勇退し、林が昇任するのが自然と見られていた。しかし、安倍政権は黒川の検事総長就任を実現するため、異例の定年延長を閣議決定し、その後定年延長のための法案まで準備していた。

「検事総長というポストは、一度なってしまえば、誰も『辞めろ』とは言えないんですよ。総理大臣だろうがなんだろうが、検事総長を任期途中で辞めさせることはできない。だから、稲田総長が開き直って『俺は絶対に辞めない』と突っ張れば、理屈のうえでは二〇二一年の八月、稲田が六五歳の定年になるまで居座れる」

「そうなったら当然、黒川もその前に六三歳の定年を迎えちゃうから、退官するしかないですね」

「そうなんです。稲田は最悪、そこまで考えていたと思いますよ。それでも政治の側が定年延長の法案を通して黒川をむりやり検事総長にしていたら、むしろ本人がかわいそうでしょう」

「現場の検事は、『冗談じゃねえ』ってことになりますからね」

「そうそう」

検察官という仕事は、ほかの官僚とはひと味もふた味も違う。安倍政権は内閣人事局によって高級官僚の人事を完全に支配したが、それを検察組織に対してもやろうとしたのだ。それが、検察という組織の強い反発を買った。

大阪、名古屋、福岡、札幌などそれぞれの高検検事長は退官直前の、検察官として最後の仕事に強い誇りを持って取り組んでいる。

週刊文春のスクープによって黒川が引責辞任すると、検察は次々に政治をターゲットにした捜査を進めた。前年に秋元司衆議院議員を収賄容疑で逮捕していたが、二〇二〇年六月に河井克行・案里夫妻を逮捕したほか、「桜を見る会」の政治資金規正法違反容疑で安倍晋三氏の秘書を略式起訴した。

どれだけ力のある政権でも、検察という組織を敵にまわせば手痛いしっぺ返しを食らう。二〇一〇年以降、検察は苦しい組織改革と雌伏の時期が長かったが、安倍政権は検察の力をあまりに軽く見ていたのではないか。

保険金五〇億円の怪事件

検察の権力に引き寄せられ、近づいてくる者は多い。

私が印象深いのは、二〇〇〇年に熊本で起きた事件だ。

この年五月二八日、熊本・天草町高浜の町道から、四人乗りの乗用車が転落して横転、乗っていた女性四人が即死した。

四人は熊本市内の「林ケ原記念病院」の女性看護師三人と、理事長の妻だった。看護師は三〇代〜四〇代でいずれも独身、理事長の妻は六一歳だった。

この日は日曜日で、四人は朝九時半ごろ「ドライブに行く」と言って出かけ、そのまま深夜まで戻らないので病院側が警察に通報し、転落している車が発見された。

この事件で特異なのは、死亡した理事長の妻に、事前に生命保険、損害保険あわせて五七億九〇〇〇万円もの保険金がかけられており、運転していた看護師を除く二人の看護師にもあわせて八億円の保険金がかけられていたことだ。

のちにその事実が発覚し、『FOCUS』が「怪！『保険金50数億』熊本病院オーナー夫人の交通事故死」などの見出しで五回の連載を行ったほか、『文藝春秋』も「ルポ　林ケ原記念病院『57億円保険金事故』」などの記事を掲載した。

この病院理事長のH氏は、自身は医師ではなかったが、老人医療、成人医療、腎臓病などの治療を手がける病院を経営していた。

その経営戦略は独特で、まず、地元熊本出身の元国税職員・稲數千秋《いなかずちあき》税理士に顧問を依頼したところから、大分・国東出身の元大蔵官僚、磯邊律男《いそべりつお》に食い込んだ。

磯邊は「ミスター国税」といわれた大蔵省きっての税務の専門家で、国税庁長官を最後に退官したあと、この当時は広告代理店・博報堂の社長になっていた。

さらに稲數税理士経由で元東京地検特捜部長の河上和雄さんとも親しくなり、河上さんに病院の顧問弁護士を依頼する。そこから、検察で河上さんの弟分だった石川達紘らにも人脈を広げた。こうした縁で、三人の娘をいずれも現役の若手検事と結婚させた。石川は事件当時、奇しくも福岡高検検事長を務めていたが、H氏の三人の娘の結婚式にいずれも主賓として招かれていた。

そのほか福岡県警の刑事部長OBや、福岡国税局OBが病院の顧問に名を連ねていた。最近、「上級国民」という言葉が使われることがあるが、警察、検察、国税のOBをこれだけ周囲に集めていたのは、理事長なりの考えがあってのことだろう。

「河上さん、電話鳴ってますよ」

「ん？　ちょっとすみませんね」

事件が発覚した日、河上さんは私の地元である佐久に来て、ゴルフの最中だった。そのとき、一報を知らせる電話連絡があり、河上さんはあわててゴルフを途中で切り上げて、東京に引き返したのだ。

四人の死亡は、はたして事件か事故か——。前述のように週刊誌や月刊誌の報道が相次いだ。

車は、わずか二・五メートルのガードレールの隙間から谷底に転落していた。

仮に保険金狙いで事故を装い、あえて転落しようとしたとしても、二・五メートルの隙間から飛び出すのはきわめて難しい運転技術で、警察は事件性はなく、過失による事故だと結論づけた。

病院側はその後、記事を掲載した新潮社、文藝春秋、東京スポーツを名誉毀損で訴え、いずれも病院側が勝訴し、多額の賠償金を得た。

理事長夫人だけでなく、同乗の看護師にまで保険金をかけていたのは不自然として、当初生保・損保各社は保険金の支払いを拒否したが、訴訟などを経てほぼ満額の支払いに応じた。

その後、林ケ原記念病院は別の医療法人に営業譲渡し、病院名も変わっている。

警察や検察の有力ＯＢが顧問についているからといって、「事件」が「事故」に変わることは絶対にありえないが、それにしても不思議な事故だった。いまも、その真相を知りたいと思っている。

日本は独立国なのか

「見えない権力」ということでいえば、サイマル・インターナショナルの村松増美《むらまつますみ》さんのことも忘れがたい。

村松さんは一九七二年の田中角栄首相とリチャード・ニクソン大統領の会談通訳を務めたというほどの英語使いで、港区・虎ノ門のアメリカ大使館のすぐ前で、「サイマル・インターナショナル」という通訳請負の会社と、「サイマル出版会」という翻訳出版の会社を経営していた。サイマル出版会は、ノンフィクションの名著『ベスト&ブライテスト』(デービッド・ハルバースタム)や、『ベトナム秘密報告』(ニューヨーク・タイムス編)などの版元として知られる。

村松さんとは、交通工学の第一人者の越正毅《こしまさき》東大教授に紹介されて知り合った。三人ともスキーが好きで、一九八〇年ごろから毎年、年末年始に三家族でつどって苗場プリンスホテルに長逗留する仲だった。

大晦日の一二月三一日になると、しんと静まり返った夜のスキー場を松明を持って滑り降りる松明滑走をするのが恒例になっていた。そのあとのパーティでは女性はドレス姿、男性も盛装して新年を祝った。ある年、石原慎太郎一家が苗場プリンスに姿を見せ、当時大学生だった長男の伸晃が大きな音をさせてクラッカーを炸裂させた。音に驚いた高齢の夫婦がしかめ面をしてパーティ会場をあとにするのを見て、黙っていられなくなった私が、

「おいこの野郎！　静かにしろ！」

と怒鳴ると、慎太郎一家は何も言わずに退席した。

そのスキー旅行に、数名のアメリカ大使館職員が同行することがあった。

虎ノ門のアメリカ大使館には、当時二〇〇〇人ともいわれるCIAの要員がおり、極東アジア地域で情報活動をしていた。彼らは、日本の情報を集めると同時に、宣伝活動、つまり日本人がアメリカに対して悪印象を持たないような工作を熱心にやっていた。そのために大手メディアの記者や編集者、ニュースキャスター、コメンテーター、著名な学者らとコンタクトをとり、情報を与えて論文や記事を書かせることも常套手段だった。

CIAというと、尾行したり、銃を持って撃ち合ったりという、スパイ映画のような仕事を想像するかもしれないが、実際には潤沢な予算を背景にした宣伝・調査が活動の中心である。メディアとの接触のほか、日本の探偵社、調査会社に調査を依頼し、国内の政界、官界、実業界の情報を集めていた。

CIAは、日本の国会議員はじめ、首長、県議、市議にとどまらず、区議や町議の情報まで集めていた。それも議員本人の素行だけでなく、その家族にまで調査が及んでいるの

である。日本政府にも内閣情報調査室などの情報機関があるが、集めている情報の幅広さも、深さも比べものにならない。驚くほどの費用と手間ひまをかけて日本の情報を収集し、日本の世論が「反米」に向かないように神経を使っている。

村松さん、越先生一家とのスキー旅行は七年ほど続いたが、スキーのあとは「大使館員」のアメリカ人たちと深夜まで飲み、かつ語った。サイマル・アカデミーの生徒さんが通訳してくれて、私も思う存分持論を述べた。

彼らと議論したのは、日本とアメリカの関係についてである。

日本は敗戦から六年後の一九五一年、サンフランシスコ平和条約で主権を回復した。しかし、この条約で日本は、朝鮮・台湾だけでなく千島列島、樺太を放棄し、琉球諸島、小笠原諸島はアメリカの信託統治下に置くことに同意した（第二条、第三条）。

このサンフランシスコ平和条約締結直後に結ばれた日米行政協定、それを一部修正・改定した日米地位協定において、アメリカは事実上、日本中どこでも好きな場所に基地を保有できる権利を有している（第二条1）。

今後、もしロシアが日本に北方領土を返還すれば、アメリカはただちに北方領土にミサイル基地をつくるだろう。そこがロシアの喉もとに当たる急所だからだ。ロシアにしてみれば、そんなことが容認できるはずがない。

さらに日本の中枢・東京は、その周囲を米軍基地で囲まれた形になっている。横田、厚木の両基地、第七艦隊が寄港する横須賀海軍施設をはじめ、相模総合補給廠、所沢通信基地などである。一方自衛隊は横田、厚木を米軍と共用しているものの専用施設は茨城に百里基地、石川県の小松基地があるくらいで、航空自衛隊の主要な基地は青森の三沢、北海道の千歳など離れた場所にある。

首都圏にいざという事態が起きた場合、米軍のほうがはるかに機動的な対応をとれるのである。しかも各基地への着陸料、寄港料もいっさい免除されている。トランプ大統領（当時）が二〇一七年に来日した際、大統領専用機エアフォースワンは横田基地に着陸したが、もちろんその際も着陸料は払っていない。

福生市、立川市、武蔵村山市、昭島市などにまたがる七一四ヘクタールを占める横田基地は、日米地位協定によって東京、神奈川、静岡、山梨、長野、新潟に及ぶ上空二万三〇〇〇フィート（＝七〇一〇メートル）をその進入管制空域とし、民間機はこの空域を迂回して飛行することを強いられている。もし横田基地が日本に返還されていれば、成田空港を造る必要などなかっただろう。

また、米軍人、軍属が公務執行中に犯罪を犯した場合、その裁判権はアメリカ側にあるとされている（第一七条）。

はたして本当に日本が独立国といえるのか、私には疑問だ。

しかも、アメリカの意に沿わない政治家は政治的に抹殺されてしまう。その典型が、田中角栄だ。共同通信元ワシントン支局長の春名幹男氏は、その著書『ロッキード疑獄』で田中角栄首相が独自に日中国交正常化を進めたためにアメリカのキッシンジャー国務長官の激しい怒りを買い、それが日本の検察への資料提供という形でロッキード事件に結びついたことを明らかにしている。

角栄がキッシンジャーから毛嫌いされたのは、オイルショック後、中東に接近して石油を確保しようとしたことや、南米産のウランを直接輸入しようとしたことも理由のひとつだったと思う。春名氏の著書によると、ロッキード事件のオリジナルの資料は約六〇〇〇ページあったが、そのうち東京地検特捜部に提供されたのは二八六〇ページ分だった。国務省が恣意的に選別した資料をもとに田中角栄は逮捕され、キッシンジャーのお気に入りだった中曽根康弘は逃げ切った。

また、その後明るみに出たマクダネル・ダグラス社による戦闘機F４Eファントムの売り込みでは、大手商社・日商岩井の海部八郎副社長が逮捕されたものの、工作の対象となった岸信介元首相は時効の壁に阻まれ、訴追されなかった。

伊藤栄樹・法務省刑事局長は一九七九年の国会で「捜査の要諦は、小さな悪をすくいとるだけでなく巨悪を取り逃がさないことにある」と述べて世間の喝采を浴びたが、その実、岸、中曽根らは逮捕されず、田中角栄だけが犠牲になった。検察とアメリカがグルになって、本当の「巨悪」にフタをしてしまったのだ。

前述のように伊藤栄樹は小林朴さんを通じて、海部と親しかった。その伊藤が「巨悪」発言をした裏には何があったのか。語られない謎が残っている。

私はスキー場で、「大使館員」たちを相手にこうした話をしていた。村松さんも私にかなり影響されて、考えを変えていったようだった。

その後、村松さんが経営していたサイマル出版会とサイマル・インターナショナルは徐々に経営が傾き、出版会は一九九八年に廃業、インターナショナルはベネッセに身売りし、村松さん自身も二〇一三年に亡くなった。

村松さんの会社の経営が傾いたのは、私との付き合いが深くなり過ぎたせいなのかどうか、それはわからない。

長年、この仕事をしていてつくづく考えることがある。日本社会で、本当の意味での「権力」を握っているのは誰か、ということだ。

テレビに映っている与党の政治家や、中央官庁のエリート官僚を「権力者」と考える人が多いかもしれないが、「見えない権力」も確かに存在している。その権力が向いている方向性に抗《あらが》い、違う方向性で動こうとすると、たちまち押しつぶされてしまう。だから、常に「見えない権力」の向いている方向にアンテナを張っておかなければならない。それが危機管理の要諦でもある。「見えない盾」となって顧問先を守るという意味を込めて、本書の書名を「闇の盾」とした。思えば私は、機動隊時代にも盾を持っていた。サブタイトルはいささか大げさだが、版元の勧めに従った。


「先生、仕事を止めるときっていつでしょうか」

あるとき、元東京地検特捜部長の河上和雄弁護士に尋ねたことがある。すると即座に、

「簡単だよ、我々の仕事は自然と仕事が来なくなるから、そのときが終わりだ」

そう明快な答えが返ってきた。

わが人生は紆余曲折、アップダウンの激しいシーソーゲームのようなものだったと思う。

しかし、日本リスクコントロールを立ち上げて以来、会社の営業をしたことは一度もなく、ホームページすらつくらず、電話番号の紹介もなくしているのに、いまだに仕事が途切れることがない。

これが天職なんだと、いまも充実感に浸りながら、仕事ができる喜びを感じている。

警視庁に奉職して以来六〇年、秦野章先生をはじめ多くの方々にご指導・ご支援をいただいた。その方々に心からの感謝をお伝えして、筆を措きたいと思う。


（文中一部敬称略）

寺尾文孝（てらお・ふみたか）

1941年、長野県佐久市出身。岩村田高校卒業後、1960年警視庁入庁。東京水上署、第一機動隊勤務を経て、1966年に退職。その後、元警視総監の秦野章参議院議員の私設秘書となる。1976年に株式会社エーデル・パレスを設立、伊豆狼煙崎などの開発に取り組むが、バブル崩壊で頓挫する。1999年、元警察庁中国管区警察局長の保良光彦氏とともに危機管理会社・日本リスクコントロールを設立。仕事の依頼はすべて口コミで、宣伝は一切せず、電話番号は非公開、ホームページさえ作ったことがないが、政治家、企業経営者、宗教団体、著名人など、あらゆるところから持ち込まれる相談ごとやトラブルに対処し、解決する知る人ぞ知る最強の「仕事人」。

闇《やみ》の盾《たて》
政界《せいかい》・警察《けいさつ》・芸能界《げいのうかい》の守《まも》り神《がみ》と呼《よ》ばれた男《おとこ》

二〇二一年五月三一日　第一刷発行
二〇二一年七月二一日　第五刷発行

著者　寺尾文孝《てらおふみたか》

発行者　鈴木章一

発行所　株式会社　講談社
東京都文京区音羽二丁目一二－二一　郵便番号一一二－八〇〇一
電話　編集　〇三－五三九五－三五二二
販売　〇三－五三九五－四四一五
業務　〇三－五三九五－三六一五

印刷所　株式会社新藤慶昌堂

製本所　大口製本印刷株式会社

定価はカバーに表示してあります。
落丁本・乱丁本は購入書店名を明記のうえ、小社業務あてにお送りください。送料小社負担にてお取り替えいたします。なお、この本の内容についてのお問い合わせは、第一事業局企画部あてにお願いいたします。

ISBN978-4-06-523878-3

JASRAC　出　2104101-101

KODANSHA